KB153524

시를 버린 시인

랭보 *Rimbaud*

詩　　　詩　人
시를 버린 시인

랭보 *Rimbaud*

한대균 지음

한국학술정보㈜

랭보Arthur Rimbaud(1854~1891)는 언어의 시인이 아니다. 그에게 있어 언어는 삶 자체였고 운명의 드러남이었으며, 시를 쓴다는 것은 단어들의 배열과 조작이 아니라, 영혼의 투영이었기 때문이다. 삶의 방편으로 시작된 시 쓰기가 어느덧 그를 둘러싸고 있는 가정, 사회 그리고 국가의 이데올로기적 불합리를 고발하는 행위로 전환된 것은 그리 오래 걸리지 않았으며, 불과 몇 년 사이에 자신의 삶에 대한 회한 및 새로운 운명에 대한 탐색 그리고 언어 자체에 대한 놀라운 장악력으로 외부의 풍경을 내면의 깊은 세계로 구축하였다. 그는 시를 향한 본능적인 집착과 시를 버리는 전격적인 행위를 통하여 다가오는 현대시의 지울 길 없는 초상을 확정지었다.

프랑스 북부에 위치한 샤를빌이라는 작고 고요한 시골 도시의 촌뜨기가 파리로 올라가 뜻을 펼칠 수 있는 계기를 갖고자, 당대의 유명시인이었던 방빌에게 편지를 보내면서, 그 속에 적어놓은 몇 편의 작품으로 그의 시는 시작된다. 그렇지만 곧이어 발발한 보불전쟁을 계기로 그의 날카롭고 신랄한 어휘는 부르주아 혹은 제국주의의 지배자들을 향한 사회, 정치 비판으로 조련되고, 반-교권주의(우리는 반-기독교라는 것과 구분한다)는 초기 시의 중심테마로 자리한다. 전쟁의 패배 이후, 파리 시내에 들어선 파리코뮌, 그리고 정부군에 의한 코뮌의 처참한 몰락으로 그의 시는 사회주의에 젖어들기도 하였다.

베를렌과의 조우는 랭보의 운명과 시를 송두리째 바꾸어 버렸다. 초기의 정형운문시를 벗어나, 파리의 다락방에서 만들어낸 그의 시들은 자유로운 언어의 틀을 확보하였고, 진땀나는 고백을 토하는 독백의 언어로 그리고 고통받는 영혼의 폭발로 이어진다. 『지옥에서 보낸 한철 *Une saison en enfer*』에 들어 있는 산문 시편들이 그것이다. 또한 이것들과 겹쳐가며 파리, 런던 등지에서 쓰인 영롱한 보석알과도 같은 단어들의 이미지로 짜인 『일뤼미나시옹 *Illuminations*』은 시의 경계를 허물고 시적 계시의 거대한 울림을 만들어놓았다. 랭보는 『지옥에서 보낸 한철』에 들어 있는 어느 시편에서 "나는 문 위의 장식, 연극의 배경 그림, 곡마단의 천막, 간판, 민중의 채색판화와 같은 치졸한 그림을, 교회의 라틴어, 철자 없는 외설서, 우리 조상들의 소설, 요정 이야기, 어린 시절의 작은 책, 낡아빠진 오페라, 바보 같은 후렴구, 순진한 리듬과 같은 시대에 뒤떨어진 문학을 좋아했다"(「착란 II」)라고 고백하며, 그의 진부한 문학을 청산한다. 이 글은 『일뤼미나시옹』을 배제하고는 이해하기 힘든 표현들을 담고 있다. 특히, 연극, 곡마단, 채색판화, 마녀 이야기, 오페라 등은 『일뤼미나시옹』의 원천들이기 때문이다. 문학에 대한 그의 이러한 혐오는 시의 파괴로 이어졌고, 그는 우리에게 시가 이루어지는 장소의 허구를 고발하였다. 랭보가 문학에 등을 돌리고 나아가고자 하는 "찬란한 도시"는 언어의 개념이 사라진, 아니면 적어도 인간 존재들이 허망한 <개념의 집>에서 벗어나 살고 있는 근원의 대지였다. 근원은 명징이며, 그것은 몰락한 순수언어의 폐허들 너머로 사물의 본질이 현존하는 곳이었다. 랭보의 시는 언어로 쓰인 것이 아니라, 혼으로 직조되었으며, 육신으로 구현되어 있었다.

　랭보의 작품들은 초기 시에서부터 자유 운문시를 거쳐 두 권의 산문시집에 이르기까지, 그가 어떻게 사회와 세상에 맞섰고, 우주의 사물들은 어떤 모습으로 형상화할 수 있는지 보여주고 있으며, 결국 왜 문학은 아무것도 해결할 수 없는, 단어들의 허망한 소음들로 그득한 지를 말해주고 있다. 동시에 이 쓸모없는 문학이 그가 떠난 이후에 불꽃같은 언어의 혼으로 어떻게 다시 되살아 불사조처럼 우리에게 날아오고 있는지를 이들은 극명하게 보여주고 있다. 랭보는 혼의 시인이었던 것이다.

　우리는 이 책을 통하여 시가 태동되고 소멸하는 과정에 놓여 있는 시인의 이러한 변증법적 정체성을 독자들에게 드러내 보이고자 하였다. 즉, 책의 첫 장에서부터 마지막 장에 이르기까지 랭보 작품을 연대기 순으로 분석하면서, 첫째, 초기 운문시들은 그 시대적 위치 속에서 시인의 운명과 관계를 맺으며 형성된 이데올로기를 반－제국주의적이며 반－교권적인 언어로 표출하고 있다는 점, 둘째, 그 이후 역사의 물결이 쓸고 간 폐허의 현장에 남겨진 자유 운문시 혹은 그것들과 텍스트적 동질성을 지니고 있는 몇몇 시편들의 외로운 존재

양태들은 시의 불모성에 기인한 소멸의 언어를 잉태하고 있다는 점, 셋째, 파괴된 시적 정형 너머로 다가온 산문시들의 자유로운 영혼은, 시적 주체의 완전한 해체와 시어들의 기묘한 재배치를 통하여, 현대시의 숙명적 도래를 말하고 있다는 점, 넷째, 시에 등을 돌린 이후의 편지와 삶에 역설적으로 담겨 있는 시적 현대성은 본푸아와 같은 현대 시인들의 언어에서 되살아나고 있다는 점을 설명하고자 하였다. 이런 시도는 그동안 우리나라의 독자들에게 알려진 랭보의 피상적인 얼굴을 보다 더 구체적이고 본질적인 모습으로 바꾸어 제시하는 것과 같은 일이다. 말하자면, 복합적인 하나의 존재 혹은 그것의 다양한 실존적 상태를 그대로 뭉쳐내어 단순화시키는, 저항의 시인, 동성애의 시인, 갑자기 시를 떠난 기묘한 시인과 같은 명칭으로 랭보를 이해하고 있었던 독자들을 랭보의 진지하고 깊은 시적 세계로 안내하고자 하는 것이 우리의 희망인 것이다.

이 희망의 글들은 1990년대와 2000년대 초에 쓰인 저자의 논문들로 이루어져 있지만, 제2장 <시의 몇 가지 존재 양태> 및 제5장 <시의 소멸>을 제외하고는, 대개의 경우 여러 곳에서 첨삭되었으며 상당한 수정이 가해졌다. 또한 이 책을 위하여 새롭게 추가된 부분들도 있는데, 제3장 <지옥에서 보낸 한철>과 제4장 <일뤼미나시옹>의 여러 텍스트들에 가해진 해석이 그것이다. 그런데 우리는 이 책을 만드는 과정에서, 일반 독자들의 이해를 돕기 위하여, 본래의 글들에 담겨 있던 모든 각주들을 삭제하였으며, 학술적 인용 역시 가능한 많은 부분에서 제외시키면서 저자의 목소리로 랭보의 본질적 모습을 전달하려고 노력하였다. 경우에 따라, 각주를 통한 추가적 해설이나 랭보 작품을 포함한 모든 인용문의 출처는 독서를 용이하게 하기 위하여 본문 속에 넣었고, 인용문의 저자를 명시하면서 글을 이끌어 나갔다. 그렇지만 우리가 참고하거나 인용한 서적에 대한 구체적인 정보를 책 말미의 <참고문헌>에 제시하여 보다 전문적인 독자들의 학문적 욕구에 대한 불편을 덜어주면서, 출처 확인에 대한 관심에 부응하고자 하였다.

우리가 랭보를 '시를 버린 시인'으로 규정했지만, 그에 의하여 문학 속으로 던져진 시편들은 현실적 삶의 편린으로 소생되고 있으며, 현대문학의 틀이 형성되는 지점에서 환생되고 있다. 이 놀라운 시의 귀환을 한 권의 책으로 담아낼 수 있었던 것은 순전히 인문학 출판의 어려움에도 불구하고 원고를 흔쾌히 받아준 한국학술정보(주)에 있다. 출판사에 진심으로 감사의 말씀을 드리며, 책 편집에 많은 노력을 아끼지 않은 이주은, 김매화, 이종현 씨에게 고마운 마음을 표한다.

2012년 1월

한대균

차 례

I.

시의 태동과
시인의 역할

1. 초기 운문시의 이데올로기

반-교권주의 시학과 함께, 랭보의 시를 지배하고 있는 이데올로기 중의 하나는 반-제국주의였다. 즉, 나폴레옹 3세에 대한 강한 반감이었다. 시를 본격적으로 쓰기 직전이었던 1869년 7월 2일에 열린 아카데미 콩쿠르에서 라틴시의 과제로 주어진 것은 「유구르타」였다. 유구르타는 로마제국과의 전쟁 중 로마에 끌려와 감옥에서 죽은 누미디아의 왕을 일컫는 말이다. 그러나 랭보는 이 제목이 함축하고 있는 사건의 역사적 시점을 뛰어넘어, 1847년 프랑스에 투항하여 루아르 강변의 앙부아즈 성에 감금되어 있는 알제리의 아랍태수 압-델-카데르에 대하여 언급함으로써 그의 현세적 역사에 대한 관심을 드러내고 있다. 랭보에 의하여 유구르타의 손자로 묘사되어 있는 이 아랍태수는 1851년 12월 친위 쿠데타로 공화정을 무너뜨리고 제2제정을 출범시킨 나폴레옹 3세에 의하여 석방되는데, 이러한 정치적 사건이 시의 마지막 부분에 암시되어 있다. 랭보가 유구르타의 입을 빌어 나폴레옹을 새로운 신으로 추앙하고 있으며, 석방시점에서 봤을 때 이제 막 시작된 제2제정기를 두고 "보다 좋은 시대가 여기 솟아오르고 있다"(「유구르타」)라고 표현하고 있는 대목이 특이하다. 유구르타가 소생하여 같은 처지에 놓인 압-델-카데르 앞에 나타나 속삭이는 장면인데, 랭보가 이 아랍 전사의 저항을 오히려 부추기기 위하여 의도적으로 도입한 시적 장치로 볼 수도 있다. 랭보가 제정에 대하여 호감을 지녔다고 결코 말할 수는 없으나, 1년 후 보불전쟁을 일으켜 나라를 패망으로 이끈 나폴레옹 3세에 대하여, 앞으로 우리가 분석할 시편들에서 볼 수 있는 그러한 강한 반감을 아직은 품고 있지 않은 듯하다. 그러나 12월 2일의 쿠데타에 대한 질문을 받고, "나폴레옹 3세는 도형에 처할 만하다"라고 랭보가 대답했다는 그의 고향 친구 들라에의 증언을 받아들인다면, 랭보의 반제국주의적 사고는 이미 확고히 자리 잡고 있었던 것 같다. 랭보가 다녔던 제정하의 샤를빌 중·고등학교는 공화주의적인 사고를 접할 수 있는 자유스런 학풍의 학교였으나, 신학생들과 일반학생들이 뒤섞여 있는 이중적 체제로 학교가 운영되고 있었으므로, 보수적인 사고와 공화주의적인 신념이 항상 충돌하고 있었다. 여기서, 랭보가 체득한 것은 당연히 반-교권주의였으며, 그에 있어서 이는 반제국주의와 다름 아닌 것이다. 우리가 보게 될 「악」이란 시편에서 두 사상이 함께 그려져 있는 것은 바로 그런 이유이다.

「유구르타」에서 드러나 있는 나폴레옹에 대한 랭보의 견해는 비록 그것이 아카데미 콩쿠르라는 제도권하의 행사에서 나타난 것이지만 바로 역사의 굴레에서 갈등을 겪는 시인의 모습이기도 하다. 다행스럽게도 랭보의 학창시절은 제국의 말년과 일치하며, 따라서 제국의 자유주의적 정책이 펼쳐지던 시기였다. 그리고 보불전쟁으로 인하여 제2제정이 몰락하고, 정치와 사회가 갑자기 변화하는 국면을 맞이하는 시점을 전후하여 시를 쓰기 시작한 랭보는 제정 하에서 선택의 고통을 받았고, 그에 따라 자신의 시학을 고집하거나 혹은 새롭게 정리해야 했던 여러 작가들에 비해 비교적 자유롭게 자신의 시를 만들어낼 수 있었다. 이제 국가를 혼돈과 패배로 이끈 나폴레옹과의 단호한 결별의 시점에 와서 쓰인 랭보의 시편들, 즉「≪92년과 93년의 전사자들이여……≫」, 「악」 그리고 「황제들의 분노」 등은 랭보를 반제국주의자 혹은 반교권주의자의 반열에 올려놓은 분명한 메시지의 시로 분류된다. 이 작품들은 제정 몰락 직후에 지식인들이 처한 가치의 혼돈을 정립하고 있으며, 다음 해에 비극적으로 종결되는 파리코뮌과 시인과의 관계를 예견해 주고 있는데, 이러한 역사에 대한 성찰이 시적 감수성을 바탕으로 어떻게 그 문학성을 성취하고 있는가를 살펴보는 것은 산문시편 이전의 랭보를 이해하는 데 필수적이다.

1) 「≪92년과 93년의 전사자들이여……≫」: 보나파르트 파들의 위선

……70년의 프랑스인이여, 보나파르트 파들이여,
공화주의자들이여, 92년의 당신네 조상들을 상기하시오……

폴 드 카사냑
―『르 페이』지―

92년과 93년의 전사자들이여,
자유의 강렬한 입맞춤에 창백해져,
온 인류의 영혼과 이마를 짓누르는 멍에를,
그대들의 나막신으로, 말없이 짓밟아 부수던,

고통 속에서 황홀했던 위대한 사람들,

누더기 속에서 사랑으로 심장이 고동쳤던 당신들,
고귀한 <연인>, <죽음>의 신이, 다시 소생시키려고,
묵은 밭고랑에, 씨 뿌려놓은 <병사들>이여,

더럽혀진 위대함을 피로 모두 씻어낸 당신들,
발미의, 플뢰뤼스의, 이탈리아의 전사자들이여,
오오 어둡고 온화한 눈을 지닌 백만 명의 예수들이여,

채찍 아래서처럼, 왕들 아래서 허리 굽은 우리들.
우리는 당신들이 공화국과 함께 잠들도록 버려두었소.
─ 드 카샤냐 씨 일당들이 우리에게 당신들 얘기를 다시 하고 있다오!

1870년 9월 3일, 마자스에서

이 시에서 랭보가 추앙하는 "92년과 93년의 전사자들"은 프랑스 대혁명기인 1792년 로렌 지방으로 쳐들어온 프러시아 군대로부터 공화국을 지키기 위하여 목숨을 바친 사람들이다. 그 후 한 세기가 지나서, 1870년 보불전쟁이 발발했을 때, 랭보는 그것이 나폴레옹 3세와 그 도당들의 어리석은 정치적 모험에 불과하다는 것을 알고 있었다. 따라서 그들이 국민들을 선동하기 위해 저 1792년의 전사자들을 들먹이는 것은 그 숭고한 죽음을 조롱하는 것이며, 특히 그들이 탄압해 온 공화주의자들에게 프러시아 군대와 맞서 싸우라고 호소하는 것은 정치적 위선일 뿐임을 그는 지적하고 있다.

1848년 2월 혁명으로 7월 왕정이 무너지자 루이─나폴레옹 보나파르트는 망명지에서 프랑스로 돌아와 공화주의자로 자처하였다. 보나파르트 파들의 이러한 전술은 복고왕정시대부터 시작한다. 나폴레옹 1세가 대혁명의 가치를 옹호한다고 민중들에게 믿도록 함으로써 그들은 일찍이 공화파로 위장하고 있었으며, 7월 왕정 시기에는 그의

조카인 루이-나폴레옹 보나파르트를 루이-필립과 이 왕을 옹립한 부르주아들의 가장 위험한 존재로 부각시키면서, 일종의 사회주의자로 만든 것도 그들이었다. 이렇게 공화국의 지지자로 위장하고 있던 보나파르트 파들은 제2제정 하에서 본색을 드러내어 공화주의자들을 탄압하기 시작하며 많은 사람들이 프랑스령領 가이아나로 유배되었다. 이런 상황에서 자신들의 정치적 위신을 세우기 위해 보불전쟁을 일으킨 자들이, 과거에 제1공화국을 열었던 "1792년의 조상"을 운운하며 가소롭게도 공화주의자들의 총궐기를 요구하고 있다는 점이 어린 시인에게 풍자적 시를 쓰게 한 것이다.

『르 페이Le pays』지는 1851년 12월 2일 루이-나폴레옹 보나파르트의 친위쿠데타 이후 그를 지지했던 드 카사냑 부자父子에 의하여 주도되고 있었다. 시의 서두에 인용되어 있는 문장은 그라니에 드 카사냑의 아들인 폴이 쓴 7월 16일자 기사를 랭보가 요약한 것이다. 공화파에게는 1792년을, 정통왕조 지지파들에게는 복고왕정이 열린 1815년을 상기시키는 등 그간의 역사흐름에서 서로 동화될 수 없는 정치세력들에게 다 같이 전쟁에 총동원할 것을 이 기사는 외치고 있다. 그보다 3일 전인 7월 13일에는 "나폴레옹 3세 정부는 나폴레옹 4세 정부가 나아갈 길에서 그 첫 발걸음에 방해가 될 수 있는 모든 돌멩이들을 거두어들여야 할 책무가 있다"라고 역설하면서 제정의 영구한 번영을 위하여 전쟁은 절대적 필요성을 지닌다고 궤변을 늘어놓았다. 이러한 보수파들의 대표적 신문을 랭보가 조롱의 대상으로 삼음으로써, 공화파의 견해를 대변하고 있으며 "92년의 조상"에 대한 격렬한 찬사를 통하여, 80년을 사이에 둔 두 전쟁의 이질성을 강조한다.

"92년과 93년의 전사자들"의 죽음은 완전한 생명의 종말을 의미하지 않는다. 신화의 담론에서 차용한, "<죽음>의 신이, 다시 소생시키려고, 묵은 밭고랑에, 씨 뿌려놓은 <병사들>"이라는 표현이 그를 말해 준다. 테베의 건립자 카드모스가 자신이 죽인 거대한 용의 이빨들을 밭에 뿌리자 땅에서 병사들이 솟아났고, 그 병사들 중에서 끝까지 살아남은 자들이 그와 함께 테베의 선조가 되었다. 수많은 전사자들은, 카드모스의 병사들처럼, 죽음의 신에 의하여 소생되어 새로운 공화국을 건립할 것이라는 희망을 이 시는 드러내고 있는 것이다. 또한 랭보는 공화국을 위하여 전사한 이 병사들을 예루살렘의 지식인들에 의하여 십자가에 처형당한 후 부활한 "백만 명의 예수들"로 규정하고 있다. 그러나 랭보가 기독교적 은총을 염두에 두고 이런 시적 표현을 한 것은 아닐 것이다. 다만 예수의 부활의 이미지만을 차용한 것이다. 사실 랭보의 반-교권주의는 예수 자체에 대한 거부보다는 문자 그대로 교권에 대한 거부이며, 기독교 교리의 허구성에 대한 반감인 것이다. 이렇게 프러시아군인들에 대항하며 제1공화정을 위하여 죽어간 넋을 예수와 비교하면서, 왕당파들이나 보나파르트 파들에게 복종당하는 역사를 랭보는 통렬히 비꼬고 있는 것이다. "왕들 아래서 허리 굽은 우리들"은 역사를 후퇴시킨 복고왕정시대부터 7월 왕정을 거쳐 제2제정에 이르는 모든 "왕들"에게 굴복한 채, 대혁명 이후 공화국을 위하여 죽어 간 "백만 명의 예수들"을 소생시키지 못했던 비겁한 자들이다. 그런 "우리들"에게 더구나 보나파르트 파들이 1792년의 위대한 전사자들에 대하여 말하는 것이 그가 보기에 역사적 아이러니가 아닐 수 없다.

랭보의 선생이었던 이장바르에 따르면 랭보가 1870년 7월 18일 첫 수업이 끝난 후 이 시를 전해 주었으며 제목은 「발미의 전사자들에게」였다고 한다. 그러나 『드므니 문집Recueil Demeny』에는 제목이 없으며 쓰인 시기와 장소가 "1870년 9월 3일, 마자스"로 되어 있다. 시의 10

행에서 언급되고 있는 "발미의 (……)전사자들"을 랭보가 제목으로 선택했을 가능성은 충분하다. 발미의 전투에서 프랑스가 승리를 거둔 것은 1792년 9월 20일이며 바로 그 다음 날인 21일에 제1공화국이 선포된다. 미슐레의 『대혁명의 역사*Histoire de la Révolution*』에 상술되어 있는 이 전투는 랭보에게 크게 의미 있는 것이며 공화국을 위하여 희생된 병사들에 대한 애도의 뜻을 분명히 나타내기 위하여 이를 제목으로 삼은 채, "92년과 93년의 전사자들이여……"("발미"와 같이 10행에 나오는 "플뢰뤼스" 전투는 1794년이었고 "이탈리아" 원정은 1791년부터 1796년까지 장기간에 걸친 것이었다)라는 부름으로 시를 시작했다는 추정이 가능하기 때문이다. 『드므니 문집』에 나타나 있는 "9월 3일"은, 랭보가 시를 다시 베껴 쓴 날이 아니라면, 제3공화국의 선포를 하루 앞둔 날이며 제2제정의 마지막 날이라는 점에서 시의 상징적 집필일로 선택된 날이라고 추정할 수 있다. "마자스" 감옥 또한 공화주의자들이 드나들었던 곳으로 같은 상징적 효과를 나타낼 수 있다. "마자스에 있을수록, 공화국 안에 있는 것"이라는 빅토르 위고의 말처럼, 그곳은 제2의 바스티유 감옥이었던 것이다.

보나파르트라는 가문은 프랑스의 제1공화정과 제2공화정을 모두 무너뜨린 악의 상징으로 설정된 것이다. 전장에서 포탄에 쓰러지는 수많은 군인들을 보며 비웃고 있는 왕은, 바로 이러한 상징성의 시적인 표현과 다름 아니다. 보수주의자들의 전쟁독려가 결국 그 비극적 결말로 이어지고, 전쟁전야의 정치적 긴장은 종국의 파멸로 묻혀 버린다. 국민 총동원을 외치는 그들에 대한 반감은, 이제 숭고한 인간의 죽음을 즐기는 자들과, 전쟁의 참화 속에서도 오로지 교권을 움켜지고 있는 교회로 향한 냉소로 바뀐다. 파리코뮌을 맞이하여 새로운 문학으로 말하게 될 "시사時事 시편"의 1870년 판본이 이루어지고 있는 것이다. 제정에 대한 증오가 1871년의 민중 투쟁에 대한 연민으로 변할 뿐이다.

2) 「악惡」: 제정과 교회의 결탁

산탄霰彈의 붉은 가래들이
창공의 무한을 가로질러 하루 종일 휘파람 불고,
진홍색 혹은 녹색 옷 군대가, 그들을 비웃는 <왕>을 모시고,
포화 속에서 무더기로 무너질 적에

무시무시한 광기가 수십만 사람들을
깨부숴 연기 피어오르는 산더미로 만들어 버릴 적에,
── 가련한 죽음들! 여름날, 풀밭에서, 그대의 기쁨 속에서,
자연이여! 오오 저 자들을 성스럽게 지었던 그대여! ……

──한 <신神>이 계시니, 능직 제단 보와,
향연香煙과, 거대한 황금 성배에 웃음 짓고,
찬송가 소리에 아늑하게 잠들다가,

고뇌 속에 움츠린 어머니들이,
낡아빠진 검은 모자 아래 흐느끼며,
손수건에 싸온 큼직한 동전 한 닢을 바칠 때 깨어나신다!

『드므니 문집』에 들어 있는 시로서, 앞의 사행 절은 보불전쟁의 참상을 조롱조로 환기시키면서 죽어 간 자들을 애도하고 있으며, 뒤의 두 삼행 절은 그러한 사회, 정치적 불행 속에서도 종교가 누리고 있는 호사를 풍자적으로 그리고 있다. 즉, 랭보의 반제국주의와 반교권주의가 동시에 나타나 있는 소네트인 것이다. 마치 그림의 폭이 양분되어 그 두 가지 모습을 그려 내고 있는 풍자화를 연상시킨다. 이것

은 상상의 그림이든 실제의 그림이든 회화적인 평면구성 속에서 시적인 구도를 만들고, 인간들이 유발시키고 있는 참화와 그에 뒤이어야 할 인류의 진보를 표출하고 있는 산문시 「신비」의 초벌과 같은 것이다. 문장의 생략과 절제, 그리고 시어의 상징을 통해 시적 메시지를 세분화된 평면과 공간 속에서 급박하게 전달하고 있는 이 산문시에 비해 「악」의 시적 대상은 분명하고 따라서 그 긴장도는 훨씬 떨어지고 있다. 그러나 시인의 눈에 비추어진 1870년 여름 프랑스의 종교, 정치, 사회적 현상을 풍자와 조롱을 통하여 신랄하게 그려 내고 있는 점이 돋보이는 시이다. 여기서 랭보가 비판하고 있는 것은 교회와 제정의 결탁이다. 즉, 전쟁과 죽음이 가톨릭에 유리한 자극제라는 일종의 반혁명적 신학을 이 시는 겨냥하고 있는 것이다.

첫 번째 사행 절에서 "진홍색 혹은 녹색 옷 군대", 즉 교전 중의 프랑스와 프러시아 양진영 모두 "왕"의 조롱을 받고 있다. 원문에서 대문자의 "Roi"로 표기되어 있는 "왕"이 나폴레옹 3세를 가리키든 혹은 프러시아의 왕을 일컫든 간에 시적 의미가 변하는 것은 아니다. 대혁명 이후 1870년 보불전쟁에 이르기까지 공화정, 제정, 왕정이 반복되는 역사 속에서 인류의 불행을 책임져야 할 모든 왕들을 포괄적으로 지칭하기 때문이다. 다시 말하면, 이 "왕"은 제단의 화려함에 즐거워하고 평화를 갈구하는 인간들의 찬송과 기도에 눈감고 있는 어떤 "신"처럼, 인간의 참화를 즐기고 조롱하는 존재에 대한 상징이 되는 것이다. 특히, 신 앞에 부정관사가 있는데, 이는 기독교의 신보다는 교황 등의 교회 권력자를 지칭하기 위함일지도 모른다. 랭보가 겨냥하는 것은 교황 지상주의이며, 이런 교권을 지지하는 지식인들에 의하여 전쟁이 민중들에게 오도되고 있는 점이다. 이렇게 지상적 짝이 되고 있는 어떤 신과 왕의 행위는 모두 현재형으로 표현되고 있는데 오직 "자연이여! 저 자들을 성스럽게 지었던 그대여! ……"라는 부분에서만 동사가 단순과거형으로 되어 있다. 이것은 보불전쟁 직전에 쓰인 「≪92년과 93년의 전사자들이여……≫」에서 표현된, 제1공화국의 성취를 위하여 죽어 간 병사들의 위대함이란 주제와 관련되고 있다. 그렇다면 여기서 "자연"이란 바로 이 병사들을 "성스럽게 지었던" 공화국 그 자체가 되는 것이며, 시인은 "왕"과 "신"을 "자연"과 대비시킴으로써, 특히 그 "자연"의 역할에 관련된 두 행을 시의 중심부에 연결선을 사이에 두고 독립적으로 표현해 냄으로써, 시적 효과를 더욱 극명하게 드러내고 있다. 자연에 대하여 직접 화법으로 말을 던지는 기법은 「골짜기에 잠든 자」를 연상시킨다. 즉, 이 시의 7~8행은 후자의 출발점이 되고 있다. "여름날, 풀밭에서" 죽어 누워 있는 병사들을 성스럽게 만들어 주는 것은 자연이기에, 특히 이 두 시의 연관성은 강하게 드러난다. 또한, 전쟁의 공포와 아들들의 죽음에 대한 걱정과 "고뇌 속에 움츠린 어머니들"은 바로 이런 병사들의 어머니와 다름 아니다. 분노와 증오가 여기서는 직접적으로 표현되고 많은 병사들의 학살이 묘사되어 있으나, 후자에서는 그것을 시적으로 승화시킨 표현주의적 색채가 돋보이며 제국에 대한 반감을 병사 한 명의 전사에 초점을 맞추어 간명하면서도 강렬하게 드러내고 있다.

　마지막 두 삼행 절은 전장의 폐허 속에 팽개쳐진 가련한 민중들에 대하여 무관심한 교회가 제정의 정치적 행위 속에서 오히려 강화된 특권을 누리고 있음을 보여 준다. 즉, 보나파르트 파의 권력과 교권의 연합은 이렇게 악의 절정을 만들고 있는 것이다. 부유한 사람들과 화려한 제단에 대하여 경멸의 웃음을 짓고 눈을 감고 있으며 오직 동전 한 잎밖에 없는 가난한 자들, 전쟁의 참화로 겁에 질린 어머니들에 대하여 애정을 갖고 있는 신을 랭보가 여기서 표현하고 있다는 해석을 보자. 즉, 기독교 자체에 대한 비난이 아니라, "능직 제단 보", "거대한 황금 성배" 등의 교회의 외형적 화려함과 그것에 집착하는 당시 교회에 대한 비판이 담겨 있다는 것이다. 이러한 해석은 "신은 악이다"라는 프루동의 입장을 채택하고 있는 주석과는 상반된다. 반종교적인 시편이 아니라, 반교권주의적인 작품으로 간주해야 한다는 것인데, 이것은 「《92년과 93년의 전사자들이여……》」에서 공화국을 위하여 죽어 간 병사들을 "어둡고 온화한 눈을 지닌 백만 명의 예수들"로 칭송한 맥락과 일치한다. 일련의 시적 일치를 위하여 이러한 해석이 완전히 배격될 수는 없다. 반-종교나 반-교권은 결국 동일한 사상적 기반을 두고 있으며, 랭보에 있어서 이 둘은 또 다른 시편들에서 혼재되어 나타나고 있음을 볼 때 더욱 그러하다.

산탄이 하늘로 날아가는 소리를 "휘파람 불고"로 표현하고, 참혹한 전장에서 병사들을 "비웃는" 왕이 등장하며, 교회 내에서 한가롭게 어떤 신이 찬송가 속에서 잠을 자고 있는 모습 등은 시의 냉소적인 유머인 것이다. 프랑스의 적은 더 이상 프러시아가 아니다. "왕"의 "무시무시한 광기"로 진행되고 있는 전쟁자체이며 그 전쟁 속에서 화려한 제단을 자랑하는 가톨릭의 위선이므로, 시적 조롱과 냉소가 저항의 바탕이 되었다. 이런 과정을 거치면서 이제 랭보의 의식은 명확해진다. 전쟁은 패배했고 나폴레옹 3세는 포로가 되었으며, 제2제정은 완전 몰락했기 때문이다. 따라서 「황제들의 분노」는 어떠한 시적 암시나 유머가 배격된 채, 직접적으로 황제의 초상을 그려 내고 있는 것이다. 개인적 반감이 역사적 성찰을 동반하는 순간이다.

3) 「황제들의 분노」: 제정의 몰락

> 창백한 남자가, 꽃핀 잔디밭을 따라,
> 검은 옷을 입고, 이빨로 담배물고 걸어간다.
> 창백한 <남자>는 튈르리 궁의 꽃들을 다시 생각한다
> —— 그의 흐릿한 눈동자는 간혹 뜨거운 시선들을 띠고 있다……
>
> 황제는 이십 년간의 제 잔치판에 취해 있기에!
> 그는 혼자 말했었다: "아주 살짝 입김을 불어
> <자유>를 꺼버려야지, 촛불처럼!"
> <자유>가 소생했도다! 그는 허리가 삔 것 같다!
>
> 그는 이제 잡혀 있는 몸.——오! 말없는 그의 입술에서 어떤 이름이
> 몸서리치고 있는가? 어떤 집요한 회한이 그를 물어뜯고 있는가?
> 알 수 없으리라. 황제의 눈빛은 죽었다.
>
> 그는 아마 안경 쓴 <공모자>를 다시 생각하고 있다……
> ——그리고 불붙은 그의 담배에서, 생-클루의 저녁 날처럼,
> 파르스름한 여린 구름이 풀려나가는 것을 바라본다.

전쟁은 끝났고 공화국이 출범하였다. 몰락한 황제의 비참한 초상을 그리면서 역사의 교훈이 무엇인가를 이 시는 분명히 전달하고 있다. 스당전투에서 포로가 되어 프러시아의 빌헬름스호에 성城에 홀로 감금되어 있는 나폴레옹 3세는 평상복을 입은 채 프러시아의 왕인 귀욤, 즉 빌헬름 1세의 궁전 뜰을 거닐며, 자신이 거처하던 튈르리와 생-클루의 궁들을 생각하고, 1870년 7월 19일 입법원에서 프러시아와의 개전을 선포한 "안경 쓴 공모자" 에밀 올리비에를 원망하고 있다. 1851년 12월 2일의 친위 쿠데타, 그리고 뒤이은 제2제정 선포 이후의 "이십 년간의 잔치판"이 막을 내린 가운데, 적의 왕궁에 감금된

그의 처량하고 비참한 모습은 "파르스름한 여린 구름" 같은 제정의 허망함 그 자체이다.

랭보가 로마의 제왕들을 일컫고 있는 "Césars"라는 용어를 제목으로 선택한 것은 로마황제정치주의Césarisme와 보나파르티슴의 동일화를 프랑스인의 정신에 각인시키려고 했던 나폴레옹 1세의 시도에 대한 비판을 함축하고 있다. 프루동이 『12월 2일 쿠데타에 의하여 나타난 사회적 혁명』에서 소위 "로마황제정치주의"라는 개념의 진지함과 가치를 인정했던 반면에, 마르크스는 「루이－나폴레옹 보나파르트의 무월霧月 18일」이라는 글에서 보나파르티슴의 이러한 변신의 성공을 분석하면서 그것을 비웃고 있다. 랭보의 초기 판본에서 제목 속의 "황제"가 단수형으로 잘못되어 있는 경우를 발견한다. 이것은 "Césars"의 복수형을 통하여, 나폴레옹 3세뿐 아니라, 모든 반혁명적인 부르주아 정부의 수반을 지칭하고자 하는 시인의 의도를 간과한 데서 나온다. 또한 <분노>라는 말에 어울리지 않게 황제의 분노는 시에서 나타나지 않는다. "이빨로 담배물고 걸어"가는 자아집착적인 황제는 여린 구름 같은 담배연기를 날려 보내며 분노를 접어 둘 수밖에 없다. "말없는 입술", "집요한 회한"만이 그 분노의 찌꺼기를 보여 줄 따름이다. 패배한 제왕의 저항은 역사의 흐름 앞에서 일시적이며 순간적 감정의 발로에 불과한 것임을 랭보는 제목을 통하여 암시하고 있다. 완벽한 패망을 상징하며, 역사의 반복을 용납할 수 없다는 민중의 희망이 이 가련한 옛 황제의 초상을 보며 새로워진다. 실제로 존재하는 풍자화를 보고 랭보가 시의 주제를 설정했을 가능성이 있다. 이 경우 제정이 몰락한 직후인 9월초보다는 랭보가 두애에서 『드므니 문집』 1권을 만들고 다시 고향으로 돌아오는 9월 26일에 가까운 시점에서 시가 쓰인 것으로 추정된다. 공화정이 다시 세워졌다는 흥분보다는 추락한 거인의 모습만을 차분하게 그려 내는 시적 안정감이 이러한 시간의 흐름을 말해 주고 있으며, 「«92년과 93년의 전사자들이여……»」와 「악」에서 보수파와 교회의 위선, 그리고 대규모적인 전쟁의 참화를 거대하고 요란하게 묘사하며 조롱과 냉소를 보낸 것과는 분명히 대비된다.

리트레Littré가 프랑스어 사전을 간행하고, 텐Taine 혹은 르낭Renan이 풍부한 자료와 진보된 방법론으로 역사를 정확하게 주시했으며, 공업과 상업에 있어서 괄목할 만한 성장을 거두고 대외적으로는 군사원정을 통하여 1815년 이후 추락해 있던 프랑스의 위신을 되찾았던 시기임에도 불구하고, 제2제정은 자유의 억압으로 인하여 조성된 위험성을 포함하고 있는 불안한 정체였다. 후에 이 시대의 민중의 삶을 되살려 낸 졸라가 그의 작품 속에서 잘 묘사하고 있듯이, 노동자들에게 파업권이 주어졌으나 그들의 생활은 비참한 것이었으며, 정치적 자유를 허용받지 못한 일반 시민계급은 쾌락에 빠져들었다. 많은 공화주의자들이 카이엔Cayenne으로 유배당하거나 국내에서 은둔생활을 할 수밖에 없었으며, 문학 장르에 있어서 소시민들의 관심대상은 웃고 즐길 수 있는 통속극뿐이었다. 이런 "이십 년간의 잔치판"에 생트-뵈브Sainte-Beuve나 메리메Mérimé처럼 적극 참여한 작가들이 있는가 하면, 1859년 황제가 자신감에서 내린 공화주의자에 대한 부분적인 사면도 거부하고 망명지에서 자유를 기다린 위고 같은 시인들도 있었다. "입김을 불어 <자유>를 꺼버려야지"라고 중얼거렸던 황제의 희망과는 달리 자유는 소생했고, 오랜 망명생활을 하였던 위고도 귀국하게 된다. 정치적 굴레와 문학의 순수성 사이에서 갈등을 겪었던 작가들과는 달리 랭보가 1870년의 "시사시편"들을 통하여 보나파르트 파들에게 직접적인 비판과 풍자를 던질 수 있었던 것은 문학의 자율성이 시대의 변화에 따라 성취되고 있음을 말해 주고 있다. 또한 이 시편들은 앞으로 지식인들에게 프러시아의 지배를 탈피하여 진정한 민중의 공화국을 세워나는 데 하나의 지표로 제시된 것이다. 결국 「황제들의 분노」는 그 기법이나 착상이 「악」과 유사하나, 불행한 역사에 대한 푸념과 조롱에 머물렀던 시의 테두리를 벗어나 역사의 반전이 긍정적으로 표현되어 있는 점이 특별하다. 랭보의 반제국주의적인 사상이 단순한 개인적 반감을 극복하고 시적 성숙과 역사적 성찰을 동반하기 시작한 것이다. 이러한 새로운 역사의식은 문학의 현실참여와 관련되고 1871년 파리코뮌에 관련된 시편들을 만든다.

4) 「골짜기에 잠든 자」 — 인상주의냐 주술적 힘이냐

그것은 어느 초록 구렁, 개울 하나가 은빛
누더기를 미친 듯이 풀 대궁에 걸어놓고
노래하고, 태양이, 오만한 산꼭대기에서
빛나는 곳. 그것은 햇살로 거품 이는 작은 골짜기.

어린 병사 하나가, 입을 벌리고, 맨머리로,
푸르고 신선한 물 냉이 속에 목이 잠긴 채,
잔다. 풀숲 속에 구름 아래, 그는 누워 있다,
햇빛이 쏟아져 내리는 초록 침대 속에 창백하게.

두 발을 글라디올러스 속에 담그고, 그는 잔다. 미소 지으며
병든 아이가 미소 짓듯이. 그는 한 숨 자고 있다.
자연이여, 그를 따뜻하게 잠 재워라, 그는 춥도다.

향기에도 그의 코끝은 움찔거리지 않는구나.
햇빛 속에, 고요한 가슴에 손을 얹고

그는 잔다. 오른쪽 옆구리엔 붉은 구멍 두 개가 있다.

1870년 10월

『드므니 문집』 제2권에 실려 있으며, 시의 하단에 "1870년 10월"이라는 날짜가 적혀 있어서, 이 날짜를 일반적으로 시의 제작 시점으로 받아들이고 있다. 1870년 11월에 이 시가 『아르덴의 진보 *Le Progrès des Ardennes*』라는 신문에 실렸다는 주장이 있으나, 확인할 바 없다. 그러나 들라에의 증언이나 또 이 시기에 랭보가 자신의 텍스트들이 출판되기를 원했던 점을 비추어 볼 때, 조작된 이야기는 아닐 것이다. 더구나 이 신문은 랭보가 멸시했던 예컨대 『아르덴의 소식 *Courrier des Ardennes*』과 같은 보수적인 신문이 아니라, 공화파 신문이기에 가능할 것이다. 이는 시의 제작 의도와 맞물려 있다. 이 시 역시 보불전쟁을 배경으로 하고 있으나, 「악」이나 「황제들의 분노」와는 여러 가지 점에서 다르다. 우선 랭보는 그의 반제국주의 사상을 명시적으로 드러내거나, 비인간적이고 대규모적인 전쟁의 참화를 거대하고 요란하게 묘사하지 않는다. 햇빛이 쏟아지고 시냇물이 흘러내리는 평화로운 계곡에 두 발의 총탄을 옆구리에 맞고 쓰러져 누워 있는 어린 병사를 설정하고, 그 죽음을 통하여 조용히 그러나 강렬하게 전쟁의 비극을 전달하고 있는 것이다. 이 시가 전쟁의 참상에 대한 고발이라는 주제를 성공적으로 표현하면서도, 높은 서정성을 지니는 것도 이 때문이다.

시의 묘사에 도입된 회화적 인상주의는 시의 주제를 선명한 채색과 구도 속에 담아 놓는다. 그림의 배경이라고 할 수 있는 첫째 연은 "구렁"의 어둠처럼 짙은 골짜기의 녹음 속에서 햇빛을 은빛으로 반사하며 빠르게 흘러내리는 시냇물의 역동성, 그 은빛을 누더기처럼 찢고 있는 잡초들의 자연적인 생명력, "햇살로 거품을 이는 작은 골짜기"의 생동감을 조화롭게 배치하고 있다. 둘째 연에서 관찰자의 시선은 계곡에 보다 근접한다. 한 병사가 목을 적시고 누워 있는 파란 물냉이의 신선함과 "햇빛이 쏟아져 내리는 초록 침대"의 평화로움이 시의 끝에서 드러나게 될 비극과 대조된다. 정적인 대상과 그것은 받치고 있는 자연의 동적인 생명력이 아직은 조화를 이루고 있으며, 이 대조와 조화를 통하여 어린 군인의 모습은 행복하게 보인다. 현장에 더 가까이 다가가 살피고 있는 셋째 연에서 어린 병사는 미소의 얼굴로 잠들어 있다. "병든 아이"가 미소를 짓는다면 그런 얼굴일까. 시인은 병사의 죽음을 인정하려 하지 않는다. 생명을 가진 자로서 추워하는 병사를 자연이 따뜻하게 감싸 줄 것을 그는 기대하는 것이다. 붓꽃의 노란색―랭보의 고향이며 시의 배경인 아르덴 지방에서는 붓꽃을 보통 "글라디올러스"라고 불렀다―은 바로 그를 감싸 주는 따뜻함이며, 이렇듯 자연과 잠든 자의 육신은 합일의 과정을 밟고 있다. 마지막 넷째 연에서 랭보는 마침내 깨어날 수 없는 병사의 수면을 말한다. 시인은 정적 속에 잠든 자와 자연의 생명력을 연결시켜 줄 "향기"에 그의 코가 자극되지 않음을 시인하며, 옆구리의 "붉은 구멍 두 개"로 그의 죽음을 표현한다. 이 시―그림 속에서 그것을 바라보는 시선이 마침내 옆구리의 붉은 상흔에 멎게 될 때, 전쟁의 비극이 폐부를 찌르듯 강렬하게 전달된다. 특히 이 마지막 연의 시어들은 오로지 병사의 움직이지 않는 모습만을 말함으로써, 자연의 생명력과의 교류가 사라진, 그러나 한 인간 생명이 절대적으로 자연에 귀일하는, 적막과 부동의 세계 하나를 완성한다. 시의 첫머리에서 생명의 어떤 근원처럼 보이는 "초록 구렁"이 죽음의 "붉은 구멍"으로 전도되는 곳에, 자연과 합일하려는 열망이 죽음으로만 성취된다는 또 하나의 비극이 있는 것이다.

앙드레 브르통André Breton이 1915년 비가 쏟아지는 어느 날 우연히 만난 여인이 그에게 낭송해 주었다는 이 시는, 세계 1차 대전 중이었던 시점임에 비추어 어쩌면 패배적 낭만주의를 이 『나자Nadja』의 작가에게 전해 주었는지도 모른다. 그러나 브르통은 이 시를 낭독하는 여인과의 만남을 산문시집 『일뤼미나시옹』의 「헌신」에 담겨 있는 "주술적 힘"과 같은 것으로 언급하고 있다는 점에 주목해야 한다. 말하자면, 누워 있는 병사의 주검은 전쟁의 패배를 의미하기보다는 소생의 언어를 기다리는 제단의 존재와 같은 것이다. 이에 대한 역할은 "자연"이 할 것이다. 「오필리아」에서 광기에 빠져 죽은 가련한 여인의 무한한 생명의 확장을 기대는 곳이 "하늘, 사랑, 자유"였다. 사랑과 자유가 프랑스 혁명의 주요 개념이었다면, 하늘은 바로 대자연의 일부로 모든 것을 구원한다. 랭보가 자연에게 외치는 장면은 이 시가 인상주의적 화폭을 넘어 주술적 힘을 담고 있는 언어의 광활한 대지를 노래하고 있는 것이다.

5) 「사르브뤽의 빛나는 승리」 - 황제의 졸병들

황제 폐하 만세 외침 속에서 거둔 승리!

찬란하게 채색된
벨기에 판화,
샤를루아에서 35전에 팔리고 있다

가운데에, 황제가, 푸르고 노란
화려한 의장에 싸여, 가고 있다, 뻣뻣하게, 불꽃무늬
제 말을 타고; 아주 행복하게,—보이는 모든 것이 장미 빛이기에,
제우스처럼 무섭고 어느 아빠처럼 온화한 그는;

아래에는, 금빛 북과 붉은 색 대포 곁에서,
낮잠 자고 있던 선량한 <졸병>들이
점잖게 일어서고 있다. 피투는 웃옷을 다시 걸치고
<부대장> 쪽으로 몸을 돌린 채, 위대한 이름들에 넋을 놓고 있구나!

오른쪽에, 제 샤스포 총 개머리판에 기대고 있는
뒤마네는 짧은 머리 목덜미에 오싹함을 느끼고,
"황제 폐하 만세 !!"─그의 옆 사람은 조용한데……

군모 하나가 솟아오른다, 검은 태양처럼……─중앙에,
붉고 푸른 옷의, 아주 순진한 보키용이 배를 내밀고
일어서, 그리고─제 후미부대를 보여주며─: "뭐에 대한 건데?……"

1870년 10월

　이 시에서 랭보는, 1870년 8월 2일에 벌어진, 보불전쟁의 사르브뤽
전투의 승리를 그린 벨기에의 판화를 중앙, 하단, 오른쪽 면으로 나누
어 차례로 묘사하고 있다. 첫째 연에서는 전투에 승리한 황제의 당당
한 모습을 그리고 있으나, 다음 연에서는 그림의 아랫부분과 오른쪽
면에 위치한 병사들을 무기력하고 다소 우스꽝스럽게 표현하고 있다.
이는 전투의 결과에 대한 황제와 병사들의 자세가 서로 확연히 다르
다는 것을 보여 주고 있다. 이렇게 볼 때, "아주 행복하게" 화려한 말
을 타고 가는 황제도 나 혼자만의 승리에 도취한 돈키호테적인 존재
로 묘사되어 있는 듯하다. 『드므니 문집』 제2권에 필사되어 있는 이
시의 하단에 "1870년 10월"이라는 날짜가 적혀 있는데, 이때 이미 보
불전쟁은 이미 프랑스의 패배로 종결되어 있었다. 랭보는, 대개의 경
우, 시를 재복사한 날짜를 적어 두는 습관이 있었기 때문에, 시의 제
작시점이 10월이라고 단정할 수는 없지만, 이 판화를 시의 배경으로

선택한 것은 전쟁에서 패배할(혹은 이미 패배한) 황제에 대한 조롱이 그 목적이라고 볼 수 있을 것이다. "빛나는 승리", "황제 폐하 만세"라는 표현은 반어적인 것으로 의도적인 선택이며, 판화의 찬란한 채색을 강조하고 있는 것은 전투보다는 말의 장식, 무기 및 복장의 색채와 같은 부수적인 면에서 시각적 효과를 내세우는 나폴레옹 군대의 행태를 비꼬는 듯하다. 또한 판화가 "35전"에 팔린다는 것은 전투의 승리에 특별한 가치를 줄 수 없다는 말과 다름 아니다. 보들레르는 전투에 관한 그림에 대하여 "이런 종류의 그림은, 그것에 대하여 생각해 보면, 거짓이고 아무 의미도 아닌 것을 내세우고 있다. <진정한> 전투는 한 폭의 그림이 아닌 것이다. 전투로서 이해가 되고 결과적으로 흥미로운 것이 되기 위해서, 그것은, 일렬로 선 전투부대를 가장하면서, 희고, 푸르고 혹은 검은 선밖에는 달리 표현할 수 없기 때문이다"(보들레르, 『1859년 살롱』)라면서 매우 부정적으로 평가하고 있다. 진정한 전투라는 것은 그림에 드러낼 수 없을뿐더러, 애당초 나폴레옹의 승리는 허망하게 없어지는 "파르스름한 여린 구름"(「황제들의 분노」)에 불과한 것이었다.

첫째 연에서, 승리한 전투의 현장에 황제는 당당하게 오고 있다. 그런데 황제가 타고 있는 "말"은 일상적인 어휘가 아니라, 어린아이가 즐겨 쓰는 것으로 대체되어 있고, 이 단어가 다음 행에서 역시 어린 아이의 용어인 "아빠"와 각운이 맞아 있는 것은 황제의 유치한 행동을 극대화하기 위한 것이다. 그는 "뻣뻣하게" 등장하면서, 우스꽝스럽게도 어떤 때는 제우스처럼 무서운 표정이고 또 다른 때는 자식을 대하는 듯이 온화한 얼굴을 하는 일관성 없는 모습을 보여 주고 있다. 그는 모든 것을 장밋빛으로 보고 있으며, 이 판단의 오류 속에서 느끼는 그의 행복은 결국 허위로 증명될 것임을 랭보는 이 그림—

시에서 풍자하고 있다. 더구나 랭보에게서 온화하고 행복한 얼굴은 억압자 혹은 위선자의 특징으로 등장되고 있다. 예컨대, 「대장장이」에서 민중을 억압했던 자들을 "우리의 온화한 대표자님들"로 조롱했으며, 「타르튀프의 징벌」은 호색의 마음을 정결한 검은 승복 속에 감추고 "행복한 모습"으로 가고 있는 "무시무시하게 부드러운" 얼굴의 타르튀프를 묘사하고 있다. 이 "벨기에 판화"에서 말을 타고 승전의 현장에 등장한 황제는 민중의 억압자이며 위선자로 랭보의 시선에 의해서 포착된 것이다. 둘째 연의 다양한 색채는 치열한 전투의 흔적을 담고 있지 않다. 졸병들의 북은 금빛으로 빛나고 그들의 대포는 붉은색으로 칠해져 있다. 이 장치들은 단지 그림의 장식이며, 나폴레옹의 체제를 선전하는 도구일 뿐이다. 더구나 군인들은 낮잠을 자고 있다가, 황제가 다가오자, 깨어나 서서히 일어서고 옷을 다시 걸치고 있는 패잔병 혹은, 「어릿광대의 마음」에서 더욱 시학적으로 묘사될, 성적인 쾌락에 열중했던 얼빠진 졸병의 모습이라는 점이 특이하다. 또한 전투의 공로자와 같은 "위대한 이름"(또는 부대장이 호명하는 병사들의 이름 자체에 대한 반어적인 표현)을 대는 부대장의 모습에 단지 넋을 놓고 있을 뿐이다. 이들 중에서 "피투"는 뒤마Dumas가 1852년에 나온 그의 소설 『앙주 피투』에서 사용한 왕정의 풍자가요작사가였던 루이-앙주 피투에 해당되는 존재인데, 1870년에 와서 이 "피투"란 이름은 순진하고 선량한 더 나아가 멍청한 군인의 상징이 되었다. 셋째 연의 "뒤마네"는 19세기 사전에 나와 있는 우스운 군인의 전형으로, 피투와 함께 풍자화에 종종 등장하고 있다. 그는 다른 군인들과는 달리 혼자서 "황제 폐하 만세"를 외치는데, 이 말은 다음 연의 "뭐에 대한 건데"라는 보키용의 조롱적인 반응을 유발할 뿐이다. 또한 이 "뒤마네"의 외침은 이중적 의미를 지니고 있다. 즉, 19세기의 비어로 '황제 폐하 만세를 외치다'라는 것은 '자위하다'라는 의미로 쓰였는데, 이는 랭보의 소네트가 나폴레옹 3세에 대한 강한 적대감을 얼마나 강하고 효과적으로 나타내고 있는지를 잘 보여 주고 있다. 뒤 마네가 들고 있는 샤스포 소총은 보불전쟁에서 쓰였지만, 1874년 이후에는 다른 총으로 대체된다. 이 소총을 가슴에 끼고 도시 입구를 지키는 "배불뚝이 자들"을 랭보는 그의 1870년 8월 25일 자 편지에서 조롱하고 있다. 마지막 행의 군모는 보나파르트 파들의 상징이다. 샤스포 소총과 함께 반−제국주의를 표출할 수 있는 시적 도구인 것이다. 더구나 이 군모를 "검은 태양"에 비유한 것은 혁명군의 모자인 붉은 보네와 대조된다. 판화의 "중앙에" 있는 보키용은 시학적으로 첫째 연에서 판화의 "가운데에" 있는 황제와 동일 인물일 수 있다. 랭보는 사르브뤽의 승전에서 몰락하는 황제를 예견하고 있는 것은 아닐까? 시의 말미에 "나무꾼" 혹은 "농부"와 같은 민중적인 존재를 그리며, 그를 관습에 안주하는 자로 조롱하는 것은 1872년의 자유 운문시 「카시스의 강」에서도 반복되는 시적 테마이다.

「유구르타」에서 보인 불확정적인 반제국주의는 1870년의 역사적 부침을 거치면서 확고한 시 사상으로 발전된다. 전쟁전야의 긴장, 전쟁의 비극성 그리고 패망의 허무함 등이 단계적으로 표현된 다섯 편의 소네트가 역사를 기반으로 하면서도 시적인 울림을 간직하고 있는 것은 시의 현실참여가 시인의 문학적 감수성 혹은 상상력을 동력으로 하고 있기 때문이다. 첫째 시의 서두를 장식하고 있는 국민을 선동하려는 『르 페이』지의 기사는 "고통 속에서 황홀했던 위대한 사람들", "누더기 속에서 사랑으로 심장이 고동쳤던 당신들"로 지칭되는 병사들에 대한 감동적 호칭 속에서 그 시사성을 상실하고 만다.

1792년의 숭고한 전사자들을 승화된 시적 존재로 만들면서 보수주의자들의 구국적 외침을 상쇄시키는 것이다. 두 번째 시가 제정과 교회의 결탁을 통한 악의 절정을 그린다면, 이 두 가지 사상이 연결될 수 있는 것은 시의 중심부에 "자연"과 병사들의 관계를 설정하고, 그 초록 "자연"을 자유가 넘치는 공화정과 일치시킨 시인의 탁월한 작업에 기인한다. 그것은 풍자화였다. 그림의 윗부분은 "창공의 무한"으로 색칠되고 "산탄의 붉은 가래" 밑에 시신들이 쌓여 있으며, "왕"은 그들을 비웃고 있다. 그림의 하부는 교회다. 호화스런 제단과 졸고 있는 어떤 "신", 흐느끼며 성금을 바치는 가련한 어머니가 있다. 인류가 지금 어떤 비극으로 치닫고 있는가를 직시하지 않고는 그려 낼 수 없는 지독한 풍자화를 랭보는 시적 감수성 속에서 완성시킨 것이다. 세 번째 작품에서 랭보는 추락한 황제의 초상에 시선을 맞추고 있다. 승리한 프러시아의 "꽃핀 잔디밭"과 패망한 황제의 "검은 옷"이라는 색채의 대비가 돋보인다. 이는 자유를 촛불 끄듯 억눌렸던 권력자와 지금 "허리가 삔" 병든 자, "잡혀 있는 몸"과의 현실적 괴리를 분명히 설명하고 있다. 역사의 반전이 시적 대상의 대립관계를 통해 제시된 것이다. 네 번째 시는 인상주의적 화폭 속에 전화戰禍의 참혹함을 침착하게 담아내고 있다. 들라크루아Delacroix의 「키오스 섬의 대학살」이 그리스 독립전쟁의 비극을 원경과 근경으로 나누어 수많은 터키군인들의 폭압적 진압 및 납치, 살해를 선의 역동성과 인물들의 다양한 감정의 표출 속에서 매우 리얼하게 드러내는 것과 대조된다. 그렇다면, 이 시-그림은 보불전쟁에 대한 고발이 낭만주의적 방식으로 이루어졌다고 볼 수 없을 것이다. 옆구리에 두 번의 총을 맞고, 계곡물 소리만이 울려 퍼지고 있는 이 허망한 계곡에 죽어 누워 있는 병사의 외로운 모습은 시끄럽고 요란한 전투의 장면이 주는 인상보다 강렬하다. 이것은 화자의 시각과 그의 시어가 맞물려 만들어 내는 시의 깊이이고 그 전망의 넓이를 증거하고 있는 것이다. 마지막 시편에 와서, 황제에 대한 조롱이 또다시 판화라는 소재를 통하여 거의 직설적으로 가해진다. 랭보가 이러한 리얼리즘을 바탕으로 하는 시를 "판타지아"라고 말한 것은 곧 참여시의 방향설정이다. 1870년에는 서정시의 진수를 보여 주는 「나의 방랑」의 부제였고, 1871년 초 파리코뮌의 결성을 앞두고 민중 신문인 『인민의 외침Cri du peuple』에서 실린 발레스나 베르메르수의 기고문들, 다시 말하면 부르주아와 침략자, 파리의 항복 파들과 베를린의 정복자들, 비스마르크와 티에르 등의 결탁을 고발하며 사회혁명을 외치는 기사들을 그렇게 불렀으며, 코뮌이 절정에 달하는 순간에 새로운 문학의 시도로 쓰인 자신의 작품, 「처형당한 가슴」을 일컫는 말이었다. 두 가지의 중요한 문학적 테마인 개인적 서정과 사회적 리얼리즘과의 조화를 겨누고 있는 것이다. 제정의 보수파들이 예술에 대하여 칼날을 번득이고 있었던 1850년대 말에 위고와 보들레르가 벌인 예술의 역할에 대한 논쟁이나, 순수예술론에서 중심적 역할을 한 고티에가 제정의 옹호자일 수밖에 없는 문학의 이중성에 대한 의문은 결국 1870년대 시인들이 해결해야 할 것이었으며 랭보의 시는 이에 대한 전범典範을 제시하고 있는 것이다.

2. 보들레르 비평가, 랭보 – 순수 예술이냐 진보의 예술이냐

1859년 보들레르가 「고티에」론에 대한 서문을 망명 중인 빅토르 위고에게 부탁하면서 나눈 두 시인의 예술론에 대한 견해를 살펴보기 전에, 보들레르에 관한 고티에의 글을 먼저 읽어 보자.

비평가들과 수사학자들에 따르면, 이 모든 것들은 단지 데카당스, 악취미, 기묘함, 과장, 탐구, 신조어법, 퇴폐 그리고 괴기함일 뿐이다. (……) 우리가 보기에, 데카당스라고 불리는 것은 그와는 반대로 완전한 성숙이며, 극단의 문명이고 사물들의 정점인 것이다. (……)

보들레르 씨의 시집은, 예술의 자율성을 이해하지 못하면서, 시인에게 가르치고, 증명하고, 교화하고 결국 유용한 인물이 되어야 한다고 요구하는 이런 종류의 비평을 아주 불안하게 만들었던 것이다. 비도덕적이라는 위선과 무지와 악의에 찬 말이 그에게 던져졌다. (……)

『악의 꽃』의 저자에게 한 빅토르 위고의 진정한 이 몇 마디 말로 이제 글을 마치도록 하자: "당신은 예술의 하늘을 알 수 없는 어떤 음산한 빛으로 채웠습니다, 당신은 어떤 새로운 전율을 창조하는 것입니다."

(고티에, 「1821년생 샤를 보들레르」)

특히 고티에는 보들레르가 위고에게 보냈던 「작은 노파들」에 대하여 언급하면서 발작의 말을 빌어서 이 노파들을 "페르-라 쉐즈의 베누스"로 부르며, "야릇한 판타지"로 규정하고 있다. 「작은 노파들」과 「일곱 명의 노인들」을 읽고 위고가 말한 "음산한 빛", "새로운 전율"이란 표현에서 착상을 얻은 것 같다. 고티에는 1868년에 쓴 「보들레르」론에서 1862년도의 이런 비평을 셰익스피어의 『맥베스 Macbeth』에 나오는 "아름다운 것은 무섭고, 무서운 것은 아름답다"라는 말을 인용하며 보들레르의 "이런 종류의 의도된 추악함"을 더욱 상세히 전개시키고 있다. 또한 보들레르가 발표한 두 편의 「고티에」를 스스로 인용하면서 『악의 꽃 Les Fleurs du mal』의 작가가 품고 있는 시의 목적, 시의 원리에 대한 생각을 펼쳐 보이고 있다. 고티에의 「보들레르」는 위고의 생각을 근간으로 하고, 보들레르의 글을 인용하면서 형성된 것이다. '예술을 위한 예술'의 고티에가 보들레르 시 분석의 결론으로 늘 사용하고 있는, "건지 섬의 라 파트모스에서 몽상에 잠겨 있는 시의 사도 요한"이라는 위고의 말은 보들레르에게 보낸 1859년의 편지에서 나온 것이다. 고티에는 인용하고 있지 않지만, 사실 더욱 중요한 것은 편지에 드러난 예술에 대한 보들레르와 위고의 서로 다른 시각입니다. 이 점을 간과한다면, "새로운 전율을 창조하고 있다"는 보들레르에 대한 위고의 평가를 제대로 이해 못할 것이다.

보들레르는 1859년 3월 13일 『예술가』지에 「고티에」를 발표한다. 이것은 잡지가 기획하고 있는 『19세기의 인물 묘사문집』의 일환이었다. 여러 작가나 화가들에 대하여 필자를 구성하고 순차적으로 글을 싣는 것인데, 고티에에 대해서는 보들레르가 맡게 되었던 것이다. 잡지에 글이 나오기 전인 2월 16일, 그는 풀레－말라시에게 보낸 편지에서 「고티에」론을 소책자로 발간할 것을 제의한다. 1857년의 『악의 꽃』이 유죄판결을 받아 자신의 예술론에 대한 변론의 기회로 생각하고 있던 보들레르는 이 글이 또다시 "한심한 녀석들 사이에서 한 바탕 웃음거리"로 전락한 것에 자괴심을 갖고 파리의 문인들로부터 존경받고 있던 위고의 편지를 받아 책의 서문으로 실음으로써, 이런 분위기를 반전시키고자 했던 것이다. 그는 곧바로 「고티에」론이 실린 『예술가』지 한 부를 위고에게 보낸다. 이에 대한 위고의 답신은 파리의 잡지 사무실에 도착했지만, 당시 옹플뢰르에 있었던 보들레르에게 전달되지 못하고 분실된다. 초조해진 보들레르는 다시 잡지 한 부와 이번에는 두 편의 시 「작은 노파들」과 「일곱 명의 노인들」을 함께 위고에게 보낸다. 편지의 일부를 읽어 보자.

저는 선생님의 시집들을 외우고 있으며, 시와 도덕성의 연결에 관하여 선생님에 의하여 일반적으로 제기된 이론을 제가 넘어섰다는 것을 선생님의 서문들은 저에게 보여 주고 있습니다. 그러나 세상이 무섭도록 예술과 멀어져 가는 이 시대에, 사람들이 유용성이라는 생각에만 빠져 있는 이 시대에 저는 반대 방향으로 약간 과장을 해서 크게 문제될 것은 없다고 믿습니다.

(위고에게 보낸 1859년 9월 23일 자 보들레르의 편지)

보들레르는 시와 도덕성의 문제, 다시 말하면 시의 사회적 유용성에 대하여 위고와 분명히 선을 긋고 있는 것이다. 이 편지에 대한 위고의 답신도 보들레르의 두 편의 시에 대한 찬사를 제외한다면, 순수 예술에 대치되는 예술의 "진보"론에 맞추어져 있다. "내가 지금 고통받고 있으며 죽을 준비를 하고 있는 것은 바로 이 진보를 위해서라오"라고 외치는 위고의 반응을 강하고 예민하다. 망명지에서 정부의 사면을 거부한 그로서는 당연한 외침이며, "세상이 무섭도록 예술과 멀어져 가는 이 시대"라고 규정하면서 예술의 사회적 의무를 배격하는 예술론은 공허하게 들릴 뿐이다. 건지 섬의 그는 시와 도덕성의 연맹이 더욱 절실히 요구되는 시대를 살고 있는 것이다. 그의 진보에 관한 외침을 들어 보자.

나는 절대로 <예술을 위한 예술>이라고 말한 적이 없습니다. 늘 <진보를 위한 예술>이라고 말했죠. 결국은 같은 말인데, 당신은 아주 예리한 정신을 지니고 있기 때문에 그것을 느낄 수 있을 것입니다. 앞으로 나아갑시다! 이것은 <진보>의 말이고 또한 <예술>의 외침이기도 하죠. 비로 여기에 시의 모든 언어가 존재합니다. (……)
<인류>의 발걸음은 결국 <예술>의 발걸음과 같은 것입니다.
— 따라서, <진보>에 영광을 돌립시다.

(보들레르에게 보낸 1859년 10월 6일 자 위고의 편지)

보들레르가 세상을 떠난 다음 해인 1868년에 나오는 『악의 꽃』의 서문을 고티에가 맡는다. 고티에는 보들레르에 관한 기존의 두 편의 평론을 상당부분 보완하고 심도 있게 다루면서, 시인의 독창적 미학의 발로를 "데카당스"로 명명하였으며, 당대의 평론가 생트-뵈브는 "보들레르의 광기"라고 규정하였다. 이 광기는 순수예술의 극점에서 태동된다. 문학을 의도적으로 사회에서 유리시킨 채, 시어에 모든 예술적 세공이 깃들게 하고 시의 대상물들을 초자연주의의 끝없는 대지로 여행시킨다. 이 예술성과 초자연주의의 결합은 만물상응의 비밀을 해독하는 새로운 문학적 언어를 태생시켰던 것이다. 고티에의 세 번에 걸친 보들레르에 관한 글은 그의 <예술을 위한 예술>의 순수성을 옹호함과 동시에 『악의 꽃』의 후속적 생명력을 평가한 빛나는 평론이라 하겠다. 그러나 실상 1860년대는 순수예술론의 조락기라고 간주될 수 있다. 고티에는 제2제정의 업적을 찬양하는 글을 쓰면서 새로운 시대의 산업과 공업의 발전에 찬사를 보낸다. 예술의 효용성을 간혹 배척하지 않는 모습은 순수예술론의 약화를 의미하는 것이다. 실제로 고티에와 방빌 등이 주도했던 파르나스파의 창작지인 『근대의 파르나스*Parnasse contemporain*』는 1864년 제1호가 발간되고 제2호는 1870년대로 연기되는데, 이것은 1870년에 발발한 보불전쟁이 직접적인 이유이지만, 그보다도 당시 예술사회의 분위기가 <예술을 위한 예술>론에서 탈피하고 있다는 것을 말해 주는 것이다. 1870년대의 파르나스는 이미 존재가치를 상실했다. 『근대의 파르나스』지에 시를 실음으로써 파리 문단에 소개되고자 했던 랭보도 보불전과 이듬해의 파리 코뮌으로 인하여 급격히 정치, 사회적 참여의 시인으로 변신한다. 나폴레옹 3세를 조롱하고 가톨릭의 권위주의에 냉소를 보내며 파리코뮌의 투사들에 대한 깊은 공감과 연민이 깃든 시편들을 쓰는 랭보는 순수예술론과는 이미 먼 거리에 있었던 것이다.

랭보와 보들레르와의 상이성은 시적 언어행위의 역할에서 더욱 깊어진다. 개체적 예술을 마지막 단계까지, 그리고 그 극점의 혼돈함에 이르기까지 밀고 간 후, 거기서 시의 창조적 주체성을 연마해 내기 위하여 우주의 유추 관계 속에서 비밀스런 언표를 설정하는 보들레르의 언어에 비해, 랭보의 언어는 시적 예술의 낡은 테두리를 뛰어넘어 미지세계를 만들어 내기 위해서 이곳에서 우주의 유추관계를 탐색하는 일을 포기한다. 랭보는 1871년 5월 15일자 투시자의 편지에서 보들레르를 우선 "시인들의 왕"으로 규정하지만, 다음 단계의 비평은 우리에게 이 두 시인, 즉 단 한 번도 진실의 우수한 형태인 언어의 진리가 그 얼굴을 보여 주지 못했던 시인과 언어의 진리에 의해 규정된 운명을 설명하기를 거부하는 또 다른 시인 사이의 차이를 암시하고 있다.

> 아직도 너무나 예술적인 환경에서 그는 살았습니다. 따라서 그에게서 그토록 칭송되는 형식은 보잘것없습니다. 미지세계의 것들을 창작해 내려면 새로운 형식이 필요합니다.
>
> (1871년 5월 15일 자 랭보의 편지)

랭보는 새로운 것에 대한 탐구가 우주의 거대함으로 열린 깨어 있는 정신에 의해서 실행되기를 바라고 있다. 다시 말하면, 이런 비판을 통하여 "너무나 예술적인 환경" 속에 고립되어 있는 개체적인 예술의 주관성을 고발하고 있다. 보들레르의 시는 아직도 개인의 근심과 욕망만을 담고 있으며 모든 인류의 앞날에 대한 걱정과 그 인류의 진보를 위한 노력이 부족하다는 것이다. 보들레르의 순수예술론은 역사가 있다. 1859년에 있었던 보들레르와 위고와의 논쟁을 여기서 언급치 않더라도, 고티에의 순수예술론에 심취되어 있었던 「고티에」론의 저자는 우주의 만물상응이 그 근간을 이루고 있는 시의 순수성으로부터 진보라는 용어를 제거하려 했으며, 그러한 노력을 적어도 나폴레옹 3세의 쿠데타 이후 지속하고 있었다. 그러나 보들레르의 문학론은 1840년대 초부터 맺어 온 공화파의 가요작가인 피에르 뒤퐁Pierre Dupont과의 우정이 말해 주듯, 민중에 대한 연민으로 시작되었으며, 1848년 2월 혁명 전후에는 뒤퐁과 동지적 관계 속에서 혁명의 성공을 열렬히 기대했었다. 그런 만큼 보들레르는 더욱 제2제정의 출발에 절망했고, 그것이 그로 하여금 순수문학의 길을 걷게 했는지도 모른다. 1851년에 나온 보들레르의 「피에르 뒤퐁에 관한 약술」은 이런 보들레르의 모습을 보여 주고 있으며, 10년 후인 1861년에 발표된 두 번째 「피에르 뒤퐁」에서도 그는 이 민중가요 작사자를 높이 평가하고 있다. 따라서 보들레르의 순수예술론은 파르나스 파, 여기서 랭보가 투시자의 편지에서 제2세대의 로망주의자로 일컫고 있는 작가들의 그것과는 구별되며, 그 순수라는 것은 사회의 악과 민중의 아픔 속에서 피어나는 고통스런 꽃망울과도 같은 것이다. 파르나스파의 <예술을 위한 예술>이라는 측면에서의 예술지상주의는 피에르 뒤퐁에 관한 처음의 글에서 이미 신랄히 비판된 바 있음이 이것을 말해 준다. 그럼에도 불구하고, 보들레르의 시적 사상은 "섬세하고, 기교에 차 있으며, 지나친 멋으로 얼룩져 있고, 이상하게 심오하고 개인적이며, 과도함과 극도에 이르기까지 새로운 것에 대한 탐구를 밀고 나간다" (「1830년 이후 프랑스 시의 진보」)라는 고티에의 언급은 특히 1871년의 랭보에게 유효했다. 보들레르의 예술적 가치는 그의 극단적인 예술적 성숙에 있는 것이며, 이것은 "데카당스적인 문체"로, 다시 말하면 "언어의 영역을 무너뜨리고, 모든 기술적 어휘를 사용하며, 모든 팔레트에서 색채들과 모든 음역에서 음표들을 취하고, 사상을 형언할 수 없는 것으로 돌려놓으며, 가장 막연하고 가장 아득히 사라지는 윤곽의 테두리로 형태를 만들어 내는, 정교하고, 복잡하며, 박식하고, 뉘앙스와 탐구로 그득한 문체"(고티에, 1868년도 전집 『악의 꽃』의 서문)로 이루어지는 것이다.

"미지세계의 것들을 창작해 내려면 새로운 형식이 필요하다"는 랭보의 지적으로 돌아와서 이 데카당스적인 문체를 살펴보자. 가장 막연하고 가장 아득히 사라지는 윤곽의 시적 형태는 산문시에 적용될 수 있다. 가장 유연하고 자유로운 테두리 속에서 시의 언어는 "근대적 삶, 아니 오히려 근대적이며 더욱 추상적인 하나의 삶"(보들레르, 『파리의 우울』의 서문 「아르센 우세에게」)에 대한 모든 기술이 가능한 것이다. 랭보에 의하여 최초의 견자로 규정된 보들레르는 여기서 집단적이고 구체적인 삶이 아닌, "추상적인 하나의 삶"을 생각하고 있다. 결과적으로, 최초의 조형적인 형태가 용해되어 시인의 영혼 속에서 그 모습을 찾는 시의 세계에 도달하는 것이 보들레르에게는 문제가 된다. 이것이 시의 형태, 일반적으로, 시적 예술의 형식을 쇄신할 것을 약속하면서 그가 지니고 있는 야망이다.

> 야망의 나날에, 운율도 없고 각운도 없는 음악적이고 시적인 산문, 아주 유연하고 영혼의 서정적인 움직임과 몽상의 물결과 의식의 도약에 적응하는 산문의 기적을 꿈꾸지 않은 자는 우리들 사이에 그 누구란 말인가?

> (보들레르, 『파리의 우울』의 서문 「아르센 우세에게」)

랭보가 시의 새로운 형태를 말할 때 그가 이미 산문시를 생각하고 있었는지는 알 수 없다. 그러나 분명한 것은 그가 전통적인 시적 표현방식을 단절할 뿐만 아니라, 개인의 영혼, 몽상 그리고 의식이 모여 있는 시의 자아 중심적인 장소, "추상적인 하나의 삶"이 벌어지는 주관적인 무대를 떠나야 하는 시인의 숭고하고 어려운 임무를 단호히 믿고 있었다는 것이다. "미지세계의 것들을 창작해 내려면", "너무 예술적인 환경"에서 오는 "근대시와 그림의 명성"(랭보, 『지옥에서 보낸 한철』)을 조롱할 수 있는 보편적 영혼이 필요하다. 이 보편적 영혼에 대한 추구가 랭보 시의 중심적 테마가 되며, 결국은 시의 파괴로까지 몰고 가게 되는 것이다.

보들레르의 과도한 예술성은 당대의 평가에 머물러야 할 것인가? 위고에게 보낸 「학鶴」에서, 도시 전체가 시인에게는 알레고리라는 공간에 대한 시학적 시각은 그 내부에 존재하는 여성들이 품고 있는 시대의 근대성에 가 닿았다. 말하자면, 트로이아의 전사 헥토르의 부인 안드로마케의 비극적 삶이 근대의 도시 파리에 핀 하나의 꽃으로 피어나고 있는 것인데, 이는 정신과 육감, 순수성(순결함)에 대한 향수와 더러움(부도덕, 퇴폐)에 대한 의식 등이 결합한 <악의 꽃들>에 대한 언어의 치밀한 표현이며, 신화와 역사를 다가오는 담론으로 형상화시킨 시어의 놀라운 변신인 것이다. <예술을 위한 예술>의 텅 빈 형태와 무의미한 완벽성에서 벗어나 다른 형태의 내면성이 단절과 조화, 외부적 조형과 내적인 파격으로 형상화되고 있다. 구체적이고 일상적인 체험이 다양하고 보편적인 하나의 이미지로 승화되는 시점에서 시가 제 의미를 찾는 고통스런 강박관념이 보들레르의 시를 지배하고 있었던 것이다. 보들레르로부터 「학」을 받아 읽은 위고가 "다른 곳, 전율, 떨림으로 그득 찬 당신의 시행들 속에서 심연의 세계가 엿보인다"라고 답신하는 것은 "진정한 사상들이 갖고 있는 깊이"에 대한 언급이었다.

1841년 보들레르는 의붓아버지의 강권에 못 이겨 프랑스 보르도를 떠나 인도 캘커타로 향하는 배에 오른다. 이 여행 중에 「식민지의 어떤 백인 부인에게」라는 소네트를 쓰게 되는데, 시인은 이 시편에서부터 벌써 향기와 여성적 아름다움의 관련성을 표현해 내고 있다. 파리의 혼탁한 예술세계로부터 시인을 유리시켜 보려는 의도에서 행해진 이 여행이 오히려 시인의 시적 감성과 이국적 경험을 풍부하게 만든 것이다. 낭만주의의 서정성과 신비주의가 극복되고 시어의 아름다움에 그것을 다른 식으로 드러내는 상징성을 숨겨 두는 것은 바로 이 시점부터다. 그러나 스웨덴보리와 호프만을 거쳐 프랑스에 전래한 신비주의의 전통을 독창적 시학으로 발전시켜 표현한 것이 저 유명한 「만물상응」이다. 즉, 시각, 청각, 후각의 상응을 통하여 평상적인 감각으로는 지각해 낼 수 없는 미지의 세계로 시인은 들어가서, 공감각의 단일성이 주는 만물들의 상응을 이해하고 그곳의 새로운 언어체계를 시인은 해독해야 한다는 것이다. 이것은 시인의 의무이며, 사회적으로 혹은 이념적으로 개혁할 수 없는 지금의 사회체계를 시인의 미학으로 변화시켜야 한다는 것을 의미한다. 이런 점에서, 『악의 꽃』이라는 제목의 태동과정은 의미 있다. 보들레르는 『1845년 살롱*Salon de 1845*』이라는 예술 비평론으로 문단에서 활동하기 시작한다. 같은 해 10월에 나온, 그의 친구 피에르 뒤퐁의 저서 겉장에 시집 『레즈비언*Les Lesbiennes*』의 출간이 예고되고 되었으며 이것은 『1846년 살롱 *Salon de 1846*』에서 반복된다. 이 제목은 여러 가지를 암시하고 있다. 즉, 미학적 성찰과 시적 창조라는 두 가지 관념에 시인이 집착하고 있음을 보여 주고 있다. 선善과 아름다움은 구별되어야 하며, 진정한

미, 즉 인간의 내면에까지 무섭게 와 닿는 전율하는 미는 관습의 파격에서 혹은 악에서 도출될 수 있다는 것이다. <레즈비언>, 즉 여성 동성애자들에 대하여 시인의 시선이 가닿는 것은 순전히 미학적 의도이나 당시 파리의 보수적인 분위기에서는 매우 위험한 것이었다. 이 시집 제목과 직접 관련이 있는 「레스보스 섬」이란 시는 다른 몇 편의 시들과 함께 결국 문제가 되고 만다. 사회의 미풍양식을 해친다는 보수주의자들의 공격─『피가로』지의 기사가 발단─을 받아 재판에 회부되어, 여섯 편의 시가 삭제되고 출판사와 저자는 벌금형의 선고를 받는다. 유죄판결을 받은 시편들 중에 보들레르의 혼혈 애인 잔 뒤발에 관련된 「망각의 강」 그리고 그의 또 다른 연인 사바티에 부인에게 보낸 「너무도 쾌활한 여인에게」 등이 포함된다.

1848년에 미셀 레비 출판사가 보들레르의 『고성소古聖所Les Limbes』의 출판을 언급한다. 그러니까 『악의 꽃』이란 새로운 제하에 18편의 시가 처음으로 잡지에 실리는 1855년까지 이 제목은 유효했던 것이다. 그런데 왜 보들레르는 『레즈비언』과는 일견 거리가 멀어 보이는 제목을 생각했을까? 1848년은 2월 혁명이 일어난 해이다. 1789년 프랑스 대혁명 이후 반전을 거듭하는 역사 속에서 1830년 7월 혁명에서 자신들을 배신했던 부르주아 정권을 타도하기 위해 일어선 노동자, 농민, 좌파 지식인, 공화주의자들이 일으킨 것이 2월 혁명이다. 1830년 7월 혁명 이후 18년간 지속되어 온 7월 군주제가 몰락하고, 임시 공화정이 선포된다. 혁명을 주도한 자들은 이제야말로 새로운 세상이 왔다고 굳게 믿고 있었다. 이런 희망의 열정 속에 들떠 있는 예술가, 시인 보들레르가 이 시점에서 『레즈비언』을 포기하고 『고성소』를 생각한 것은 어쩌면 당연한 귀결일지도 모른다. <고성소>는 예수의 탄생 전에 죽은 착한 사람이나 세례를 받지 않은 어린애의 영혼이 머무는 천국과 지옥 사이의 장소를 의미한다. 그러나 보들레르가 사용한 이 용어는 당시 사회계층에서 유리된 자, 산업혁명으로 분화되기 시작한 당시 사회에서 부르주아에 속하지도 못하고 그렇다고 피지배계급의 상징인 노동계층도 아닌 파리의 뒷골목을 배회하는 비렁뱅이들, 창녀들, 삼류 극장의 여배우들 그리고 시인 자신들을 포함한 배고픈 예술가들의 공간을 의미한다. 말하자면, 이 혁명의 소용돌이에서 시인은 체험의 지옥과 향수의 천국 사이에 존재하는 자들에 대한 연민을 드러낸 것이다. 이런 과정을 거쳐 1857년에 출판된『악의 꽃』은 레즈비언이 던져 주는 여성성에 대한 환기와 고성소가 함축하고 있는 사회적 근대성을 포함하고 있는 것이다. 레즈비언은 자연적 이성애와 생물학적 재생산을 부정함으로써 전통적인 성별 역할을 거부하는 여성들이며, 고성소는 부르주아와 노동계급이 남성 주체성을 나타내고 있는 데 반해, 파리의 산책자인 보들레르의 눈에 비친 그 둘 사이의 어두운 공간에 존재하는 여성들은 남성 사회로부터 배제되고 억압되었던 자들이지만 보들레르에게는 시인을 구원하는 피난처, 내밀성과 공적인 쾌락을 제공하는 존재라는 이중적 의미를 지니고 있다. 보들레르의 시학의 중심인 예술의 아름다움이 결국 시적인 존재에 대한 근대적 해석에 있다는 점을 지적하면서, <랭보의 여성>이라는 주제에 다가서자.

3. 초기 운문시의 여성들 – 오필리아, 베누스 그리고 잔-마리

랭보의 시에서 여성은 시학이다. 여성이 시적 대상으로서, 개인의 심리 혹은 집단의 현상에 대한 범상적인 묘사의 틀에 갇혀 있기보다는 곧바로 시의 본질로 자리 잡고 시를 지배하고 있기 때문이다. 「고 아들의 새해 선물」이란 최초의 시에서 어머니라는 여성이 부재함으로써 발생되는 어린 랭보의 박탈감은 시자체로 되어 있으며, 여성에 대한 그리움 혹은 사랑에 대한 희망이 허망한 시적 경험으로 녹아 있는 것이다. 또한 「감각」에서 소우주인 시적 화자가 무언과 무념의 상태 속에서 해체되고 우주의 입구로 보이는 "대자연"을 가로질러 새로운 세계로 출발하려는 욕망은 "여인과 함께"할 때 더욱 극대화될 것이라는 갈망을 시인은 노래하고 있다. 동반자로서의 여인은 곧 랭보를 실망시키고 조롱의 대상으로 변한다. 「음악회에서」 여자의 이미지는 부르주아의 천한 삶을 동행하는 단순한 인물이거나, 건달들의 성적인 조롱거리로 전락하고, 「첫날 밤」의 여자는 극화劇化되어 다소의 신비성을 갖추고 있지만 결국 옷 벗고 남자 앞에 나타나는 비천한 직업-그것이 19세기의 근대성을 설명해 주는 핵심적 사회상일지라도-의 여인으로 묘사된다. 또한 「니나의 재치 있는 대꾸」는 상상력과 환상이 부족한 여성의 한계를 분명히 하고 있는 시편으로 인정된다. 1870년과 1871년에 쓰인 초기 운문 시편들은 일반적으로 저항의 시로 분류된다. 반기독교나 반제국주의적 사상으로 무장한 랭보의 시어는 여성과 관련한 시편 속에서 더욱 시학적으로 항거의 외침을 담고 있으며, 시 자체에 대한 부정 속에서 새로운 사회, 새로운 문학을 제시하는 것이다. 이것은 본질적으로 여성의 관능과 추악함이라는 이중적 장치에서 출발하는데, 사회와 인간내면에는 선과 악, 밝음과 어두움이 공존한다는 낭만주의의 명제를 뛰어넘어 그 둘을 융합하는 시학이다. 종교적 선악의 개념도, 도덕적 판단도 이미 소멸되어 버린 영혼의 언어행위인 것이다.

「오필리아」는 랭보가 방빌Banville에게 보낸 1870년 5월 24일 자 편지에 삽입된 시이다. 셰익스피어Shakespeare의 『햄릿』에 등장하는 오필리아Ophelia를 소재로 하여 그려진 영국 화가 밀레이Millais의 작품 「오필리아」에서 직접적으로 영감을 받은 이 시는 편지 수신자인 방빌의 『여인상주』의 시편들로부터 몇 가지 표현이 차용되어 있다는 견해가 있다. 즉 랭보의 초기 시에서 종종 보이는 것처럼 이 시도 모작模作에 대한 논의가 활발한 것이다. 파르나스파의 수장이었던 방빌의 추천을 얻어 파리의 문단에 데뷔함으로써, 고향의 답답한 생활에서 벗어나고 싶어 했던 랭보에게 이런 모작은 필경 의도적인 것이었으리라. 그러나 "모작에서, 문자 행위는 하나의 텍스트를 생산하는 데 목적이 있는 것이 아니라 하나의 이름을 사용하는 데 있다"(장-루이 보드리, "랭보의 텍스트", 1968년 『텔 켈Tel Quel』지 제35호)라는 점에서 단순한 제목의 차용과 그 제목이 주는 포괄적 시적 대상들의 등장이 모작이 될 수는 없는 것이다. 셰익스피어의 오필리아가 그녀의 죽음을 통하여 하나의 비극적 상황을 종결시켰고, 밀레이는 어두운 필치의 화폭 속에서 그런 오필리아의 애절한 사연을 표현한 것으로 성공하였다면, 랭보의 오필리아는 죽음 너머 존재하는 다가오는 시의 예시자로 변모되어 있다. 시의 제1부는 다른 텍스트들이 주고 있는 여러 요소들이 담겨져 있으나, 시적 영감은 완전히 다르다.

Ⅰ

별들이 잠든 고요하고 검은 물결 위로
하얀 오필리아 떠내려간다, 한 송이 큰 백합처럼,
긴 베일을 두르고 누워, 아주 서서히 떠내려간다……
──먼 숲에서는 사냥몰이 각적 소리 들린다.

슬픈 오필리아 검고 긴 강물 위에 하얀 망령으로,

떠다니는 세월 천 년이 넘는구나.
그 부드러운 광기가 저녁 바람에
연가를 속삭이는 세월 천 년이 넘는구나.
(……)
구겨지는 수련들이 그녀를 둘러싸고 한숨짓는데,
잠든 오리나무 속에서, 그녀가 이따금 어느 둥지를 깨우니,
날개 파닥이는 작은 소리 한 번 새어나오고.
──신비로운 노래 하나 금빛별에서 내려온다.

(「오필리아」)

 먼 곳에서 울려 퍼지는 신비스런 소리, 혹은 인간 역사의 변천을 가로질러 "천 년" 넘는 세월을 흐르고 있는 "검고 긴 강"은 시인에게 영원한 존재에 대한 가능성을 던져 주고 있다. 오필리아에 대한 시각적 묘사의 한계를 넘어 여러 종류의 소리를 듣는 시인의 열린 감각은 보다 깊고 어두운 세계, 미지의 세계로 우리를 인도한다. 시의 새로운 영역에 대한 탐색을 랭보는 여성의 이미지를 통하여 시도하고 있는 것이다. 이처럼 오필리아는 죽음 너머 "연가를 속삭"이는 영원한 생명체이며 "꿈꾸는 그 넓은 이마"는 무한한 사색의 깊이를 담아내고 있다. 검은 강 주변의 버들가지, 수련 등은 그녀의 운명을 셰익스피어의 오필리아인 듯이 슬퍼하지만, 오필리아가 깨우는 어린 새들은 가냘픈 날갯짓 소리로 응답하고, 새로운 생명의 탄생을 알려 주면서 시의 창조적 주체로 변신되어 있다. "신비스런 노래 하나 금빛별에서 내려온다"라는 1부의 마지막 행이 후에 나오는 산문시 『일뤼미나시옹』에서 볼 수 있는 강한 시적 환기의 힘을 예고하듯이, 이 시는 죽음을 통하여 기존의 시어를 부정함으로써 다가오는 또 다른 시를 우리에게 전달할 랭보 운명의 초벌과 같은 것이다.

II

오 창백한 오필리아! 눈처럼 아름다워라!
그렇지, 너는 어린 나이에, 성난 강물에 빠져 죽었지!
—그건 노르웨이의 큰 산맥에서 내려온 바람이
나직한 목소리로 네게 가혹한 자유를 속삭였기 때문이니라.

(……)
하늘이여! 사랑이여! 자유여! 그 무슨 꿈이던가, 오 가엾은 광녀여!
불 위의 눈송이처럼 너는 그에게 녹아들었고
네 거대한 환영은 네 언어를 목 졸라 죽였도다.
—그리고 무서운 <무한>이 네 푸른 눈동자를 놀라게 하였도다!

(위와 같은 시)

　눈처럼 아름다운 오필리아가 "노르웨이의 큰 산맥에서 내려온 바
람"에 의하여 생명을 다하는 모습은 진부한 전설이나 동화에서 출발
하는 언어와 심상心像이 던져 주는 개념의 아름다움과 결별하는 것을
의미한다. 랭보는 1872년의 자유시 중 「갈증의 코미디」에서 "노르웨
이의 방랑하는 유태인이여, / 나에게 눈雪을 말해다오. / (……) / 전설도
그림도 / 내 갈증을 풀지 못하노라 /"라는 구절을 통하여 새로운 시에
대한 자신의 갈증이 이런 시적 대상의 진부성으로 해결되지 않았음
을 선언하게 될 것이다. 이런 면에서 오필리아의 죽음에 관한 설명은
매우 암시적이다. 이것은 바로 과거의 시적 생명체계로부터 다가오는
시의 모습을 그려 낼 초벌작업과 다름 아니기 때문이다. 오필리아는
자신의 거대한 시상視像으로 죽었던 것이며, 자신의 언어를 소멸시켜
버렸다. 이를 통하여 그녀는 현세의 언어가 주는 한계성에서 벗어나
끔찍한 무한을 투시하는 일종의 투시자가 되었음을 우리는 알게 된

다. 이처럼 진정한 시적 상징으로 이 여인의 존재를 승화시킴으로써, 랭보는 그에게 시적 영감을 준 앞선 모든 텍스트를 단숨에 넘어서고 있다.

Ⅲ

——그리하여 <시인>은 말한다, 밤이면 별빛 따라
너는 네가 꺾어 두었던 꽃들을 찾아 나선다고,
물 위에, 긴 베일로 싸여 누운 채로, 한 송이 큰 백합처럼,
떠내려가는 하얀 오필리아를 제가 보았노라고.

(위와 같은 시)

제3부에서의 "<시인>"은 이러한 새로운 생명체의 탄생을 우리에게 계시하는 의무를 지닌 자로 등장하고 있다. 결국 이 시인과 "너" 그리고 "오필리아"는 하나의 영혼 속에서 "꺾어 두었던 꽃들"을 찾아나서는 미래의 존재가 되는 것이다. 여성을 죽음이라는 모티브 속에 사장 死藏시키고 그 속에서 생명의 유한성을 넘어선 전율하는 아름다움을 창조해 냄으로써, 시의 새로운 가능성을 찾아 나선 랭보의 도정은 「물에서 태어나는 베누스」에 와서 더욱 과격하게 나타난다.

베누스('비너스'에 대한 라틴어 발음)에 대한 랭보의 초기 묘사를 이해하기 위하여 「태양과 육체」를 먼저 읽어 보자. 이 시의 1부와 2부는 애욕의 여신(그리스 신화의 '아프로디테Aphrodite'인 이 '베누스'를 흔히 '미의 여신'으로 부르는데, 이 명칭이 여신을 지칭하는 것으로 적절한 것은 아니다. 아프로디테는 단지 자신의 아름다움으로 유명한 것이 아니라, 사랑과 욕망을 주관하는 신으로서, 특히 육체적 사

랑에 대하여 상당히 적극적이었다. 또한 그 여신을 모시는 여 사제들의 품행은 그리 도덕적이지 않았으며, 여신을 숭배하는 여신도들의 축제가 매우 개방적이었던 것을 우리는 신화의 기록을 통하여 알고 있다. 또한 아프로디테의 사랑과 질투 혹은 아들 에로스Eros를 통한 타인들에 대한 사랑의 감정 주입 등이 신화의 중요한 여러 사건들의 발단이 되기도 한다. 우리는 이 여신을 말하는 데 있어, 단순한 '미의 여신'보다는 신화에 대한 보다 적극적인 해석에 따라 '애욕의 여신'으로 부르기로 한다) 베누스에게 말하는 형식을 취하고 있다. 베누스는 그리스 신화의 아프로디테를 의미한다. 랭보는 그리스 신화와 로마 신화의 명칭을 혼용하였다. 올림푸스 산에서 세상을 지배하는 열두 신들의 한 명인 이 아름다운 여신을 '아프로디테'라고 부르면서 다가오는 기독교 시대에 대하여 언급하는데, 신화의 시대와 기독교 문화를 대비하고 있다는 점에서 흥미롭다.

> 그대를 믿노라! 그대를 믿노라! 신적인 어머니,
> 바다의 아프로디테여!─오! 고난의 길이구나,
> 또 다른 신이 우리를 자신의 십자가에 묶은 이래로;

(「태양과 육체」)

신화세계가 기독교로 대체된 이후, 인간은 고난의 길을 가고 있다는 것은 명백한 반기독교적이다. 그렇지만 이 표현으로 인하여 랭보의 반기독교 시학이 확고한 것이라고 말하기는 이르다. 여기서 랭보가 파르나스파의 시학에 상응하는 시구를 의도적으로 선택한 것이라고 볼 수 있기 때문이다. 그렇지만, 어린 랭보가 앞으로 자신의 시를 어디로 이끌고 갈 것인지에 대한 분명한 암시인 것만은 확실하다.

오 육체의 찬란함이여! 오 이상적인 찬란함이여!
오 사랑의 새로움, 승리에 찬 여명이여,
하얀 베누스와 꼬마 에로스가 신들과 영웅들을
그들의 발아래로 허리를 굽히게 하면서
장미의 눈으로 덮인 채, 여인들과
(……) 꽃들을 가볍게 만질 것이리라!

(위와 같은 시)

에로스는 베누스(아프로디테)의 아들로서 늘 장난꾸러기 어린아이로 등장한다. 어머니 아프로디테는 아들 에로스를 시켜서 신들과 영웅들 혹은 인간들 간의 사랑을 유발시킨다. 누구나 에로스의 화살을 어깨에 맞으면 억제하거나 통제할 수 없는 강력한 상사병에 걸리게 되는데, 이것은 남녀 간의 뜨거운 사랑을 유발할 뿐 아니라, 신화의 핵심적인 사건을 촉발하는 매체나 그것을 해결해 주는 요소가 된다. 랭보가 이 "사랑의 새로움"을 "육체의 찬란함", "이상적인 찬란함"으로 표현한 것은 기독교적 원죄에 의하여 인간의 육체와 영혼이 이상적인 사랑을 잃어버렸다는 것과 대비시키려는 의도가 엿보인다. 아프로디테가 개입된 테세우스Theseus와 아리아드네Ariadne의 사랑이야기도 언급되어 있다. 우선 시를 계속 읽어 보도록 하자.

―오 위대한 아리아드네여, 오열하고 있구나,
해안에서, 저 아래 물결위로 사라지는,
태양 아래 흰빛의 테세우스의 돛단배를 바라보며

(위와 같은 시)

아리아드네는 크레테의 왕 미노스의 딸이다. 그녀는 미궁 속에 갇힌 괴물 미노타우로스의 제물로 들어가는 테세우스에게 실타래를 주어 결국 테세우스가 미노타우로스를 죽이고, 미궁으로부터 빠져나올 수 있도록 도와주었다. 아버지의 뜻에 반하여 이렇게 테세우스를 구해 주는 것은 아리아드네의 테세우스에 대한 사랑 때문이었다. 그렇지만, 테세우스는 낙소스 섬에서 아리아드네를 버려두고 홀로 떠나게 되는데, 랭보의 시는 바로 이 장면을 묘사하고 있는 것이다. 이렇게 신화의 존재들에게 사랑의 본능적 감정을 이입시키어 그야말로 사랑에 대한 신화적 담론을 만들어 나간 아프로디테가 랭보의 여성에 관한 관점의 변화로 인하여 「물에서 태어나는 베누스」에서는 지독히 폄하당하는 수난을 겪는다.

> 양철로 만든 녹색 관에서 솟아나듯, 갈색 머리털에
> 포마드를 잔뜩 바른 여자의 머리 하나가,
> 낡은 욕조에서, 천천히 그리고 멍청하게,
> 제대로 수선도 안 된 손상을 입고, 떠오른다.
>
> 이어서 살찐 회색 목덜미, 튀어나온
> 넓은 어깨뼈, 꺼지고 솟아오른 짧은 등,
> 이어서 퉁퉁한 허리 살이 날아오를 듯하고,
> 피하지방이 얄팍한 판자 조각들 같다.
>
> 등살은 약간 붉고, 그 모든 것이 이상하게도
> 끔찍한 느낌을 준다. 특히 눈에 띄는 것은
> 돋보기로 보아야 할 기이한 것들…….
>
> 허리에는 두 낱말이 새겨져 있다: <클라라 베누스>.
> ——그러다 온몸이 꿈틀거리며 커다란 엉덩이를 내미는데,
> 항문에 돋은 종기로 징그럽게 예쁘다.

(「물에서 태어나는 베누스」 전문)

아프로디테는 우라노스Ouranos의 잘려 나간 성기가 바닷물에 떨어져 거품과 함께 떠돌다가 서풍에 실려 퀴프로스 섬에 닿아 거기서 태어나게 되었다. 랭보는 아프로디테가 이 시에서 바닷물이 아니라, 목욕탕 욕조에서 나오는 것으로 그렸으며, 파리스의 심판을 통하여 지상 최고의 미인으로 등극했던 여신이 "포마드를 잔뜩 바른 여자"로, 특히 2연과 3연에서 육체적으로 혐오감을 일으킬 수 있는 추녀로 묘사되어 있다. 여성에 대한 관능적 쾌락과 혐오감이 지극히 사실주의적인 감각 속에서 동시에 이루어지고 있는 이 시편은 「음악회에서」 볼 수 있는 부르주아 여인에 대한 악의 없는 풍자와 젊은 여자들에 대한 순수한 욕정의 발로와는 분명히 다른 시적 어조로 띠고 있다. 완벽한 미의 상징인 베누스를 육체적 균형이 깨져있는 추한 창녀 "클라라 베누스"와 대조시킴으로써 시적 효과를 극대화하고 있다는 점이 돋보인다. 13~14행에서 시의 모든 것이 압축되어 있다. 여자 육체의 관능적 미와 추악함이 "징그럽게 예쁜 커다란 엉덩이"란 표현을 통하여 교묘히 혼재되어 있으며, "항문에 돋은 종기"는 여자 육체의 병적인 모습을 강조하고 있다. 애욕의 여신인 베누스의 탄생은 많은 예술가들에게 창작의 원천을 제공해 왔고, 그들은 가능한 아름답고 성스럽게 그녀의 몸매를 그려 냈으며 순수의 상징으로 위치시켰다. 이런 점에서 볼 때, 랭보의 이 시는 기존의 모든 예술에 대한 도전이다. 물론 이 시도 모작에서 시작한다. 원천은 글라티니의 「더러운 동굴」로 추정된다. 여기에서 여자의 팔에 있는 문신은 그 여자와 애인의 이름이었으며, 그 당시 창녀의 문신이란 기둥서방이 직접 자신의 이름 혹은 이름의 첫 알파벳을 주로 팔에 새겨 넣은 것으로서 창녀에 대한 소유의 상징이었다. 따라서 「물에서 태어나는 베누스」의 허리에 새겨진 라틴어 글자 "클라라 베누스"를 그녀의 별명으로 보는 것이 타당하다. 다만 문신이 팔이 아니라 허리에 이루어졌으며, 더구나 그것이 애인 혹은 기둥서방의 이름이 아니라, 창녀 자신의 것이라는 사실이 독특하다. 이런 표면적 유사성과 상이점은 시해석의 본질이 아닌 것이며, 랭보가 시적 원천을 뛰어넘어 절대적 미의 추구를 지상과제로 하는 순수예술론에 대한 완전한 부정으로 치닫고 있다는 점에 주목해야 한다. 이제 산문시 『일뤼미나시옹』의 시편에서 랭보는 신화 담론과 시학에 대한 성찰에서 나오는 시구를 쓰게 된다. "사랑한다는 것은 프쉬케의 재난이었던가 힘이었던가"(「청춘」)라는 질문이 바로 그것이다. 에로스가 사랑하는 프쉬케Psyche에 대한 아프로디테의 질투와 박해를 암시하는 이 글은 천상의 미를 그 존재 이유로 삼았던 애욕의 여신 아프로디테의 소멸을 의미한다. 미와 서정을 추구하는 주관적 시의 파멸("재난") 속에서 다가오는 객관적 시의 동력("힘")을 얻어 내는 랭보 후기 산문시의 중요한 테마를 아프로디테의 완벽한 미의 사라짐으로 그려 낸 것이다. 시어의 힘으로 신화 담론의 경계확장이 성취되는 것을 우리는 확인하게 된다.

감상주의 시의 타파를 여성에 대한 비하를 통하여 드러내고 있는 「나의 작은 연인들」을 보자. 이 시는 1871년의 작품임에도 불구하고 1870년도의 여성에 관한 관점을 지속시키고 있다. 「물에서 태어나는 베누스」에서부터 시의 주제로 선택되고 있는 여자 육체에 대한 조롱과 경멸이 여기서는 혐오와 분노의 외침으로 더욱 두드러지게 나타나고 있으며, 또한 「첫날 밤」이나 「니나의 재치 있는 대꾸」에서 볼 수 있었던 여자들에 대한 사랑의 시도는 이제 모욕적이고 증오스러운 것으로 변질되어 있다. 처음의 두 연은 비로 깨끗이 씻긴 "양배추빛 녹색 하늘"이 달빛의 어둠으로 바뀌는 시간의 흐름을 말하면서 고무 비옷 입은 "못생긴 여인들"의 존재를 보여 주고 있다. 비를 상징하는 듯한 "눈물의 증류향수", 젊은 여자를 지칭할 수도 있는 "움틔우는 나무", 1871년도의 랭보에게서 중요한 의미를 내포하고 있는 "침을 흘린다"라는 뜻의 baver 동사, 그리고 "달무리"라고 번역할 수 있는 pialat라는 신조어 등의 등장으로 매우 긴장된 독서가 요구되는 시행들이다. 그러나 이런 시어들이 경직된 이미지들을 나열하는 것이 아니라, "녹색하늘"과 "달무리의 야릇한 달빛"이 우리의 시선을 차례로 이끌며 환상적인 분위기를 창출하고 있다. 마지막 연에서 이런 분위기가 반복되면서 어떤 시적인 틀이 짜이고, 그 내부에 여러 명의 "못생긴 여인들"이 차례로 등장하는 형태로 시는 전개된다. 3연부터 5연까지의 시행은 과거형을 취하면서 시인 개인의 체험을 말하고 있는 듯이 보인다. "네가 나를 시인으로 축성했다", "너의 머릿기름으로 구역질 했다"라는 표현이 그것이다.

> 체! 내 말라버린 침이,
>   다갈색 머리의 못생긴 여인아,
> 아직도 네 둥근 젖가슴의
>   긴 구덩이를 더럽히고 있다!

(「나의 작은 연인들」)

이런 개인적인 체험은 '나의 침이 아직도 네 젖가슴의 긴 구덩이를 더럽히고 있다'라는 말에서도 확인할 수 있듯이, 여인에 대한 경멸과 혼재되어 현재의 상태로 지속되고 8연부터는 우스꽝스런 발레리나의 춤으로 형상화되면서 감상주의적 시를 파괴하는 데까지 이른다. 즉, "내 낡은 감정 단지를 짓밟아버려라"라고 외치면서 시의 새로운 길을 모색하는 것이다. 1871년 5월 경 랭보는 「파리의 전가戰歌」와 같은 현실참여적인 시를 추구하던 시기였다. 이 시점에 이런 여성의 육체를 대상으로 한 시가 쓰인 것은 결국 주관적 시의 혐오는 여성의 육체에 대한 반감과 동등한 것이라는 그의 시적 관념을 표현한 것이며, 투시자의 편지에서 말하고 있는 객관적 시의 모색을 보여 주는 것이다. 이렇게 주관적인 감상의 차원을 벗어난 객관적이며 보편적인 가치를 담을 수 있는 시어와 시적 표현에 대한 지속적 탐구는 이제 여성에 대한 혐오보다는 여성 자체가 하나의 역할을 하는 주체적 상황으로 급변한다. 랭보 시학의 급격한 진보를 말해 주는 장면인 것이지만, 이미 <투시자의 편지>에서 그 역할이 구체적으로 명시되어 있다. 베를렌이 그의 『저주받은 시인들』에서 언급하고 있는 「잔-마리의 손」에서 랭보는 베르사유 군대에 맞서 벌린 파리코뮌 민병대의 전투를 찬양하고, <피의 주간Semaine sanglante> 동안 거리에서 싸우며 바리케이드를 지킨 노동 계층 여인들의 활동을 상기하고 있다. 먼저 낭만주의 시인들이나 파르나스 파 시인들이 여러 시에서 예찬하였던 아름답고 섬세한 손이 언급되고, 이어 여성 투사들의 손이 그와 대비된다. 제4행의 "주아나"는 "잔"의 에스파냐 이름이지만, 잔은 이국풍취의 낭만주의 문학에 등장할 법한 "주아나"가 아니다. "잔"은 이미 기존 문학 풍토를 일깨우는 여성의 이름도 아니며, 아름다움을 상징할 수 있는 명칭도 아니다. 따라서 제16행 잔의 손에서 흐르는 "검은 피"는 바로 맹독성의 즙액을 가진 약초인 "벨라도나"의 독성과 같이 죽음과 관련된다.

> 잔-마리는 억센 두 손을 지녔다,
> 여름이 태운 어두운 손을,
> 죽은 자의 손처럼 창백한 손을.
> ─그것은 주아나의 손인가?
>
> (……)

성모상의 타오르는 발 위에서
황금 꽃을 시들게 했던가?
그 손바닥에 터져 나와 잠드는 것은
벨라도나의 검은 피.

(「잔—마리의 손」)

　이 죽음은 오필리아의 그것처럼 낭만적으로 이루어진 것이 아니다. 투쟁과 거부의 무서운 손아귀가 "검은 피"의 낭자한 흐름 속에서 새로움을 거머쥐는 그 처절함을 통하여 취득된 것이다. 결국 제33행에서부터, 앞의 손들과는 다른, 여성투사인 잔—마리의 손에 대한 직접적인 언급이 시작된다. 제39~40행에 나타나 있는 프랑스의 국가가 된 "라 마르세예즈"는 당시 공화파 민병대들이 부르던 노래이며, "키리에 엘레이손"은 가톨릭 성가 중의 하나이다. 코뮌주의자들에게는 격렬한 반교회적 성향이 있었음은 물론이다. 제55~56행의 "사랑을 가득 실은 햇빛을 받고도" 창백한 손들이 죽은 여성투사들의 손이라면, 제60행의 "맑은 고리로 엮은 사슬이 소리를" 지르는 손들은 정부군에 포로로 잡혀가는 민병대 여자들의 손일 것이다. 이 시는 <투시자의 편지>에서 언급하고 있는 혁신에 관한 여성의 역할을 분명히 하고 있다. 그 혁신이 여기서는 정부군에 대한 파리코뮌 민병대의 투쟁과 일맥상통한 것으로 묘사하고 있으나, 랭보의 시사상은 이처럼 단순한 현실문제에 국한하여 머물러 있는 것이 아니다. <투시자의 편지>를 읽어 보자.

　영원한 예술은 그 역할이 있을 겁니다. 시인들은 시민이니까요. <시>는 더 이상 행동에 리듬만 맞추지는 않을 것입니다. 앞장설 것입니다. 이런 <시인들>이 도래할 것입니다! 여인이 무한한 예속의 사슬을 끊을 때, (……) 여인도 시인이 되는 겁니다! 미지의 것을 발견할 것입니다!

(1871년 5월 15일자 편지)

여성도 무한한 자기암시 및 영혼의 연마를 통하여 시인이며 투시자가 될 수 있다는 생각은 그의 역사 및 신비주의에 관련된 서적의 독서를 바탕으로 하고 있다. 미슐레Michelet의 『마녀La sorcière』는 랭보에게 투시력Voyance 이론을 제공하였으며, 발랑슈Ballanche의 『에발의 비전Vision d'Hébal』은 여성의 영혼이 미지의 세계를 탐색할 수 있다는 가능성을 알려 주었다. 이제 시는 행동을 언어로 반주하고 있을 것이 아니라, 즉 사회개혁의 역할에만 머물 것이 아니라 인간의 내면성을 탐색하여야 되며, 그 시적인 임무는 여성의 몫이라는 것이 랭보의 분명한 생각이다. 역사의 변천 속에서도 변질되지 않는 보편적 가치를 창출하는 것은 시인의 혹독한 훈련을 통해서 이루어질 수 있는 것이며, 결국 시인이 말하고 있는 "언어의 연금술Alchimie du verbe"은 중세적 영혼의식을 넘어 현대성의 시를 만들어 내기 위한 처절한 방식으로 선택되었던 것이다. 이 과정에서 여성의 존재는 필수적이다. 「잔－마리의 손」은 파리의 바리케이드를 지키고, 정부건물이나 부르주아의 집에 석유를 뿌리고 방화하는 저항의 손에서, 역사를 재구성하는 혼의 육신으로 자리 잡는다. 여기에 랭보 시학의 본질이 있다. 여성의 묘사는 19세기 예술의 중심테마였다. 특히 미술에서 여성의 벗은 모습은 신비에서부터 관능에 이르기까지 다양한 정서를 제공하였는데, 고야Goya나 마네Manet의 문제작들이 이러한 범주에 들어간다. 그러나 보들레르가 「등대燈臺들」에서 지목한, 예술의 바다를 비추었던 대가들은 제 화폭 속에 역사의 변천을 담아내고, 시각적 메시지의 이면에 담겨 있는 내면세계의 존재를 일깨워 주고 있다. 예컨대, 들라크루아의 그림은 극적인 역사의 장면뿐 아니라, 당대의 정치적 상황을 다채로운 색채와 동적인 선으로 드러내고 있는데, 랭보의 시는 이 색채의 기호를 언어의 시니피앙으로 바꾸었을 뿐이다. 밀레이가 그려낸 죽음의 오필리아를 무한한 생명체로 전환시킴으로써 시의 새로운 앞날을 제시했고, 앵그르Ingres의 아름답고 신비한 베누스를 더럽고 추악한 그러나 관능미가 넘치는 창녀로 전락시키면서, 예술과 신화의 고정된 관념의 틀을 부수었다. 또한 1871년의 파리코뮌을 계기로 하여 시의 사회성을 자각한 랭보는 역사를 이끄는 여인을 시의 중심에 앉혔던 것이다. 이것은 근대성이었다. 산보자의 눈에 비친 파리라는 도시의 더러움과 추악함, 호화로움과 비천함, 순수한 사랑과 처절한 관능을 통하여 보들레르가 우리에게 전율을 일으키며 제시한 근대성이 랭보의 초기 시에 나타난 여성에 대한 시학에서 지속되는 것이다. 특히 그의 산문시에 와서 여성이 육체적 존재를 떠나 하나의 완전한 시학으로 대체될 때 시의 난해함과 그 확장성이 성취되는 것이다.

시의 몇 가지
존재 양태

1. 「놀란 아이들」

눈 속에 안개 속에 시커멓게,
불 켜진 큰 환기창에, 엉덩이들
　　　웅기종기,

무릎 꿇은, 다섯 꼬마, ― 가엾어라! ―
묵직한 금빛 빵 굽는 빵가게 아저씨를
　　　바라본다…….

회색 반죽을 돌려 환한 구멍 속
화덕 위에 올려놓는 억세고 하얀
　　　팔을 본다.

맛있는 빵 구워지는 소리 듣는다.
넉넉한 미소를 띠고 빵가게 아저씨는
　　　낡은 노래 흥얼댄다.

그들은 웅크리고, 누구 하나 꼼짝 않는다.

붉은 환기창의, 젖가슴처럼
　　뜨거운 숨결에.

그리고 자정의 종이 울리는 동안,
결 좋고, 반짝거리고, 누르스름한
　　빵이 나올 때,

불길에 그을린 대들보 아래서,
향기 나는 빵 껍질과 귀뚜라미가
　　노래할 때,

이 뜨거운 구멍이 삶의 숨결을 내뿜을 때
그들은 넝마 속에서도 영혼이
　　그리 황홀해지고,

살아 있다는 느낌 그리 저려오기에,
온통 서리에 덮인 가엾은 꼬마들!
　　— 거기 있다, 모두.

장미 빛 그 작은 콧등들을
철창에 박고, 무언가를 흥얼댄다,
　　구멍들 사이로,

그러나 아주 낮게, — 기도하듯이……
다시 열리는 하늘의 저 빛을 향해
　　몸을 굽힌다,

— 아주 강하게, 그들의 바지가 찢어지고,
— 그들의 하얀 속옷이 나부끼도록,
　　겨울바람에…….

1870년 9월 20일

1) 왜 이 작품은 작가에 의해 보호받고 있는가?

랭보가 『반란과 평정*Les Rébellions et apaisements*』의 한 부를 저자인 장 에카르Jean Aicard에게 출판사인 르메르를 통하여 요청한 것은 1871년 6월 20일이었다. 이러한 요구는 단 한 줄의 짧막한 추신의 형태로 이루어져 있고, 실제로 편지의 전체를 차지하는 것은 바로 「놀란 아이들」의 자필 원고였다. 주지하는바, 랭보는 편지의 수신자들에게 최근 작품을 함께 보내면서 그의 시세계를 알리고자 하였고, 1870년 5월 방빌에게 세 편의 시를 보내면서 시작된 이러한 방식은 아마도 어린 랭보가 자기소개를 위하여 취할 수 있는 최선책인지도 모른다. 그러나 여기서 문제가 되고 논의의 대상이 되는 것은 왜 「놀란 아이들」을 선택했는가 하는 것이다. 이 시는 1870년도의 작품이다. 그런데, 에카르에게 편지를 발송한 1871년 6월 20일은 랭보가 폴 드므니에게 1870년 가을 그 자신이 두애에 체류하며 다시 정리하고 복사한 시들을 모두 불태워 버리라는 강한 요청 이후 불과 열흘밖에 지나지 않은 시점이다. 결국 1870년의 작품들 중에서 오로지 이 시만 그 가치가 부정되지 않은 것이다. 곧이어 가을 베를렌에게 보내진 두 통의 편지 속에 삽입된 여러 시편들 중에 「놀란 아이들」이 포함되어 있는 사실이 이를 다시 말해 주고 있다. 전적으로 거부되고 있는 1870년도의 시들 중에서 왜 이 시는 저자 자신에 의하여 보호될 수 있는 것인가 하는 의문은 물론 지속적으로 제기되어 왔다. 에밀리 눌레는 이에 대하여 전반적인 문학적 행위보다는 개인적인 내부세계를 담고 있는 시 자체의 문제로 설명하면서, 랭보가 이 시를 재복사한 것은 순전히 자기 자신을 표현하고자 했다는 것이다. 자기체험의 시적 객관화이며 또한 자서전적 언어행위라고도 말할 수 있는데 이것의 중요성은 다시 언급될 것이다.

2) 시의 제작시기 문제: 1870년 봄과 가을

우선, 이런 문제에 접근하기 위해서 우리는 먼저 이 시를 받은 편지의 수신자들이 어떤 반응을 보여 줬는지 살펴봐야 할 것이다. 그러나 위에서 언급한 방빌의 답신이 분실된 것처럼, 베를렌에게 보내진 편지들에 대한 답신을 우리는 찾을 수 없고, 에카르의 태도는 어떤 것이었는지 더욱 모르고 있다. 다만, 십여 년 후, 이미 랭보가 아라비아와 아비시니아의 뜨거운 태양 아래서 문학을 잊은 채 살아가고 있을 때, 베를렌이 『저주받은 시인들』에서 이 시를 다시 실으면서 짧게 언급한 것이 있다. 여러 주석가들에 의하여 지적되고 있는 시에 대한 그의 평가를 우리는 여기서 다시 언급할 필요는 없을 것이나, 한 가지 주목해야 할 것은 『드므니 문집』에 필사되어 있는 작품들 중에서는 물론, 「앉아 있는 자들」을 1871년 1월 이후의 시로 인정한다면, 1870년도에 쓰인 시편들 중에서도 유일하게 이 시가 베를렌에 의하여 저주받은 시인의 글로 선택되어 있다는 점이다. 「앉아 있는 자들」의 제작연도를 혼동하는 베를렌이기 때문에 이것은 의미가 없을 수도 있다. 그러나 랭보로부터 받은 시들을 복사하여 만든 『베를렌 노트Cahier Verlaine』에서도 이미 보이는 현상처럼, 베를렌은 물론이고 랭보 자신도 이 시를 1871년의 시와 동질의 것으로 인정했다는 점이 중요하다. 아직까지는 1870년도의 랭보 시를 모르고 있었던 베를렌으로서는 어쩌면 이 시를 1871년도의 것으로 착각하고 있었는지도 모른다. 습관적으로 필사한 날을 원고의 하단에 기입하는 랭보는 에카르를 위한 복사본에서도 "1871년 6월"이라고 명시한 것처럼, 들라에의 손으로 복사시킨 베를렌에게 보낸 시편에도 그 시점을 명기했을 가능성을 완전히 배제할 수 없으며, 더구나 그 이외의 모든 시는 실제로 1871년에 쓰인 것들이었기 때문에 그런 추측이 가능하다. 말하자면, 그의 어린 친구가 일 년 사이에 어떤 시적 진보가 있었는지 그는 가늠할 수 없었고 단지 시적 영감이나 어휘의 선택이 1871년의 다른 시들과 견주어 차이가 없다는 것을 느끼고 있었을 것이다. 이런 각도에서 볼 때, 특이하게도 이 시가 1878년 1월 런던의『신사의 잡지The Gentleman's Magazine』의 간행되었던 것도 아마 베를렌이 원고를 잡지사에 전해 주었기 때문에 가능한 것이 아니었나 생각해 볼 수 있다.

작가 자신이 왜 이 시만은 부정하지 않고 있는가하는 의문은 이렇게 일단 베를렌이라는 제 삼자의 시선으로 파악할 수 있는데, 이것은 피상적인 접근에 불과하다. 랭보의 행위를 중심으로 생각해 보자. 1870년 9월 두애에 머물며 필사된 이 시의 하단에 "1870년 9월 20일"이라는 날짜가 들어 있다. 이것이 필연적으로 제작시점을 일컫는 것은 아니다. 그렇다고 또한 그보다 앞서 시가 쓰였다는 것을 입증할 자료도 없다. 그러나 시의 제작시점을 "인간이 고통받는 모습에 대한 생각으로 혼돈된 영혼"(뤼프,『랭보』)을 보여 주는 것이 고아들의 새해선물」이나 「대장장이」와 같다는 점과 날씨에 관계되는 몇 개의 시어를 근거로 하여 조심스럽게나마 1870년 초까지 끌고 올라가는 것은 무리가 없지 않다. 랭보의 예민한 시적 감수성은 시의 배경이 추운 겨울이라고 해서 제작시기도 같은 겨울로 간주하는 것을 허용하지 않고 있으며 이후의 시인의 시세계를 통하여 우리는 이미 이 점을 확인하고 있다. 만약 그렇다면, 1870년 초부터 7월까지 쓰인 시들 중에서 「교수형에 처해진 자들의 무도회」, 「오필리아」, 「대장장이」, 「음악회에서」처럼, 랭보의 선생인 이장바르가 이 시의 제작과정을 알고 있고 있거나 혹은 그 원고를 받았을 가능성이 있으나, 7월 24일 부임지인 샤를빌을 떠난 이장바르로부터 그에 관한 어떠한 정보도 얻지 못하고 있으며, 그 후 9월 초에 랭보는 선생의 도움으로 두애로 갔다가 그달 말에 다시 샤를빌로 돌아오지만, 그때는 이미 『드므니 문집』의 첫 번째 노트는 완성된 시점이므로 이 시가 새삼스럽게 이장바르에게 제시될 필요가 없었을 것이다. 여기서 우리는 시가 쓰인 시기에 대한 논의를 다소 다른 각도로 언급해야 하는 순간을 맞이한다. 즉, 「놀란 아이들」이 들어 있는 첫 번째 노트가 언제 이루어졌느냐하는 것이다. 이것은 두 번째 노트와 함께, 랭보가 다시 두애에 체류하던 10월에 복사되어 이장바르의 소개로 알게 된 젊은 시인인 드므니에게 전달되었다는 견해가 있다. 이것은 랭보가 시를 쓰거나 세심하게 복사하는 장면을 묘사하고 상기시키는 이장바르의 증언이 오직 10월의 것에만 국한되어 있는 점에 상당부분 의거하여 표출된 것으로 보인다. 그러나 그의 증언을 기억하고 노트들을 보면 간과할 수 없는 중요한 사실이 지적될 수 있다. 우선 첫 번째 노트의 15편의 시들은 종이의 앞뒷면을 따라 연이어 쓰였고, 두 번째 노트에는 7편의 시들이 모두 종이의 앞면에만 복사되어 있다는 점이다. 이것은 종이의 앞면에만 시를 복사함으로써 장래에 인쇄되는 경우를 랭보는 대비하고 있었다는 이장바르의 증언을 생각할 때, 인쇄를 고려하지 않았거나, 혹은 인쇄할 때는 원고의 뒷면에는 글을 쓰지 않는다는 것을 알지 못하여 앞뒷면에 시를 복사하여 만든 첫 번째 노트는 결국 그보다 앞선 9월에 이루어진 것이라는 추론을 가능하게 한다. 게다가, 첫 번째 노트는 봄부터 여름을 거쳐 최근 9월의 시까지만을 담고 있으며, 두 번째의 것은 10월 7일 자부터 시작하고 있는데, 이것은 두 노트의 분명한 단절을 보여 주는 것이며, 10월에 모두 함께 복사된 것이라면 굳

이 두 권의 형태를 취할 가능성은 적어진다는 점에서 이러한 추론은 더욱 힘을 얻게 된다. 만약 이 노트가 10월에 복사된 것이라면, 예컨 대, 「놀란 아이들」의 하단에 기입된 "1870년 9월 20일"은 복사한 날 이 아니라 바로 제작시점을 의미하므로, 이에 대한 논란이 간단히 해 결될 수도 있으나, 10월 복사를 말하는 주석가는 이 시가 쓰인 시점 을 1870년 초까지도 추측함으로써, 1870년 가을의 원고에 저자가 직 접 써넣은 날짜를 무의미하게 만들고 있다. 따라서 「놀란 아이들」은 9월 20일에 필사된 것은 분명하나, 그 제작시점은 랭보가 방랑의 길 에서 주워 들인 다른 시편들처럼, 고향도시의 폐쇄성을 고발하며 새 로운 삶의 탐색을 예고하는 편지를 두애의 선생에게 보내는 8월 25일 이후로부터 시가 필사된 9월 20일 사이의 어느 날일 것으로 추정할 수 있다.

3) 시어와 시적 영감의 문제: 1871년 시와의 관계

랭보가 이 1870년 가을의 시를 다음 해 6월에 다시 복사하여 『반란 과 평정』의 저자에게 발송할 때, 이미 5월 13일과 15일에 그는 이장 바르와 드므니에게 각각 「처형당한 가슴」, 「파리 전가」, 「나의 작은 연인들」, 「웅크린 모습들」을, 그리고 6월 10일에 또 다시 드므니에게 「일곱 살의 시인들」, 「교회의 빈민들」, 「어릿광대의 가슴」 등 사회의 현실적 상황과 관련된 중요한 여러 편의 시를 편지의 형태로 보냈었 다. 그리고 방빌에게 8월 15일 「꽃에 관하여 시인에게 말해진 것」을 발송한 이후, 그는 베를렌에게 다른 것과 함께 또 이 시를 편지에 넣 어 보냈던 것이다. 이 시점에서 왜 다시 1870년의 시로 랭보의 시선 이 돌아왔는가 하는 것은 위에서 우리가 언급한 제작시기와 아울러 생각해야 한다. "1870년 9월 29일(혹은 "23일")"이라는 구체적인 날짜가 언급되어 있는 「소설」의 경우, 그 제작시기가 주석가에 따라 6월까지 끌어 올려지면서, 1870년 후반기의 작품에서 보이기 시작하는 어휘의 대담성이 결핍되어 있음을 지적당하는데, 랭보 자신도 1870년의 전반부에 쓰인 시들은 일단 재복사의 대상에서 제외시켰을 것이다. 이러한 육체적이며 정신적인 갈등과 방랑 이전에 쓰인 시들은 차치하고라도, 특히 보불전쟁 발발 직전이나 그 이후에 탄생한 작품들 중에서 「《92년과 93년의 전사자들이여……》」, 「황제들의 분노」, 「자르브루크의 빛나는 승리」 등의 시는 정치, 사회적 혼란을 언급하면서도 그 시적 깊이나 어휘의 선택에 있어서 1871년 파리코뮌과 관련된 시편들에 비해 만족스럽지 않고, 또한 「악」, 「골짜기에 잠든 자」 등에서 볼 수 있듯이, 그것을 인상주의적인 시적 이미지로 상승시키고 있으나, 결국은 개인적 서정성의 테두리에서 벗어나지 못하고 있다는 생각은 급속한 시적 진보를 체험하고 있는 랭보에게는 충분히 가능한 일이다. 즉, 정치적 시와 서정적 시들이 혼재되어 있는 『드므니 문집』는 전체적으로 개인적 감성의 토로에 불과한 판타지아fantaisie의 수준에 머물러 있다고 랭보는 믿었을 것이다. 따라서 이미 1871년 4월 17일자 드므니에게 보낸 편지에서 판타지아의 개념을 스스로 바꾸어 버린 그는 다시 이 드므니에게 자신의 변화와 변신을 강조하기 위해서 과거의 시편들을 소각하라는 요청을 하게 되는 것이다.

이러한 요구에 함께 보내진 시편들, 즉 어린 시절의 시인을 암시하는 「일곱 살의 시인들」과 배고프고 가련한 자들을 소재로 하여 반종교적인 사상을 표출하는 「교회의 빈민들」은 한겨울 넝마를 걸친 어린 아이들이 환기창을 통하여 빵 굽는 자를 바라보며 새로운 영혼의 탄생을 즐기는 모습이 풍자적으로 그려 있는 이 「놀란 아이들」과 어떤 공통성이 있음을 알게 된다. 다시 말하면, 이러한 시편들 속에서는 여러 기득권층으로부터 소외되고 핍박받는 자들의 정신적 혹은 물질적 빈곤상태와 그것을 초극하려는 그들의 정신세계가 모두 작가의 자서전적인 시각에서 상징화되고 있다는 점이다. 특히 「일곱 살의 시인들」이 1870년 가을에 쓰였다는 이장바르의 기억에 지나친 신뢰성을 부여할 수는 없지만, 적어도 그것의 윤곽만은 이미 1870년 가을에 이루어졌다는 시적 감수성의 차원에서 지적되는 본푸아Yves Bonnefoy의 가설을 만약 받아들인다면 이러한 공통성에 더욱 주목해야 할 것이다. 그리고 위에서 지적했듯이, 또 다른 한 편의 시에서 억압받고 물질적 분배를 받지 못하는 계층에 대한 시인의 연민과 신과 강자에 대하여 굴종하는 그들에 대한 그의 분노가 반-교권주의로 표출되는 것을 볼 때, 두애의 행복한 시절에 복사된 시편들을 모두 불태워 버리라는 요청을 한 지 불과 열흘 후에 폴 에카르를 위하여 재생되는 시는 이런 관계 속에서 매우 중요한 의미를 갖게 되는 것이다. 즉, 사회에 대한 시인의 안목과 역할을 새로운 시론으로 승화시키는 작업은 일면 1870년 가을부터 형성되었다고 말할 수 있으며, 따라서 이미 1871년 5월을 겪은 이 시점의 랭보로서는 1870년의 시편들 중에서 유독 「놀란 아이들」에 애착을 갖게 되었을 것이라는 해석을 가능하게 하고 있다. 그리고 제목 자체가 랭보적인 함의를 담고 있다. 대부분의 주석가들이 언급하고 있듯이, 놀라게 하다effarer라는 동사는 「오필리아」에서부터 시적 의미를 부여받고 있으며, 「목신의 머리」, 「웅크린 모습들」, 「파리의 향연」, 「일곱 살의 시인들」 등에서 여러 형태와 뜻으로 반복되고 있고, 특히 1871년 5월 15일자 드므니에게 보낸 편지에서 스스로를 "놀란 가련한 자pauvre effaré"로 칭함으로써, 위고와 코페의 시적 모델의 하나인 가련한 계층에 대한 전통적이고 관습적인 묘사에서 이제 더욱 그 의미가 부가되는 양상을 보이고 있다. 1878년 영국잡지에서 단순히 「가련한 어린 아이들」이란 제목으로 소개되었던 것은 바로 본래의 제목을 영국독자들이 제대로 이해할 수 없을 것이라는 편집자의 의도였을 것인바, 이 시의 3행에 나오는 대단히 랭보적인 시어인 "엉덩이cul"가 "등dos"으로 바뀐 것도 같은 맥락으로 파악할 수 있다.

4) 여러 판본들의 검토 작업

자필 원고로는 『드므니 문집』의 것과 에카르에게 보낸 편지에 실린 것 등 두 가지가 있으며, 타인에 의하여 복사된 것으로는 『베를렌 노트』가 있다. 들라에가 베를렌을 위하여 복사하여 발송한 것이 얼마 후 베를렌 자신이 파리에서 복사한 것과 다르다면 이본의 수는 더욱 늘어난다. 이것들의 비교검토는 시의 형성과정과 시인의 시적 진보를 가늠하기 위해서 필수불가결한 매우 중요한 작업이다. 특히 자필원고들의 비교인 경우가 더욱 그러할 것이다. 시의 26행에서 자필원고와는 달리 베를렌이 복사한 판본에 "가련한 꼬마들Les pauvres petits"이 "가련한 예수들Les pauvres Jésus"로 바뀌어 있는 점의 중요성만은 우선 지적되어야 할 것이다. 이것은 랭보의 반-교권주의를 확연하게 드러내고 있으며 1871년도 시와의 연관성을 확인시켜 주고 있기 때문이다. 1870년의 이 시는 사실상 1871년도의 성격("엉덩이cul"라는 어휘에서도 보았듯이)을 지니고 있었던 것이다. "가련한 예수들"이라고 쓴 것은 랭보가 아니라, 베를렌이라는 이유로 그 중요성이 평가 절하될 수도 있다. 그러나 24면으로 이루어진 『베를렌 노트』의 3면에서 6면까지 그리고 13면과 14면은 잃어버렸고, 9면과 10면을 차지하는

「잔−마리의 손」은 1919년에 발견되어 『문학*Littérature*』지 제4호에 공표되는데, 이 시는 베를렌이 추가한 세 개의 절(8, 11과 12연)을 제외하고는 랭보의 손으로 복사된 것이다. 따라서 이 노트가 랭보의 시선 밖에서 이루어졌다고 생각할 수는 없을 것이다. 특히, 랭보가 1871년 9월 파리로 올라온 직후, 적절한 시기에 출판을 할 목적으로 노트가 만들어진 것이기 때문에 두 사람의 공동관심으로부터 나온 성과라고 말할 수 있는 것이다.

랭보의 자필원고에 연이어 11면과 12면에 「놀란 아이들」이 들어 있는 것은 작가가 이 시를 계속 주시하고 있었을 것이라는 상상을 가능케 하고 있다. 결국 "가련한 꼬마들"을 "가련한 예수들"로 바꾼 것은 1870년 가을의 시에 특별한 애착을 갖고 지속적으로 관찰한 랭보 그 자신의 진전된 사고의 표현인 것이다. 왜 그는 이 시를 보호했을까라는 우리의 질문이 이러한 여러 가지 논의로 해결된 것은 아니다. 위에서 언급했던 것처럼 이본들을 더욱 검토해야 하며, 또한 랭보의 전체적인 문학 세계 속에서 시적 감수성의 문제로 그 이유를 파악하는 작업도 추가로 진행되어야 할 것이다.

2. 「까마귀 떼」

주여, 목장이 추울 때,
무너진 촌락의
긴 삼종소리 침묵했을 때……
꽃이 진 자연 위로
떨어지게 하시라, 거대한 하늘로부터
사랑스럽고 멋진 까마귀 떼를.

악착같이 외쳐대는 이상한 군대여,
차가운 바람이 너희들의 보금자리를 공격하는구나!
너희들, 노란 강줄기를 따라,
오랜 골고다 언덕으로 가는 길에,
도랑과 구렁 위로
해산하라, 집합하라!

엊그제의 주검들이 잠들어 있는,
프랑스의 들판 위로, 수천마리 무리지어,
선회하거라, 그렇지 않은가, 겨울날,
지나가는 나그네마다 생각을 되새기도록!
그러니 의무를 외치는 자가 되어라,
오오 우리의 불길한 검은 새여!

그러나 하늘의 성자들이여, 황홀한 저녁 속으로
사라진 돛대, 떡갈나무 꼭대기에는
오월의 꾀꼬리들을 남겨두시라,
숲의 깊은 곳, 벗어날 수 없는 풀 속에,
미래 없는 패배가
묶어놓은 자들을 위하여.

1) 에밀 블레몽과의 관계

베를렌의 곁에 앉아 왼손으로 턱을 받치고 있는 랭보의 모습이 담긴 팡텡-라투르의 유명한 그림 「테이블 구석」(1872년 작)에는 베를렌 이외에 랭보가 파리에서 만난 또 다른 문인들이 그려져 있다. 랭보의 시 원고에 대하여 말할 때 우리가 간과할 수 없는 인물들, 즉 에밀 블레몽, 레옹 발라드 그리고 장 에카르가 그들이다. 에카르의 이름은 드므니에게 보낸 1871년 5월 15일 자 랭보의 편지에 나타나고 있는데, 이 시점에서 랭보는 그를 성숙한 시인으로 평가하지는 않았던 것으로 보인다. 그러나 파리의 문인들에게 자신을 알리는 방법으로 시의 원고를 보냈었던 랭보는, 위에서 보았듯이, 그에게 1871년 6월 20일 「놀란 아이들」의 원고를 보낸다. 레옹 발라드는 「저녁 기도」를 랭보로부터 받았으며, 랭보가 1871년 9월 파리에서 베를렌에게 직접 전해 주었던 「취한 배」의 복사본도 가지고 있었던 것으로 보인다. 또한 「모음들」의 원고는 에밀 블레몽이 가지고 있었다. 1883년부터 랭보의 작품들을 되찾아 『루테시아*Lutèce*』지에 10월과 11월에 걸쳐 싣고 다음 해에 『저주받은 시인들』이란 제하의 책으로 그것들을 묶어서 파리에 소개하기 시작하는 베를렌이 이 작업에서 결정적으로 도움을 받았던 사람들은 시의 원고나 복사본을 간직하고 있는 이러한 파리의 문인들이다. 상기 세 사람 중에서 블레몽은 여기서 우리가 논하고자 하는 「까마귀 떼」의 제작 시점과 관련되어 있는 인물이다.

에밀 블레몽은 장 에카르와 함께 1872년 4월 27일 『문예부흥*La Renaissance littéraire et artistique*』지를 창간한다. 「까마귀 떼」의 존재는 바로 이 잡지의 1872년 9월 14일 자 165쪽에 실림으로써 알려진다. 당시 블레몽은 잡지의 편집장이었다. 따라서 시의 원고를 블레몽이 랭보로부터 직접 받았거나 혹은 베를렌으로부터 전달받아 간직하고 있다가 잡지에 실은 것이라고 추정할 수 있다. 따라서 언제 이 시가 쓰였는가 하는 문제는 어느 시점부터 블레몽이 원고를 갖고 있었는가와 일차적으로 관련이 될 것이다.

1872년 9월 14일은 랭보가 이미 베를렌과 함께 파리를 떠나 영국에 체류하고 있던 시점이다. 블레몽은 이러한 출판 시점을 의도적으로 선택했던 것인가? 아니면 잊고 있다가 후에 원고를 다시 발견하고 잡지에 실은 것인가? 혹은 랭보나 베를렌이 파리를 떠나기 직전에 원고를 전해 주었던 것인가? 피에르 프티피스Petitfils는 블레몽이 신중을 기하기 위해서 랭보가 파리를 떠날 때까지 기다렸다는 견해를 피력하고 있다. 1891년에 나온 『성 유물함Le Reliquaire』의 1891년도 판본에 있는 로돌프 다르장의 서문을 통해 알려진 것처럼, 파르나스 파의 정기적 저녁 모임, 흔히 <천박한 녀석들Vilains Bonshommes의 저녁>이라고 불리는 자리에서 랭보가 에티엔 카르자를 지팡이로 공격하여 상처를 입힌 일이 벌어졌는데, 이 사건 이후로 그는 이들의 모임에 참여할 수 없음은 물론이고 파르나스 파들로부터 사실상 외면당하고 있었다. 따라서 블레몽은 원고를 받은 사실을 잊고 있었던 것보다는 랭보가 파리에 있는 한 그의 시를 실을 수 없었기 때문에 의도적으로 시기를 선택했다는 것이다. 만약 그것이 사실이라면, 블레몽은 「까마귀 떼」만을 잡지에 발표하고 그가 지니고 있었던 또 다른 시 「모음들」은 왜 발표하지 않은 것인가 하는 의문이 생긴다. 그러나 1871년 9월에 행해진 베를렌의 복사노트에 들어있는 「모음들」과는 달리, 「까마귀 떼」는 랭보가 파리를 떠나기 직전에 블레몽의 손으로 넘어갔고, 따라서 블레몽은 이 시를 랭보의 최근작으로 판단하여 잡지에 실은 것이라는 추측으로 그 의문을 풀어 볼 수도 있다.

랭보는 1872년 6월에 그의 고향 친구인 들라에에게 보낸 편지에서 "『문예 부흥』지를 보게 되면, 잊지 말고 그 위에 똥이나 싸라"고 하면서 이 잡지를 신랄하게 비난하고 있다. 이 잡지에는 블레몽뿐만 아니라, 에카르도 관여되어 있다. 위에서도 언급했듯이, 에카르에게 랭보는 1870년도에 지은 자신의 시편들 중에서 유일하게 시적 가치를 인정하고 있는 「놀란 아이들」을 1871년 6월 20일 자 편지에 적어 보낸적이 있었다. 여기서 시의 출판에 대한 언급은 없었고 오로지 에카르의 시집 한 권을 보내 달라는 간략한 요청만을 첨부한 글이었지만, 사실상 랭보는 시가 어떤 형태로든 실리는 것을 기대하고 있었고 이를 통하여 파리에 등단하고 싶었던 것이었다. 그러나 그의 이러한 은근한 기대는 무너졌고 결국은 베를렌에 의해 파리로 상경하게 되었던 것인데, 그는 자신의 시에 무관심한 에카르, 「모음들」과 「까마귀 떼」 혹은 「모음들」(「까마귀 떼」를 아직 받지 못했다면)의 원고를 사장시키고 있는 블레몽 등에 대한 불만을 이런 방식으로 표출했던 것으로 보인다. 이 편지가 쓰인 후, 바로 다음 달인 7월에 랭보는 파리를 떠난다. 이렇게 본다면, 랭보가 떠나기 전에 블레몽을 찾아와 「까마귀 떼」의 원고를 전해 주고 갔을지도 모른다는 가설은 일단 받아들이기 힘들다. 왜냐하면 이런 신랄한 비난을 하고 곧바로 그 당사자를 찾는다는 것이 랭보의 성격상 어울리지 않기 때문이다. 따라서 이 시의 원고는 적어도 6월 이전에 이미 블레몽의 손에 있었을 것으로 보아야 할 것이다.

우선 랭보가 파리로 올라온 직후인 1871년 9월과 카르자 사건이 발생하는 1872년 1월 사이에 그것을 입수했을 가능성을 살펴보자. 물론 시가 1871년도에 쓰였다는 것을 가정하는 경우다. 랭보가 '천박한 녀석들' 앞에서 「취한 배」를 낭송하면서 그들에게 소개되는 저녁 모임에 블레몽은 참석하지 못했었다. 레옹 발라드가 이 장면을 보지 못한 그의 친구 블레몽에게 1871년 10월 5일 자 편지를 보내면서 어린 시인 랭보에 대하여 극찬한 것은 잘 알려진 일이다. 편지 내용 중에서 "와 보시오, 그러면 그의 시들에 대해 알게 될 것이고 판단하시게 될 것이오"라는 대목은 발라드가 「취한 배」 외에도 다른 몇 편의 시를 지니고 있거나 적어도 읽어 보았다는 것을 암시한다. 랭보에 대한 자신의 판단이 "3주"에 걸쳐 이루어진 냉정한 것이라고 이 편지에서 확인하는 부분은 비평가들이 지금까지 랭보의 파리 도착 시기를 추론하는 데 주로 사용했던 표현이나, 그것은 또한 이날 모임이 처음 랭보를 보는 자리가 아니라는 것을 말하고 있으며 따라서 발라드가 랭보의 시 원고를 이미 여러 편 갖고 있을 수 있다는 가설을 뒷받침하는 것이다. 발라드가 「취한 배」의 복사본이나 「저녁 기도」의 원고를 지니게 된 것도 바로 이 시점이었을 것이며, 아마도 자신의 편지를 받고 랭보에 관심을 표명한 블레몽에게 발라드가 「모음들」이나 「까마귀 떼」를 전달했는지도 모른다. 더 나아가 「모음들」이나 「저녁 기도」가 파리로 올라온 이후에 쓰인 것이라면 이때에 「까마귀 떼」가 함께 제작된 것이라는 생각도 배제될 수 없을 것이다. 그러나 이 경우 전자 두 편의 시와는 달리 「까마귀 떼」는 왜 1871년 9월과 10월에 만들어진 베를렌 복사노트에 들어 있지 않은가 하는 의문에 확실한 답을 줄 수 없는 것이 사실이다.

1872년 1월 이후로 랭보는 파리의 문인들에게 외면당하고 있었다. 따라서 랭보가 블레몽에게 직접 시의 원고를 전달했을 가능성은 적어진다. 그러나 『문예부흥』지의 창간을 준비하고 있는 혹은 창간을 이미 한 (시의 전달이 4월 27일 이후라면) 블레몽에게 베를렌을 통하여 시의 출판을 목적으로 주었는지도 모른다. 랭보는 1872년 2월 말 혹은 3월 초에 파리를 떠나 고향으로 돌아온다. 그해 4월 랭보에게 보낸 한 편지에서 베를렌은 "오래된 시들과 새로운 기도문들"을 보내라고 요청한다. 바로 이 시기에 베를렌은 「까마귀 떼」를 받았고 『문예부흥』지의 창간을 전후하여 블레몽에게 그것이 전달되었을 것이라는 추측은 가능할 것이다. 그러나 보다 개연성이 있는 것은 위에서 살펴본 바와 같이 랭보가 파리로 올라와 블레몽, 발라드 등 여러 예술가들과 교분을 가졌던 1871년 가을이 될 것이다. 그러므로 시는 그 시기에 쓰였거나 혹은 이미 고향에서 제작된 것으로 판단하여야 할 것이다.

2) 「카시스의 강」과의 관계

랭보는 「까마귀 떼」를 회상하면서 「카시스의 강」을 썼다는 것이 주석가들의 보편적인 견해이다. 1872년 전반기에 「카시스의 강」을 포함하여 일련의 자유시들을 쓴 후, 랭보가 갑자기 「까마귀 떼」와 같은 정형시로 되돌아왔다고 생각하는 것은 거의 불가능하기 때문에, 두 시의 연대기적 순서는 누구도 의심치 않는 것이다. 「카시스의 강」의 제작 시기는 비교적 쉽게 추정할 수 있다. 원고 하단에 "1872년 5월"이라고 적혀 있으므로 5월이거나 아니면 약간 거슬러 올라가서 랭보가 아르덴 지방에 체류하고 있던 1872년 3월 혹은 4월경으로 볼 수 있다. 시적 공간은 그곳의 강과 숲을, 시대는 중세적 분위기를 느끼게 하는 이 시는 파리의 첫 번째 긴 체류를 무의미하게 보냈다는 절망감과 "위대한 시를 만들어 보겠다"는 포부가 좌절된 상황 속에서 깊은 패배감에 젖어 고향으로 돌아온 랭보의 영혼의 상태와 어울리기 때문이다. 1872년 5월의 또 다른 시 「눈물」을 같은 시기에 쓰인 것으로 보는 것도 이런 이유이다. 정형시의 파격을 볼 수 있는 이 시편들이 그보다 더 시대적으로 올라갈 수는 없을 것이다. 그런데, 「까마귀 떼」를 이것들과 거의 동시대의 것으로 보는 프티피스, 앙투안 아당의 시각은 받아들이기 힘들다. 우선 시형의 문제에서 그렇다. 「까마귀 떼」는 8음절 시행의 정형시로서 시구의 건너뛰기 등 어떠한 파격도 보이지 않는다. 그러나 쉬잔 베르나르가 잘 지적하고 있듯이, 「까마귀 떼」는 11음절의 시행이 5음절 혹은 7음절로 이루어진 시행과 반복되고 있는 기수각의 시로서 우수각의 시와는 근본적으로 다르다. 1872년의 여러 시행들이 그렇듯이, 이 시도 기수 각을 통하여 음악성을 추구하고 있으며, 연가 속에서 세상에 대한 작별을 노래하였던 1872년의 랭보를 보여 주고 있다. 따라서 정형시인 「까마귀 떼」가 1870년 보불전쟁에서의 프랑스의 패배와 1872년의 개인적 좌절감을 비유하고 있다고 분석하면서, 결국은 상기의 비정형시들과 거의 유사한 시점에 이 시를 위치시키고 있는 것은 설득력이 약하다. 물론 이 비정형시들이 원고에 적혀 있는 그대로 1872년 5월에 만들어졌다면 「까마귀 떼」보다는 분명 시차가 벌어지는 것이지만 그렇다고 하더라도 작가의 시적 감흥이나 몇 가지 표현의 유사성 때문에, 이 작품이 3월 혹은 4월경 고향에 체류하면서 전쟁의 암담한 겨울에 과거 그가 했던 산보를 되새기고 쓰였다는 것은 역시 문제가 있는 것이다.

「카시스의 강」과 「까마귀 떼」에서 똑같이 발견되는 "사랑스럽고 멋진 까마귀 떼"라는 표현은 여러 비평가들에 의해서 두 편의 동시대성을 주장하는 데 사용되고 있지만, 같은 시기의 두 시에서 랭보가 이렇게 반복한다는 것이 오히려 놀라운 것이라는 지적이 오히려 상당한 설득력을 지니고 있다. 전자를 쓰기 위하여 후자에 대한 기억

(블레몽이나 발라드 혹은 에카르 등에게 원고를 전달하면서 다시 읽었을 가능성이 있다)이 일부분 도움을 주었다고 추측할 수 있으나, 비슷한 시기의 두 편에서 랭보가 똑같은 표현을 사용했다는 것은 이해될 수 없는 것이다. 「까마귀 떼」에서 이 새들을 "이상한 군대"로 비유했고 「카시스의 강」에서는 "숲의 병사들"이라는 표현을 했다는 점에서 시적 감흥의 동일성을 제기하는 경우도 있다. "이상한 군대"는 분명 1870년의 보불전쟁의 프러시아 군대를 일컫는 것이지만, "숲의 병사들"이 전쟁과 관련되어 있다는 암시는 「카시스의 강」에서 찾아볼 수 없다. "악착같이 외쳐대는 이상한 군대"는 겨울의 "차가운 바람"으로부터 공격당하고 있는 반면, 「카시스의 강」의 까마귀들은 "참되고 고운 천사들의 목소리"를 지니고 있고, 이 새들이 날고 있는 "괴이한 골짜기"와 "옛날 전쟁터"에서 불고 있는 "바람은 상쾌"한 것이다. 「까마귀 떼」가 최근의 전쟁에 관련된 현세적인 문제에 집착하고 있다면, 「카시스의 강」은 중세적인 신비로운 분위기로 독자를 이끌고 있는 것이다. 또한 전자는 첫째 연에서 까마귀들을 보내 달라는 "주님"에 대한 기원으로 시작하나, 나머지 세 개의 연은 모두 이 새들에 대한 명령으로 이루어져 있다. 즉, 랭보의 급박하고 격한 감정이 표출되어 있으며, 날카로운 까마귀들의 울음이 그것을 상징하고 있다. 그러나 역시 주님이 보내 준 까마귀들의 소리에 천사 같은 목소리가 깃들어 있는 「카시스의 강」에서는 고적한 풍경이 차분하게 묘사되어 있으며, 단지 마지막 두 행에서 까마귀들에게 명령하는 형태를 취하고 있는데, 1872년 파리에서 돌아온 랭보의 울적하고 적막한 감정이 투영된 것으로 볼 수 있다. 따라서 이 두 시는 시형에서나, 시적 감흥에서나 유사성이 없으며, 한 가지 표현의 동일성만으로 같은 시대의 작품들로 간주될 수 없는 것이다.

3) "엊그제의 주검들"에 대하여

"엊그제의 주검들"이 1870년 보불전쟁에서 전사한 병사들을 일컫는 것이므로 시가 쓰인 시점은 1871~1872년의 겨울이라는 것이 랭보 주석가인 쥘 무케의 주장이다. 그러나 "프랑스의 들판"에 누워 있는 '엊그제의 희생자들'은 — 1870년 보불전쟁에서 죽은 자들은 '어제의 희생자들'로 불릴 수 있으므로 — 1792년도의 전사자들을 가리킨다는 견해가 있다. 「《92년과 93년의 전사자들이여……》」에서 제1공화국을 위하여 죽어 간 넋이 1870년 전쟁을 일으킨 나폴레옹 주의자들에 의하여 이용당하고 있는 현실을 지적했던 랭보는 나폴레옹 3세에 의하여 일어난 전쟁에 대해서 전혀 애국심을 지니지 않았으며, 오히려 여기에 참여하고 있는 고향의 소시민들을 증오했었다. "드 카사냑" 집안과 같은 보수주의자들과 부르주아에 대한 혐오가 결국 프러시아군인으로 상징되고 있는 "의무를 외치는 자 (……) 불길한 검은 새"에게, "숲의 깊은 곳, (……) 미래 없는 패배가 묶어 놓은 자들"인 프랑스인들이 받아들여야 할 보호와 구속을 역설적으로 외치게 만들었다고 생각한다면, 여기서 1792년의 성스런 주검들을 작가가 다시금 환기시키고 있다는 의견도 검토될 만하다. 그렇다면, 「까마귀 떼」의 시적 메시지는 조롱, 조소 그리고 역설을 통하여 프랑스인의 각성을 촉구하는 것으로 볼 수 있다. 즉, 사회적인 현상에 대한 시인의 견해가 개입된 시로 볼 때, 이것은 개인적 내면 성찰이 나타나기 시작하는 1872년도의 시로서는 어울리지 않는다. 이런 경우 시가 쓰인 시점이 1872년이라는 것은 배제되어야 한다. 따라서 랭보 주석가 아당처럼 "미래 없는 패배"를 파리 생활의 개인적 좌절감으로 보고 랭보가 이것을 1870년 전쟁의 프랑스 패배와 비유했다고 보는 것은 무리가 있다. 정치적, 사회적 현실에 거의 무감각해진 1872년에 랭보가 왜 다시 보불전쟁을 언급하는가라는 질문에 적절히 대응할 수 없는 것이다. 그러나 쥘 무케는 1871~1872년 겨울이라는 다소 애매한 입장을 취함으로써, 제작 시기의 논의를 더욱 복잡하게 만들고 있다. 위에서 언급했듯이 "엊그제의 주검들"이라는 표현과 추운 겨울이라는 시의 계절적 배경(그러나 시의 마지막 6행은 봄을 암시하고 있다)이 그러한 시점을 상정하게 한 것으로 보이나, 원고에 적힌 날짜나 편지에 들어 있는 확실한 정보에 따르면 랭보는 1871년도 후반부터 1872년도 초반까지는 거의 시를 쓰지 않았다고 보는 것이 타당할 것이다. 그렇다면 우리는 「까마귀 떼」가 만들어진 시기를 1871년도 전반부 혹은 1870~1871년 겨울의 작품으로 보게 되는 것이다. "엊그제의 주검들"은－장구Jacques Gengoux의 주장처럼 1792년도의 신성한 죽음을 상징하는 것이 아닐지라도－최근에 일어난 전쟁을 암시할 수 있다는 점에서 상당히 신빙성이 있는 추측이다. 따라서 정형적인 시작법과 어두운 주제로 볼 때 「까마귀 떼」는 1870년의 보불전쟁에서 즉각적으로 영감을 받은 시편들, 즉 「악」, 「황제들의 분노」 그리고 「골짜기의 잠든 자」의 직후인 1870년 말에 쓰인 것으로 세실 아케트는 자신이 주석을 단 랭보 시 전집에서 판단하고 있다. 1870년 9월과 10월에 만들어진 『드므니 문집』에 상기 세 편의 시가 모두 실려 있으나, 「까마귀 떼」는 이 문집에 들어 있지 않다는 점에서 아케트는 1870년 말로 이 시의 제작 시점을 정한 것으로 보이는데 『드므니 문집』에 복사되어 있는 「«92년과 93년의 전사자들이여……»」라는 시와 「까마귀 떼」를 간접적으로 비유하고 있는 장구의 입장과 동일하다. 많은 주석가들이 이러한 견해에 동의하고 있다. 그런데, 흥미로운 것은 뤼프의 설명이다. 즉, 뤼프는 시의 후반에 나오는 개인적 패배감을 1872년 파리 체류 이후가 아닌

1871년도 2월 말부터 3월 초에 있었던 파리 여행 후의 것으로 설명하고 있다. 즉, 프랑스의 패배를 시인 자신의 좌절감으로 비유했다는 견해와 전쟁에서 영감을 받은 시라고 분석하는 입장을 모두 해결할 수 있는 시점을 생각한 것이다. 그러나 "엊그제의 주검들"이라는 표현이 가리키는 시기가 연대기적으로 불분명한 것이고ー이것은 물론 1872년을 주장하는 사람들에게도 해당되고 있지만ー더구나 1871년 가을 랭보의 시들을 베를렌이 복사한 노트에 「까마귀 떼」가 발견되지 않는 점을 아무도 설득력 있게 설명할 수 없다. 정형시일지라도 이것이 1872년도의 작품일 수밖에 없다는 견해를 완전히 부인할 수 없는 이유는 여기에 있는 것이다. 결국은 블레몽의 『문예부흥』지와의 관계 혹은 시작법이나 몇 가지 표현의 문제 등으로 시의 제작 시점을 추론하는 것에는 한계가 있음이 밝혀진 것이다. 따라서 이 작업을 위하여 시 자체에 대한 분석이 마지막으로 남게 된다.

4) "차가운 바람"과 "오월의 꾀꼬리"에 대하여

「까마귀 떼」는 1870년의 보불전쟁에서 영감을 받은 작품이다. "악착같이 외쳐대는 이상한 군대여, / 차가운 바람이 너희들의 보금자리를 공격하는구나!"라는 시행은 매우 암시적이다. 전쟁의 발발을 이야기하고 있기 때문이다. "차가운 바람"의 공격으로 까마귀들이 "노란 강줄기를 따라, / 오랜 골고다 언덕으로 가는 길에, / 도랑과 구렁 위로" 모이고 흩어지기 시작하는 것이다. 여기서 까마귀들은 프러시아 군인들을, 겨울바람은 프랑스를 전쟁으로 끌고 가는 제2제정의 지배층을 상징하고 있다. 그런데, 에카르에게 보낸 적이 있는 「놀란 아이들」은 바로 이러한 "겨울바람"에 고통받는 어린 아이들의 모습을 그

렸었다. 1870년 8월 25일과 9월 20일 사이의 어느 날로 제작시점이 추정되는 이 작품의 계절적 배경은 겨울이다. 그러나 랭보의 시적 감수성은 시의 배경이 추운 겨울이라고 해서 제작시기도 같은 겨울로 간주하는 것을 허용하지 않는다. 더구나, 다음 해 에카르에게 이 시를 다시 보낼 때는 6월이었다. 프랑스의 정치적 지배층 혹은 부르주아를 겨울의 추운 바람으로 상징화하고 있다는 점에서 「까마귀 떼」와 「놀란 아이들」의 시적 감흥의 연관성을 검토할 수 있으며 「까마귀 떼」도 필히 겨울에 쓰였을 것이라는 추론은 경솔한 것이라는 판단에 이르게 된다. 따라서 「놀란 아이들」이 에카르를 위하여 재복사되는 1871년 6월에 「까마귀 떼」가 쓰였을 가능성을 배제할 수 없다.

이 시점은 랭보가 「파리 전가」를 삽입한 드므니에게 보낸 1871년 5월 15일 자 편지와 시기적으로 멀지 않다. 「파리 전가」는 파리코뮌을 직접적으로 말하고 있는데, 「까마귀 떼」의 마지막 연은 바로 1871년 5월을 암시하고 있는 것이다. 겨울은 여기서 봄으로 바뀌고 있다. 저녁은 황홀하고(더 이상 춥지 않다) 떡갈나무에는 꾀꼬리들이 있으며 숲 속은 풀로 울창하다. "미래 없는 패배"를 당한 제2제정의 정부와 파리코뮌을 진압한 티에르Thiers의 정규군에 비하면 프러시아 군인들은 오히려 "하늘의 성자들"이고 이들에게 파리코뮌 투사들("오월의 꾀꼬리")의 존재를 인정하라는 염원을 표하게 된다. 분명 조롱이고 역설이다. 깊은 숲 속에 묶여 있는 자들처럼 "오래오래 웅크리고 앉아 / 점잔을 떠는 시골 따기들"에 대한 경고로 끝나고 있는 「파리 전가」도 역시 이러한 시 정신을 담고 있다. "벗어날 수 없는 풀 속에" 묶여 있고 죽어 있는 자들은 보불전의 패배자들이고 이들을 위해서 "떡갈나무 꼭대기"의 "꾀꼬리들"이 필요하다는 것은 파리코뮌의 역사적 필연성을 말하는 것이다. 따라서 「까마귀 떼」는 1870년의 보불전쟁에서 시작하여 파리코뮌으로 맺고 있으며, 그 정치적 사건들에 대한 실망과 좌절감이 개인적인 패배감으로 젖어들고 있던 시기에 쓰였다는 추론이 가능하다. 정치, 경제적 지배층에 대한 혐오가 특유의 독설로 표출되었던 1871년 5월 이후, 특히 겨울밤의 "차가운 바람"과 배고픔으로 고통받고 있는 「놀란 아이들」을 1871년 6월에 랭보가 재복사했던 시점일 수도 있다. 이 시를 재복사한 행위가 파리의 에카르에게 보내기 위해서였는데, 랭보가 파리로 올라가 그에게(혹은 「취한 배」의 복사본을 준 레옹 발라드에게) 「까마귀 떼」를 직접 건네주었을 가능성이 있으며, 에카르가 다음 해 9월 뒤늦게 이 시를 『문예부흥』지에 실었을 것이라는 추론을 만들어 낸다. 시의 원고나 복사본이 발견되어 필체에 대한 면밀한 분석이 함께 이루어지기 전까지는 이것도 하나의 가설에 불과한 것이다.

베를렌은 『저주받은 시인들』에서 「까마귀 떼」는 랭보에 의해서 "인정받지 못한" 작품이었다고 언급하였다. 우리는 여기에 지나치게 중요성을 둘 필요는 없으나, 『드므니 문집』에 실린 시들의 가치를 스스로 부인했던 적이 있는 랭보로서는 충분히 취할 수 있는 일로 판단된다. 그런데, 자신도 모르게 잡지에 발표된 「까마귀 떼」에 대하여 랭보가 그 시적 가치를 부인한다는 것은 뤼프의 지적처럼 "현재 자신의 정신적 경향과 더 이상 부합되지 않는 작품의 출판 앞에서 랭보가 나타낸 불만"(뤼프, 『랭보』)의 표현으로 볼 수 있다. 즉, 시사성 짙은 시에 대한 거부이라고 볼 수 있으며, 그렇다면 이 시는 우리의 추론처럼 파리코뮌에 관련되는 시들이 제작되는 시점과 동일하게 그 탄생 시기를 정해야 할 것이다. 이 시를 오직 묘사적이고 감정적인 텍스트로 분석한다면 제작시점을 알아낼 수 없는 한계에 부딪친다. 그러나 우리는 문체와 감정이 초기시의 고답파적인 것인가 혹은 상징성이 깊고 내면적이며 개인적 성찰이 돋보이는 1872년도의 자유 운문시 계열에 속하는 것인가 하는 문제에 대하여 더욱 연구를 진행시켜야 할 것이고, 이를 통하여 제작 시점을 파악하는 작업을 앞으로 추진해야 할 것이다.

3. 「눈물」

새들과 양떼들과 마을여자들로부터 멀리 떨어져,
난 마셨노라, 오후의 훈훈한 초록빛 안개 너머,
부드러운 개암나무 숲에 둘러싸인
어떤 히스 무성한 땅에 웅크린 채로.

이 젊은 우아즈 강에서 내가 무엇을 마실 수 있었던가,
소리 없는 어린 느릅나무들, 꽃 없는 잔디, 구름 덮인 하늘.
토란 호리병박에서 내가 무엇을 들이켰던가?
밋밋한 그리고 땀나게 하는 황금빛 술.

그런 나는 여인숙의 서툰 간판인 셈이었다.
이어서 뇌우가 하늘을 바꾸어 버렸다, 저녁이 될 때까지.
그것은 검은 나라들, 호수들, 장대들,
푸른 밤의 주랑들, 선착장들이었다.

숲의 물은 순결한 모래밭 위로 잦아들고,
바람이, 하늘에서, 얼음덩이들을 늪으로 던졌다…….
그런데! 황금 혹은 조가비 채취꾼처럼,
마시는 데 나는 관심도 없었다니!

1) 이본들의 비교 검토

1872년 시들의 원고는 랭보 친구들인 포랭, 리쉬팽 그리고 베를렌에게 전해진 것으로 알려져 있다. 이 원고들은 후에 여러 소장가들에 의해 수집이 되었고 각각 서로 다른 출판의 길을 가게 된다. 「눈물」의 경우 자필 원고는 두 가지가 존재한다. 하나는 「갈증의 코미디」, 「카시스의 강」, 그리고 「아침의 좋은 생각」의 원고와 함께 포랭에게 전해진 것으로 루이 바르투의 소유로 넘어간 후 베리에 의해 1919년 매생 출판사에서 『대가들의 원고들Les Manuscrits des Maîtres』 속에 복사되어 나왔고, 또 다른 하나는 랭보가 베를렌에게 주었던 것으로 여러 사람의 손을 거쳐 피에르 베레스가 소장하게 되었는데 오랜 후인 1957년 랭보 작품집에 실리게 된다. 『일뤼미나시옹』의 원고들과 뒤섞여 1886년 『라 보그La Vogue』지에 들어 있는 판본은 후자의 원고를 바탕으로 한 것이다. 그리고 『지옥에서 보낸 한철』에 삽입된 또 다른 판본이 있는데, 이것은 처음 두 원고와는 매우 다른 형태를 취하고 있으며, 1872년 시에 대한 반성을 담고 있는 산문시에 함께 실려 있다는 점에서 그 의미가 크다.

우리는 이 이본들을 비교 검토하는 데 다음의 세 가지 관점을 그 기본적 출발점으로 삼고자 한다. 첫째, 랭보가 포랭에게 준 시편들에 대한 상호 독서의 필요성이다. 포랭에게 시를 전달할 때와 거의 같은 시기에 랭보는 주제의 공통성이 엿보이는 네 편의 시(「오월의 깃발들」, 「가장 높은 탑의 노래」, 「영원」, 「황금시대」)를 「인내의 축제」라는 큰 제목 속에 묶어 그 원고를 리쉬팽에게 준 적이 있다. 그렇다면 랭보는 자신의 시 원고를 줄 때는 동일한 시적 사상이나 배경을 담고 있는 시를 묶어서 주었을 가능성이 크다고 볼 수 있으며, 우리는 「눈물」

을 분석하는 데 있어 이 점을 유의할 것이다. 둘째 1870년에 쓰인 초기 시 및 1872년 이후의 산문시 그리고 1872년 동시대의 보다 자전적인 시와의 비교를 통하여 랭보는 어떤 시적인 변화를 거쳐 왔고, 「눈물」의 시학은 시인의 존재론적 고통과 어떤 상관관계에 있는가 하는 점을 살펴볼 것이다. 셋째, 랭보가 이 시를 1873년의 『지옥에서 보낸 한철』에 넣었을 때 과거 시적 경험의 실패를 말하기 위한 것이라면, 어떤 면에서 시인은 1872년의 시를 부인하고 있는가에 대한 분석이 이루어질 것이며, 다른 판본과의 상이성은 무엇을 의미하는지 알아볼 것이다.

2) 은둔의 장소

"눈물"이라는 제목은 이 시가 어떤 슬픔이나 후회에 대하여 말할 것임을 예고한다. 따라서 시인이 과거의 자신을 되돌아보며 회한의 눈물을 흘리고 있다는 해석이 곧바로 가능할 것이며, 이것은 시의 전언과 크게 벗어난 것은 아닐 것이다. 그러나 <눈물>이라는 단어에 관사가 생략되어 있으며, 또한 그것이 단수형으로 되어있는 점에서 그 회한은 특정한 것이며 동시에 <한 방울의 눈물>로 충분할 수도 있는 일시적인 것인지도 모른다. 그런데 베를렌 원고와 1873년 판본에는 제목이 없다. 우선 베를렌 원고를 검토해 보자. 4행의 "웅크린 채로 accroupi"가 "무릎을 꿇고서à genoux"로 바뀌어 있는 것이 1연에서 '포랭 원고'와 유일하게—구두점의 문제를 제외한다면—서로 다른 점인데, 이것이 제목의 유무와 관련되어 해석될 수 있는 부분이다. 랭보에게서 웅크림은 진부한 현실에 안주하는 부정적인 자세라는 것을 우리는 초기 시편인 「웅크린 모습들」을 통하여 알고 있다. 과거에 대한 회한을 안고 인적 없는 숲 속의 "히스 무성한 땅"에 "웅크린 채" 있다는 것을, 희열에 젖어 나오는 동작 혹은 종교적인 의식에 가까운 행위, 즉 보다 긍정적 의미가 담긴 자세로 랭보는 수정한 것이다. 제목 「눈물」이 삭제된 것은 이런 점에서 아마도 일관성 있는 퇴고일 것이다. 베를렌을 위하여 급히 재필사하는 과정에서 랭보가 제목을 빠뜨렸다는 설명은 적어도 이 시에서는-1872년 다른 시편들에서는 부분적으로 받아들일 수 있는 가정이다-어쩌면 성급한 해석일 수도 있다. 이제 1873년 판본을 보자. 이것은 상기 두 원고와 많은 곳에서 다르다. "난 마셨노라"라는 단언적인 표현에서 "내가 무엇을 마셨던가"라는 의문과 과거 행위에 대한 질문을 1연부터 앞세우고 있으며, "어떤quelque 히스 무성한 땅"이 "이cette 히스 무성한 땅"으로 구체화되어 있다. 또한 "안개 너머"가 "안개 속에서"로 바뀜으로써 장소의 폐쇄성을 가중시키고 있다. 이것은 시의 내밀화 및 상징화가 더욱 가속되는 현상이며 따라서 감성적 표현인 "눈물"의 제목은 어울릴 수가 없게 된다. 1873년 판본의 마지막 행에서 연금술적인 언급과 함께 <운다>라는 표현이 나오는 것은 "눈물"이 지나간 생에 대한 한탄이 아니라 시학에 대한 반성일 것이라는 암시를 던져 주고 있다.

첫째 연은 시인의 과거행위가 일어난 장소를 묘사하고 있다. 우선 시인은 새, 양떼, 마을 여자들로부터 먼 곳에 있다고 함으로써 목가적이고 서정적인 분위기를 배제하고 있다. 일상적 삶과 사랑("양떼"가 있다면 목동이 있을 것이고, "마을여자"와 그 목동과의 사랑은 상투적인 시적 배경)으로부터 유리되어 있고 마치 시인만이 움직이는 유일한 생명체인 듯 새들의 존재도 잊힌 완벽한 고독의 장소가 그려진다. 첫째 연은 이렇게 시인이 자신의 몸을 숨길 수 있었던 은둔처와 그것이 위치한 곳의 자연적 특성을 우리에게 말하고 있다. "부드러운 개암나무 숲" 속의 "히스 무성한" 이 은둔처는 "어떤"이라는 단어로 묘사되어 그 정확한 모습이나 위치는 드러나지 않고 있다. 결국 시인은 여기서 기억의 불투명성을 말하거나 혹은 윤곽이 모호한 인상주의적 풍경을 의도적으로 그려 내고 있는데, 이는 다음 행의 "안개"와 매우 어울리는 이미지를 형성한다. 그러나 '1873년 판본'에서는 "이"라는 지시사로 장소가 명시된다. 장소에 대한 기억을 독자와 시인이 공유하고 있다는 전제에 따라 이미 인식되어 있는 위치를 지적하는 것이 시인의 의도는 아닐 것이다. 오히려 주관적인 시인 개인의 내면적 풍경을 묘사하는 시적 과정으로 해석될 수 있는 것이며 지시사의 이런 용법은 향후 산문시 『일뤼미나시옹』의 때로는 환상적이며 때로는 비구상적인 그림의 초벌에 주요한 역할을 하게 된다. 예컨대 「어린 시절」은 "이 우상적 여인Cette idole"으로 시작되고 있다. 지시를 한 후 그에 대한 설명을 하는 형식인데, 이것은 텍스트 내부에 있는 것을 말하는 것이 아니라 텍스트의 외부, 즉 독자와는 때로 정보가 공유될 수 없는, 텍스트와는 별개로 존재하는 시인의 내면적 공간에 그 무엇이 있다는 것을 지시하고 있는 셈이다. 「헌신」에 나오는 "이 성스런 노인"이나, 「움직임」의 "이 배ce Vaisseau" 등이 모두 그런 경우에 속한다.

"붉은 보랏빛 작은 꽃이 피고 가지 많은 줄기가 있는 광야에서 자라는 키 작은 관목"(로베르 사전)인 히스는 버려진 자연과 그 풍경의 상징이며 이 관목이 무성하다는 것은 시인의 은둔처가 인간의 발길이 자주 닿는 장소가 아니라는 것을 암시하고 있다. 더구나 이 히스의 일반적인 이름인 에리카Erica가 <나는 부서진다je brise>라는 의미의 희랍어 에리코eriko에서 왔음을 볼 때, 랭보가 스스로 부서지고 무너진 채 존재할 수 있는 장소로 매우 적합한 시적 선택이라고 볼 수 있다.

이 땅은 히스가 살아 꽃을 피우고 있는 곳이 아니라, 여기 저기 무성하지만 대부분 시들고 죽어 버려진 채 싸여 있는 황량한 대지를 의미한다. 모든 생명체로부터 멀리 떨어져 있는 이 은둔의 장소는 다행히 "부드러운 개암나무 숲"에 둘러싸여 있다. 절대 고독이 감도는 곳이지만 주변의 숲은 온화함과 따뜻함의 감성적 분위기를 자아내고 있다. 시인은 말하자면 상처받기 쉬운 부드러운 유년기의 중심에 있으나, 그 중심은 오히려 삭막한 시절로 메워져 있음을 말하는 듯하다. 삶의 불투명성과 지루함은 어느 하루의 오후 분위기로 압축되어 있다. 시인은 훈훈한 안개가 숲 속을 뒤덮고 있는 후덥지근한 오후에 와 있다. 이 기후는 세 번째 연에 나오는 소낙비를 암시하고 있는데, 삶의 또 다른 격정과 소용돌이 그리고 이후에 도래할 수 있는 새로운 세계에 대한 비전을 잿빛 하늘처럼 무겁게 드리우고 있는 듯하다. 그런데, 이 "훈훈한 안개"는 "초록빛"이다. 석양의 빛과 숲의 초록을 담고 있는 안개에 대한 이런 묘사기법은 인상파 화가의 그림을 생각하게 만든다. 초록빛 계곡의 급박한 개울물과 그 수초들 위로 쏟아지는 현란한 빛의 조화가 수채화처럼 그려져 있는 초기 시「계곡의 잠든 자」는 모네의 작품을 연상시키고,「초록 선술집에서」오랜 여행에 지친 자가 주막에 들어와 맥주잔을 앞에 놓고 피곤한 다리를 테이블 밑으로 쭉 뻗은 채 벽장식의 순진한 인물들을 바라보는 모습은 르느아르의 주제와 크게 다르지 않다. 그러나 죽은 자의 영원한 휴식처, 여행자의 쉼터와 같은 삶의 순수에 대한 열망을 담고 있는 초기시의 "초록"은 1872년의 시에 와서 일정한 상징성을 띠게 된다.「갈증의 코미디」에 나오는 "초록 여인숙"이 그것이다. 여기서 여인숙은 그가 닿을 수 없는 현실을 넘어선 공간이며 그에게 문을 열어 주지 않는 폐쇄적 자리로 규정되어 있다. "옛 여행자가 / 다시 되어도, / 초록 여인숙은 절대 / 내게 문을 열지 않으리라"라는 시인의 단언은 고단한 삶의 무게가 수채화의 초록빛으로 가벼워질 수 없으며, 그 색채는 하나의 향수이고 하나의 근원으로 돌아갔다는 말과 다름 아닐 것이다. 역사의 위대한 순례자라도 이제 닫힌 안식처의 문턱을 넘을 수 없는 것이다. 결국 이 "초록빛 안개"는 하나의 장막이다. 이 불투명한 장막 너머의 숲 속 은둔처에 시인은 존재한다. 문이 열리지 않는 여인숙처럼 그 어떤 생명체의 출입을 거부하는 이 완벽한 고독의 장소는 시인의 새로운 탄생을 희망하고 있을 것이다.

3) 갈증의 시학

마신 음료에 관한 이중적 질문(5행과 7행)과 그에 대한 답은 여러 가지 어려움을 주고 있다. 우선 첫 번째 질문에 들어 있는 우아즈Oise 는 우리가 번역한 것처럼 과연 강을 지칭한 것인지 분명한 것은 아니다. 이것에 대한 연구자들의 여러 가지 언급이 있지만 랭보의 외가가 있는 로슈 근처를 흐르는 아르덴 지방의 조그만 강이라는 견해가 전통적 판본에서 받아들여지고 있다. 포랭에게 동시에 전해진 다른 세 편의 시에서도 물(강 혹은 바다)의 이미지 또는 갈증의 상징성은 공통적으로 나타나 있기에 더욱 그러하다. 그렇다면 "강에서 무엇을 마실 수 있었던가"라는 질문은 시적 힘을 잃는 것처럼 보인다. 강에는 물이 있으며, 물을 마신다는 생각이 가장 먼저 합당한 답으로 떠오르기 때문이다. 그렇지만 다음 행(6행)에는 마시는 물질과는 전혀 관계없는 세 가지 명사구("소리 없는 어린 느릅나무들, 꽃 없는 잔디, 구름 덮인 하늘")가 등장한다. 과연 우리는 이것을 질문에 대한 답으로 규정할 수 있을까. 물론 <느릅나무들을 마신다, 잔디를 마신다, 하늘

을 마신다>에서 <마신다>라는 동사에 어떤 은유적 의미를 부여한다면 그러한 규정이 불가능한 것은 아니다. 그러나 2행에서부터 이 동사는 본래적 의미로 사용되고 있으며 곧이어 나오는 두 번째 질문(7행)을 볼 때 그것은 더욱 분명해진다. 또한 이 세 가지 명사에 한정사가 없는 것은 일종의 삽입구문으로 간주될 수 있다. 즉, 다른 식으로 두 번째 질문을 던지기 전에 생긴 일종의 휴지부인 셈이다. 그러나 6행 끝의 마침표는 문장이 완성되었음을 말하고 있다. 그렇다면 6행을 5행의 답변으로 봐야 하는데, 위에 설명한 것처럼 그것은 가능성이 적어 보인다. 이런 맥락에서 6행은 우아즈와 동격의 의미로 쓰인 것이나 혹은 그 장소(우아즈가 강이든 어떤 지역이든)의 어떤 내면적 분위기를 설명하는 것으로 이해될 수도 있겠다.

이런 여러 가지 모호함은 다른 판본들과의 비교 검토를 통하여 투명해질 수 있다. 우선 베를렌 원고를 보자. 여기에는 7행의 문장이 5행의 질문을 보완하며 완성하고 있음이 문장 구조상 확연히 드러난다. 포랭의 원고에서 6행이 마침표로 마무리되어 있음에도 불구하고 7행은 5행을 이어 가고 있는 것이다. 이런 현상은 1873년 판본에서 더욱 분명해진다. 여기서 6행의 마침표는 없어졌고, 대신 그 앞뒤에 삽입 표시선tiret이 있다. 어떤 단어나 표현을 문장의 다른 부분들과 구분시킨다는 점에서 이 부호는 괄호와 유사하지만, 괄호는 구분된 것 혹은 독립된 것을 감추고 있는 반면 이것은 오히려 그것을 부각시키고 있다. 공간적 층위를 구분하기 위한 일종의 메타 텍스트, 즉 텍스트 위에 겹쳐 있으면서 위상이 다른 또 하나의 텍스트를 만들어 내는 이 부호로 인하여, 5행이 6행을 자연스럽게 건너뛰어 7행에 연결되어 있으며, 결국 시인은 6행이 5행의 답이 아니라는 것을 명확히 한 셈이다. 그렇다면 이 문제의 6행은 무엇을 말하고 있는가. 강 상류를 지칭하는 듯한 5행의 "젊은 우아즈 강"은 "부드러운" 또는 "초록빛"과 같은 청춘 또는 유년기라는 시니피에를 담고 있는 것인데, 6행의 "어린 느릅나무"는 이것을 다시 확인해 주고 있다. 즉 시인의 유년기 특성이 이런 표현들로 규정되어 있는 것이다. 연약하고 상처받기 쉬운 이 시절은 강 상류처럼 삶의 본질에 가까이 있지만, 목소리가 없다는 불구적 성격을 동시에 안고 있다. 또한 꽃이 없는 잔디의 초록에는 꽃들의 색채와 향기가 결여되어 있고, 태양과 창공을 잃어버린 "구름 덮인 하늘" 역시 결핍의 상징과 다름 아니다. 이 참담한 박탈감은 1행의 "……로부터 멀리 떨어져" 있는 절대적 고독의 또 다른 형태라고 말할 수 있다. 1873년 판본에는 느낌표를 붙여서 이에 대한 한탄은 더욱 뚜렷하다. 그런데, 이 6행의 세 요소들은 관사를 지니지 않고 있다는 점에서 호칭으로 볼 수도 있다. 즉 "—소리 없는 어린 느릅나무들아, 꽃 없는 잔디들아, 구름 덮인 하늘아!—"라는 해석이 가능한 것이다.

7행의 "무엇을 들이켰던가?"라는 표현은 한층 심화된 갈증을 묘사하고 있다. 원문의 동사 "tirer"라는 것은 쉬지 않고 길게 마시는 행위를 말하고 있는데, 허리에 호리병을 차고 은둔의 장소에 도달한 시인은 물병 주둥이에 입을 대고 단번에 갈증을 해소하려고 시도한다. 시인에게 있어서 이 생리적 욕구의 본질은 무엇인가? 이것을 이해하기 위해서 「눈물」과 함께 포랭에게 전달된 「갈증의 코미디」를 읽어야 할 것이다. 5부로 나뉘어 있는 이 작품에서 3부까지는 각각 "선조들", "정령" 그리고 "친구들"이 등장하여 목마름에 시달리는 "나"와 대화를 나눈다. 그러나 이 현실에서 시인이 마실 진정한 음료는 존재하지 않는다. "어느 고도古都에서 / 조용히 마시고 / 더욱 흡족히 죽을 / 어느 저녁"만을 기다리는 시인의 "가련한 꿈"(4부)도 이루어질 수 없는 것이고, "결론"(5부)에서 세상의 미물微物들조차 나처럼 목말라 한다는 인식에 도달하게 된다. 존재들은 갈증에 시달린다. 그러나 이 욕구를 풀어 줄 수 있는 것은 없는 것이다. "나무토막들"과 "더러운 거품"들이 덮여 있는 "연못에서 차라리 썩어버리겠다"는 반어적 희망은 1872년 시의 일관된 주제인 것이다. 애당초 「취한 배」의 당당한 항해가 실패로 끝나면서 시인이 바라는 것은, 1872년의 운명을 예감한 듯, 오직 "검고 차가운 물웅덩이"에 불과했고, 자전적 성격이 강한 작품 「기억」은 앞으로 나아가야 할 그의 작은 배가 "죽은 물" 속의 "진창"에 붙들려 있음을 묘사하고 있다. 흐르지 않는 더러운 물웅덩이는 이제 시인의 삶 자체와 다름 아니고, 강이란 결국 그를 보다 넓은 세상으로 인도해 주는 희망의 물줄기였던 셈이다. 이 강가에 와서도 맑은 물을 마시지 못하는 여행자의 고뇌, 그것이 바로 갈증의 은유적 형태인 것이다. 시인이 마신 것은 결국 "밋밋한 그리고 땀나게 하는 황금빛 술"이다. 이마에 떨어지는 서늘한 밤이슬처럼 방랑자의 "힘을 돋우는 술"(「나의 방랑」)이 아니며, 삶을 개혁할 수 있는 노동자에게 합당한 "생명수"(「아침의 좋은 생각」)는 더욱 아닌 것이다. 셋째 연의 소낙비를 예고하는 후덥지근한 날씨의 강변 숲 속에서 오로지 땀만 흘리게 만드는 차갑지 않은 "밋밋한 황금빛 술"은 더 이상 "넘어가는 햇살로 금빛을 띠고 있는 거품"(「초록 주막에서」)의 맥주를 말하는 것은 아니며, 그 "황금"에 대한 집착, 시인이 언어의 조작을 통해 지닐 수 있는 <연금술>에 대한 허무한 시도를 말하고 있는 것이다.

4) 시의 음화陰畵

9행은 지금까지의 시적 도정을 마무리하고 있다. 그리고 회한을 함축하고 있다. 접속법 대과거는 여기서 조건법 과거의 의미를 지니고 있으며, 이것은 과거에 대한 이룰 수 없는 희망을 말하고 있기 때문이다. 자신의 삶을 정리해 보면 "여인숙의 서툰 간판" 정도에 불과하지만, '그런 간판 역할이나 할 수 있었던가'라는 패배적 탄식이 들어 있는 것이다. 쭈그리거나 무릎을 꿇고서 땀 흘리며 술을 마시는 자는 분명 여인숙의 좋은 간판이 될 수 없을 것이다. 방랑의 도정에서 시를 읊어내고, 밤 하늘 아래서 별을 바라보며 잠을 청하던 방랑자의 순수 혹은 시의 순진한 환상은 이제 더 이상 존재하지 않는 것이다. 베를렌 원고와 1873년 판본에서는 이런 탄식마저 배제시켜 자신의 처지를 매우 간결하게 정리해 버렸다. 베를렌 원고가 다른 두 가지와 크게 다른 점은 구두점에 있다. 즉, 이 원고에는 구두점이 모두 생략되어 있는데, 오직 이 9행의 끝에 하나의 마침표 그리고 11행에 두 개, 12행에 하나의 쉼표를 넣었을 뿐이다. 이 유일한 마침표 이후 시는 급박해진다. 뇌우가 치고 풍경이 변화되는 것이다. 이렇게 10행부터 시의 대전환은 시작된다. 특히 11~12행은 현실의 풍경이 언어의 일상적 개념의 극단에서 재창조되는 시의 또 다른 탄생을 말하고 있다. 랭보 시의 정점은 여기에 존재한다. 『지옥에서 보낸 한철』에서 자신의 삶을 정리했지만, 『일뤼미나시옹』에서 볼 수 있는 여러 가지 풍경의 판화들은 그야말로 보석과도 같은 현대시의 응결체들인데, 이 한 편의 시에서 그 과정을 미리 압축하여 우리에게 제시하고 있는 셈이다. 첫째 연과 둘째 연에서 소낙비가 내릴 것 같은 오후 안개의 더운 날씨에 시인이 은둔처에서 겪은 갈증, 시와 시인의 피폐한 모습을 이 마침표가 단호하게 정리하고 있는 것이다.

10행부터 서술의 형태가 달라진다. 1행부터 9행까지 모든 문장을 이끌었던 주어 "나"는 사라졌으며, 동사의 시제가 반과거에서 단순과거로 바뀌었다. 과거의 이야기는 또 다른 서술 방식 속에서 전개되고 있는 것이다. 10행은 따라서 "이어서puis"라는 말로 시작된다. 앞서 있는 시행들의 행위를 과거 속으로 밀어 넣으며, 새로운 상황이 벌어지고 있음을 말하려는 것이다. 특히 1873년의 판본에서 랭보는 "이어서"라는 단어 자리에 단순 삽입 표시선tiret simple을 넣어 언술의 단절을 가속화시켰다. 이 기호(이것은 더 이상 구두점의 일부가 아니라 언술 행위의 기호, 혹은 하나의 문자소로 인식되어야 한다)는 서로 다른 요소들의 단순한 병렬이 아니라, 앞선 시행과의 시간적 층위를 완전히 구분하고 있으며, 독자들은 새로운 세계가 창출되는 현장으로 급격히 이동되고 있는 것이다. 우리는 더 이상 안개 낀 흐린 하늘의 오후에 있지 않으며, 은둔처에서 아무런 희망 없이 갈증에 시달리고 있는 존재만을 바라보고 있는 것도 아니다. 벼락을 동반한 소낙비가 "저녁이 될 때까지" 하늘의 모습을 바꾸어 버린 것이다. 공간의 이동과 함께 시간의 변화가 뚜렷하며, 삶의 언저리에 고착되어 있는 이미지들은 뇌우와 함께 사라진다. 이 자리에 "모든 가능한 풍경들"(「착란 II」)로 규정될 수 있는 "검은 나라들, 호수들, 장대들, 푸른 밤의 주랑들, 선착장들"이 들어선 것이다. 한 음절 혹은 단음으로 이루어진 어휘들의 급박한 흐름은 번개 속에서 순간적으로 드러났던 모습들을 사진의 음화처럼 찍어 내고 있다. 이 음화들이 환상체이든 현실의 모습이든 이것들은 시인의 의도적인 시적 작업을 통해 태어나고 있다. "모든 마법들을 믿고 있던"(위와 같은 시) 1873년의 랭보는 이 작업을 "단어들의 환각"(위와 같은 시)으로 설명했다. 그러나 이 환각 혹은 마법은 단순한 환상이나 상상의 결과물이 아니라, 시인의 명료한 의식과 시어에 대한 강한 장악력에 의해 태동된다. 아무런 관련이 없어 보이는 단어들은 의식적으로 선택되었다. "검은 나라들"은 음화의 배경이다. 갈증을 극단으로 몰고 간 강줄기가 아니라, "호수들"이 여기에 나타난다. 어둠 속에서 높게 하늘을 향해 솟아 있는 호수 주위의 숲 속 나무들은 "장대들"이나 "주랑들"로 묘사되어 있다. "푸른 밤"이란 이미 비가 그쳤다는 것을 말한다. 습기 많은 오후의 괴로운 갈증과 뇌우가 쳤던 저녁의 급박한 희망, 그리고 환상적 풍경을 만들어내고 있는 밤의 깊은 적막은 기억의 순간들이 만들어 내는 하루의 흐름이며, 이 과정 속에 랭보의 시와 삶이 압축되어 있는 것이다. 그리고 "선착장"이 나온다. 어디론가 떠날 수 있다는 이 시적 이미지는 11~12행의 음화를 최종적으로 장식한다.

베를렌 원고를 바탕으로 한 1886년 『라 보그』지에 실린 시에는 "호수들des lacs"이 누락되어 있다. 원고에 없던 구두점을 복원시켰고, 소문자로 시작되었던 시행 머리를 다시 대문자로 바꾸는 과정에서 일어난 편집자의 실수인지 아니면 의도적인 수정인지 알 수 없지만, "호수들"이란 단어의 부재가 이 부분의 시적 환기의 힘을 약화시키는 것은 아니다. "des gares"를 "기차역"으로 번역할 수 있으며, "주랑들"도 호수 주변의 나무들과 함께 이 역사驛舍에 대한 묘사로 해석될 여지가 있게 된다. 더 중요한 것은 이 음화들이 1873년 판본에서 삭제되어 있다는 점이다. 10행에 이어 바로 13행이 나오는 것이다. 이에 대해 랭보 연구자들이 대부분 침묵을 지키고 있는 것은 매우 이상한일이다. 랭보의 1870년 시편들은 다음 해에 곧바로 부정되고, 1872년의 시 역시 1873년에 와서 그 가치가 저자 자신에 의하여 소멸되고 있다. 이 판본은 과거에 시도했던, 유효성이 지난 시학의 예로 「언어의 연금술」 속에 삽입되어 있는 것인데, "단어들의 환각"의 결과물인이 두 행의 가치를 랭보는 언어의 연금술 속에 차지하고 있는 전형적인 "시학적 진부함"에서 보호하려는 모순적 의도로 볼 수 있다. 이 시행들이 배제됨으로써, 1873년 판본에서 시의 동적인 호흡은 사라지고, 언어의 극단적 창조의 힘은 약화되어 있다. 시의 정점은 사라진 것이며, 결국 1873년 랭보가 밟아 온 시의 거부는 이런 첨삭을 통해 성취되고 있는 셈이다.

5) 연금술의 실패

넷째 연은 반과거로 되어 있는 13~14행, 그리고 복합과거 문장의 15~16행으로 나눌 수 있다. 우선 13행을 보자. 시인의 의식은 처음 위치했던 "개암나무 숲" 속으로 돌아온 듯하다. 기억의 순간성과 시적 창조력의 결합으로 생성된 10~12행의 소낙비와 음화는 사라지고, 현실의 사물들이 시인의 청정한 시선 속에서 다시 반과거로 기술된다. "순결한 모래밭"이 숲 속에 혹은 숲의 주변에 자리하고 있다. 공간의 순수성은 2행의 "히스 무성한 땅"과 대립된다. 그 누구의 발길을 허용하지 않은, 아마도 "우아즈" 강변의 것일지도 모르는 이 모래밭으로 "숲의 물"은 빠져나갔다. 번개처럼 떠오르고 폭우처럼 쏟아지던 단어의 환기적인 힘은 순수한 현실의 대지 속으로 들어간 것이다. 이것은 "내 상상력과 내 기억들을 땅에 매장해야 한다"(「고별」)라는 선언과 함께 1873년의 랭보가 시에 등을 돌리는 과정과 유사하다. 14행에 와서 시는 불투명해진다. "얼음덩이"라는 단어가 계절의 혼란 혹은 하루 시간대의 혼동을 야기하고 있는 것이다. 지금까지 시간의 흐름은 오후(2행)에서 저녁(10행) 그리고 밤(12행)으로 진행되어 왔고, "훈훈한 안개", "땀", "뇌우" 등이 더운 계절을 암시하고 있었기 때문이다. 하늘에서 땅("늪")으로 떨어지는 이 "얼음덩이"가 우박을 지칭한다면, 과연 소낙비 내리는 계절에, 더구나 소낙비가 내린 직후에 이런 기상현상이 가능한 것인가라는 의문이 생긴다. 그렇다면, 넷째 연부터 시는 다른 시간대에서 서술되고 있는 것인가? 그러나 1873년 판본에는 그 전의 두 원고들에 나오는 10행의 "저녁까지"는 없어지고, "저녁에"라는 말을 13~14행으로 연결시켜 시간대를 분명히 하였다. 즉, 땀 흘리며 황금빛 술을 마시던 그 후덥지근한 오후와 같은 날 저녁이라는 말이다. 시 전체는 어느 하루에 대한 기억—물론 반과거가 그런 하루의 반복을 설명하고 있지만—이며, 상충적인 것들은 같은 날에 일어난 셈이다. 여기서 우리는 『일뤼미나시옹』의 「야만인」을 생각한다. "서리"와 "숯불덩이들", "화산과 북극 동굴"의 병치는 모순을 넘는 시의 또 다른 완성이다. 존재하지 않는 "북극의 꽃"이나 조화될 수 없는 소낙비와 우박은 11~12행의 풍경들이 지나간 이후, 즉 "나날들과 계절들, 존재들과 나라들 이후에"(「야만인」) 태동되는 새로운 삶의 형태에서만이 가능할 것이다. 1872년의 또 다른 시 「영원」은 바다와 태양의 혼합을 현재가 지워진 시공의 영원성으로 그리고 있었다. 랭보는 더운 것(혹은 뜨거운 것)과 차가운 것의 충돌이나 혼재를 통하여 시적 비전의 창출을 노렸던 것이다. 더구나 마실 수 없는 물이 고여 있는 이 "늪"으로 "얼음덩이", 차갑고 깨끗한 마실 수 있는 물, 다시 말하면 영혼의 각성을 노리는 순수와 차가움을 부어 준다는 것은 매우 암시적이다. 이것은 그것을 던지는 주체의 변화와 관련된다. "바람이 하늘에서"라는 표현이 베를렌 원고나 1873년 판본에서 "신의 바람"으로 바뀐 것은 하늘과 늪의 만남이라는 명제가 시학의 경계를 넘어 보다 존재론 양상을 지니고 있다는 것이다. 16행에서 복합과거로 이루어지는 "나"의 고백과 연결된다. "순수에 대한 비전을 나에게 준 것은 바로 이런 각성의 순간"(「불가능」)이며, 그 깨어난 "정신을 통해 신에게로 가자"(위와 같은 시)라는 말은 순수성의 영혼이 신과 합치되는 과정을 말하고 있는 것이다. 여기서 신이란 필히 기독교의 신을 의미하는 것은 아니며, 인간의 영혼을 포함하여 만상의 움직임을 지배하는 자연의 절대적 존재로 설정된 것이다.

15행은 "그런데!"로 시작하면서, 앞선 시행들과는 다른 시적 흐름을 예고한다. 불어로 '그런데'를 말하는 'or'은 '황금'이라는 전혀 다른 뜻으로도 쓰인다. 랭보는 여기서 언어의 이런 이중적 의미를 잊지 않고 있다. 그렇다면, "황금이여!"라는 해석도 가능할지도 모른다. 오히려 이 단어 다음에 붙어있는 느낌표가 후자에 더 개연성을 부여하고 있다. 느낌표는 호칭에 어울리는 것이며, '그런데'의 'or' 다음에는 보통의 경우 이 구두점을 사용하지 않기 때문이다. 6행의 관사 없는 존재들이 호칭으로 해석될 가능성과 마찬가지 이야기이며, 이 단어 역시 'or-'로 시작하고 있음을 주목해야 한다. 랭보의 언어기법은 하나의 시학이었기 때문이다. 그러나 "황금이여!"라고 부르고, 곧이어 "황금 채취꾼"이란 표현을 통해 그것을 제3의 대상체로 위치시키는 것은 일관성이 결여된 것처럼 보인다. "조가비" 역시 이중성을 지니고 있다. 우선 "조가비 채취꾼"의 "시니피앙은 가장 잘 알려진 황금 채굴 꾼을 환기시키고, 시니피에는 (……) 조가비 종류인 굴을 따는 진주조개 잡이 어부를 떠올리게 만든다."(베르나르 메이에르, 『마지막 운문시에 대하여』) 그러나 조가비coquillage는 이와 거의 동일한 의미의 coquille를 연상시키는데, 여기에는 또 다른 뜻인 <인쇄의 오식誤植>이라는 시니피에가 숨겨져 있는 것이다. "조가비 채취꾼"이라는 표현 속에는, 이렇게 연금술사적인 "황금 채취꾼"이라는 의미와 언어의 연금술이라는 시학을 통하여 어휘의 오류를 만들어 내는 실패한 시인이라는 뜻이 동시에 들어 있는 것이다.

자신에 대한 이런 규정이 담긴 15~16행에서 시인은 "나"에 대하여 다시 언급하고 있는데, 동사의 시제는 단순과거가 아닌 복합과거로 되어 있다. 복합과거 시제는 행위의 결과가 현재성을 갖고 있다는 점에서, "나"는 더 이상 과거의 틀 속에 갇혀진 서술자가 아니다. 반과거와 단순과거로 이어지던 시의 화법이 바뀌었고, 과거의 회상으로부터 기술되던 "나"는 이 마지막 두 행에서 현재의 공간으로 뛰어올랐다. 새로운 것 혹은 그 새로운 것의 창조에 대한 갈증에 오랫동안 시달렸지만, 그것을 해소할 수 있는 방법의 탐구에는 애당초 관심이 없었고, 현재도 그 후유증을 앓고 있다는 말일 것이다. 마실 강줄기를 두고도 그는 허리에 찬 "호리병"에만 의지했던 것이다. "마시는 데 나는 관심도 없었다니!"라며 자신에 대한 놀라움이나 분개 혹은 탄식을 드러내는 이유는 바로 여기에 있다. 그러나 1873년 판본은 또 다시 반과거에 이어 단순과거로 동사의 시제를 처리함으로써, 셋째 연과의 연속성을 강조하게 된다. 과거 시학을 비판하고 정리하는 시점에서 복합과거의 현재성은 어울릴 수 없는 것이다. 결국, 이 판본에서 언어의 이중성에 대한 유희를 담은 15행은 없어졌고 "울면서, 나는 금을 바라보았다—그런데 마실 수 없었다—"라는 단 하나의 독립된 시행이 시를 마감한다. 그 직전의 시행이 세미콜론으로 끝나고 있다는 점은 시행들 사이의 인과 관계를 설명하고 있다. 특히, 마지막 행을 시작하며 쉼표로 다음 단어와 독립되어 있는 "울면서"라는 행위는 그 모든 것에 대한 결과이며 동시에 시인이 지니고 있는 일관된 감정의 표출로 볼 수 있다. 동사가 시를 시작하는 제목과 다시 연결되면서, 청소년기 삶에 대한 존재론적 회한과 함께 시의 실패를 목도하고 있는 시인의 눈물이 시 전체를 지배하는 것이다. 황금이 있으나 그것을 마실 수 있는 기법은 시인의 꿈에 불과했다는 것을 1873년의 랭보는 선언하고 있다.

랭보에 있어서 1872년은 시의 완숙기에 해당한다. 『지옥에서 보낸 한철』은 존재론적인 삶의 고백을 통하여 시의 종말을 말하고, 『일뤼미나시옹』의 많은 시편들은 정점에 오른 시적 문체와 이미지의 근대성을 제시하고 있는 반면, '새로운 운문시' 혹은 '마지막 운문시'라는 상충적인 호칭처럼 이 시기의 시편들은 시의 시작과 중간 그리고 마지막을 말하고 있다. 과거에 대한 환상이 현실에 부딪치며 사라지는 과정 그리고 그 실패에 대한 회한을 담은 채, 앞으로 다가올 산문시의 놀라운 시적 완성을 예고하고 있기 때문이다. 「눈물」은 우선 제목에서부터 그런 회환을 드러내고 있으며, 과거의 환상과 허무 속에서도 소낙비 같은 삶의 전환을 기대했지만, 그것은 단지 텍스트 내부에만 존재하는 시의 희망일 뿐이라는 결론을 맺고 있다. 이 시를 포함한 1872년의 시편들은 이렇게 초기 운문시가 갖고 있는 사회에 대한 반감을 개인의 존재에 대한 성찰로 승화시켰으며, 그런 고민에서 새롭게 태동되는 시학의 방법론에 한계가 있다는 것을 또한 표현하고 있는 것이다. 랭보가 포랭에 이어 이 시의 원고를 베를렌에게 "무의 연구Études néantes"라는 제목의 어떤 시적 계획의 일환으로 주었다면 랭보는 아마도 운문시의 파괴를 노렸을 것이며, 1873년의 고백처럼 이 무너진 틀 속에 "침묵을, 어둠을 썼고, 표현할 수 없는 것"(「착란 II」)을 적었을 것이다. 이런 시편들이 『지옥에서 보낸 한철』에 다시 나타나고, 산문시 원고들과 뒤섞여 1886년에 『일뤼미나시옹』이라는 제목 하에 출판되는 것은 시 텍스트의 연속성을 의미한다. 시는 형태를 넘어 하나의 존재이며, 그것을 존재하게 만드는 시인의 삶과는 유리된 채 후속적 생명력을 갖는 것이다. 이 순간부터 시와 시인은 서로 타인인 것이다. 그러므로 "한편의 시를 관찰하고 분석하는 것은 (……) 존재한다는 것 외에는 다른 이유가 없는 하나의 현상을 어떤 의미나 어떤 계획으로 축소시키는"(르네 샤르) 위험을 안고 있다는 점에서, 「눈물」에 대한 우리의 주석은 그 한계를 벗어나지 못하고 있다. 시의 절대와 언어는 서로 동일한 지평을 향하고 있고, 그 장소로 시인과 독자를 인도하고 있기 때문이다. 우리는 시를 해석하는 데 있어, 그곳을 바라보는 시선을 잃지 말아야 할 것이며, 이것이 우리에게 주어진 또 하나의 숙제일 것이다.

4. 「카시스의 강」

카시스의 강은 구른다, 아무도 모른 채
　　　괴이한 골짜기 속으로:
백 마리 까마귀 소리가 반주한다, 참되고
　　　고운 천사들의 목소리가:
전나무 숲의 거대한 움직임과 함께
　　　몇 줄기 바람이 잠겨들 때에

모든 것이 굴러간다, 그 옛날 전쟁터의,
　　　순찰 돌던 망루의,
엄청난 정원들의, 역겨운 신비와 함께;
　　　방랑하는 기사들의
죽은 정념이 들리어 오는 것은 이 강변 이니라!
　　　바람은 참 상쾌하구나!

걷는 자가 저 살 울타리 너머 바라보도록 하라:
　　　그는 더 당당히 나아가리라.
주님이 파견하신 숲의 병사들,
　　　사랑스럽고 멋진 까마귀들아!
늙은 몽당팔로 건배하는
　　　교활한 농부를 어서 내쳐라.

1) "카시스"는 무엇인가?

우리는 「카시스의 강」에 대하여 두 가지 필사본을 가지고 있다. 하나는 랭보가 친구 포랭에게 준 것으로 여러 판본들의 텍스트로 사용되고 있으며, 또 하나는 베를렌을 위한 필사본으로 1886년 6월 21일자 『라 보그』지 제9호에 산문시 『일뤼미나시옹』과 함께 실린 것이 있다. 여기에는 제목도 날짜도 없으며, 시행의 첫 문자가 대문자로 되어 있지 않으며, 구두점도 생략되어 있다. 랭보 주석가들은 후자보다 전자에 신뢰를 표명했기 때문에 현재의 랭보 시 판본에는 전자의 텍스트가 실려 있는 것이다. 본고도 이 텍스트를 저본으로 하여 분석할 것이다.

우선 "카시스의 강"이란 어떤 의미일까? 『라 보그』지 판본에는 제목이 없지만, 첫 행을 보면 "카시스cassis"는 소문자로 되어 있다. 이것은 카시스가 어떤 장소가 아니라, 강의 성격을 규정하고 있다는 의미이다. 카시스는 까막 까치밥나무 또는 그 열매로 만든 진한 빛깔의 술이라는 뜻인데, 그 열매는 검붉은 색을 띠고 있다. 따라서 "카시스의 강"이란 강가 숲의 그림자(둘째 연을 보면 강변에 전나무 숲이 있음을 알 수 있다)로 혹은 바닥의 퇴적층으로 인하여 검게 보이는 강을 뜻한다고 해석할 수 있다. 카시스의 또 다른 뜻인 배수용 도랑에 주목하고 있는 주석가도 있다. 비 많이 내리는 나라에서는 도로를 가로지르는 도랑을 만들어 물이 도로의 좌우로 급격히 빠져나가도록 하고 있는데. 이를 노르망디 지방어로 카시스라고 한다. 결국 물의 동적인 이미지를 이 단어는 지니고 있다. 따라서 "카시스의 강"은 검붉은 물결과 급박히 흐르는 물살의 강을 가리키고 있다는 것이다. 그렇지만, 포랭 판본을 보면, 제목과 첫 행에서 "카시스의 강"은 <카시스>

뿐 아니라 <강>이라는 두 개의 명사가 모두 대문자로 되어 있다. 대문자라면 분명히 어느 지역을 가리킬 것이다. 이런 이름을 지닌 곳으로 남프랑스의 마르세이유 근처 한 작은 읍이 있는데, 그곳의 중세 성이 무너진 흔적은 둘째 연의 시적 분위기와 잘 어울리고 있다. 그러나 거기에 그러한 강이 있는지, 혹은 이 남쪽 지역에 전나무가 있는지 의심스럽다. 또한 사람이 사는 항구이므로 이 시의 풍경과 잘 어울리지 않는다는 점에서 랭보가 이 지역을 말하고 있는 것 같지는 않다. 쉬잔 베르나르에 따르면, 랭보의 친구인 들라에는 이 강이 아르덴 지방의 뫼즈 강으로 흘러드는 스무아 강이라고 지적했다. 랭보 주석가인 베르나르는 이 지역의 거대한 숲속에 중세의 성을 상기시키는 성과 망루가 있다는 점을 강조하면서, 그의 견해에 동조하고 있다.

그런데, 바로 <강> 자체가 대문자로 되어 있다는 것은 이 강이 실제로 존재하기보다는 랭보의 시적인 상상력 속에서 창조된 강일 가능성이 있다. 위에서 우리가 살펴보았듯이, 랭보는 같은 시기에 지어진 「눈물」에서 강변에 앉아 술을 마시는 방랑자를 묘사하고 있다. 이 시의 둘째 연을 다시 보면, "이 젊은 우아즈 강에서 내가 무엇을 마실 수 있었던가, / 소리 없는 어린 느릅나무들, 꽃 없는 잔디, 구름 덮인 하늘. / 토란 호리병박에서 내가 무엇을 들이켰던가? / 밋밋한 그리고 땀나게 하는 황금빛 술"이라고 되어 있다. 이 시의 중심 테마는 1872년 시편들에서 꾸준히 나타나는 새로움에 대한 갈증의 문제로서, 여기서 우아즈 강이 어떤 강을 가리키고 있는지가 중요하지 않은 것이다. 이처럼 "카시스의 강"은 바로 카시스 술이라는 보통명사의 틀 속에서 "황금빛 술"과 관련되는 시적 테마를 암시하고 있는 것이다. 「아침의 좋은 생각」에서도 랭보는 다가오는 시대의 노동자들이 해변에서 생명수를 마실 것을 기대하고 있으며, 「갈증의 코미디」에서는

"포도주가 해변으로 간다"라는 언술과 함께 "취기라는 것은 무엇인가, 친구들이여"라고 질문을 던진다. 결국 다가오는 시대에 대한 시적인 갈증인 셈이다.

우리는 이 「카시스의 강」을 분석하여 1872년의 시가 결국은 랭보 시학의 정점에 있음을 말할 것이다. 이때 1872년의 다른 시편들과 이후 나오는 산문시, 그리고 랭보의 지대한 영향을 받은 현대 시인 이브 본푸아의 시를 함께 검토할 것이다. 시를 거부하는 랭보의 시적 운명은 사물의 현존과 단어의 진실에 대하여 끝없이 회의하는 본푸아로 이어져 내려오고 있기 때문이다.

2) 시의 생성과 파멸의 장소

산책자 랭보의 시선은 골짜기를 향한다. 전나무 숲으로 둘러싸인 이 "괴이한 골짜기"는 초기 시 「골짜기에 잠든 자」에 나오는 "초록 구렁"일까? 인상주의 화풍을 연상시키는 이 아름다운 계곡의 풍경 속으로 더 가깝게 들어가 보면 거기에는 전쟁의 희생자, 어린 군인의 죽은 모습이 그려져 있다. 그는 오른쪽 옆구리에 두 발의 총을 맞고 쓰러져 잠자듯, 강물이 풀숲 사이로 소리 내며 흐르고 있는 이 "초록 구렁"의 계곡에 누워 있는 것이다. 자연의 찬란한 생명과 자연 속 죽음의 음산함이 함께 깃들어 있는 하나의 풍경화인 것이다. 이런 면에서 우리는 "카시스의 강"과 "은빛/누더기를 미친 듯이 풀 대궁에 걸어놓고/노래"하는 개울(「골짜기에 잠든 자」)은 동일한 시적 심상이라고 믿는다. 시의 이미지들이 살아 숨 쉬거나 혹은 그 삶에서 벗어나 사라져 가는 장소-「카시스의 강」은 둘째 연에서 죽음이 등장한다-가 하나의 공간에 존재하고 있는 것이다. 이것은 고향 아르덴 지방의 숲과 벌판 그리고 계곡을 끊임없이 방황했던 랭보가 포착해 낸 장소이며, 이 장소의 동질성은 초기 시부터 산문시에 이르기까지 관통하고 있는 것이다.

이 "카시스의 강"은 흐르는 것이 아니라, <굴러 간다rouler>고 랭보는 표현했다. 강물이 바닥의 돌멩이들을 굴리며 빠른 유속과 굉음 속에서 흐르고 있음을 말하고 있는 것이다. "카시스의 강"의 이러한 흐름을 동반하고 있는 것은 두 가지이다. 하나는 "백 마리 까마귀 소리, 참되고 고운 천사들의 목소리"이고, 또 하나는 "전나무 숲의 거대한 움직임"이다. 지금 이 계곡에는 전나무 숲이 거대하게 움직일 정도로 바람이 몰아치고, 수많은 까마귀들이 강을 따라가며 물줄기의 굉음과 함께 소리치고 있다. 일상적 삶의 공간과 완벽히 차단되어 있으며, 세상의 끝처럼 느껴지는 계곡에서 "아무도 모른 채" 굴러가는 이 강이 현실에서 어디를 말하고 있는지는 이제 더 이상 중요한 것이 아니다.

> 오솔길은 가파르다. 구릉들은 금작화로 덮여 있다. 대기는 움직이지 않는다. 새들과 샘물은 얼마나 먼 곳에 있는가! 앞으로 나가면, 그건 오직 세상의 끝이리라.

> (「어린 시절」)

『일뤼미나시옹』에서 랭보가 이렇게 말했을 때, 그곳이 어디인지 알 수도 없거니와 우리가 알 필요가 없는 것과 같다. 그곳은 시가 도달하는 종국적인 장소이고, 시가 더 이상 우리의 운명을 번역해 낼 수 없는 한계로 드러나는 장소인 듯 보인다. 1872년의 자유시에서 랭보는 이러한 공간을 창출했다. 카시스의 강이 흐르는 이 괴기한 골짜기는 시인의 마음속에 깊게 존재하고 있는 시학적이며 동시에 존재론적인 <장소lieu>이기 때문이다. 「눈물」의 첫째 연에서도 제시되어 있는 장소 역시, "새들과 양떼들과 마을 여자들로부터 멀리 떨어져" 외지고 아무도 모르는 황량한 곳이었다. 그러나 그곳이 "부드러운 개암나무 숲에 둘러싸인" 폐쇄적인 공간이라면, 이 시의 공간은 황량하면서 동시에 광활하다. 수많은 까마귀들이 날아가고, 키 큰 전나무 숲이 휘감아 내려 부는 바람 속에서 거대하게 움직이는 이 계곡은 깊고 넓다. 랭보가 만들어 낸 시적 공간 중에서 가장 아름답고 시의 생성과 파멸이 동시에 이루어질 수 있는 공간이다. 랭보의 영향을 받은 본푸아가 자신의 시학으로 말하고 있는 <장소>의 구체적인 모습이리라. 본푸아는 <이곳>이 아닌 <또 다른 세계>에 존재하는 어느 장소에 대한 끝없는 갈구를 시어를 통하여 표출하였다. 그곳은 언어가 무의미하게 지시하고 있는 사물에 대한 명칭이 사라지고, 삶과 자연의 진정한 현존présence이 드러나는 곳이다. 시어의 불투명성으로 세워진 시라는 개념의 집이 파괴되는 곳에서 존재들은 의미를 갖는다는 본푸아의 시학은 아마도 언어에 회의를 느끼고 시를 포기하게 되는 랭보의 영향이 관계되어 있을 것이다. 랭보가 첫째 연에서 그리고 있는 괴기한 계곡은 세차게 흐르는 물소리와 까마귀 울음소리, 그리고 몰아치는 바람 속 전나무 숲의 거대한 움직임 등 소리와 형태로 그 특징이 드러나고 있다. 랭보가 첫째 연에서 형성한 풍경은 매우 근원적이다. 그것은 시어의 의미가 구성할 수 있는 개념의 틀을 벗어나 있다. 기술체écriture의 밖에 존재하는 풍경의 그 근원적 모습, 말하자면 현존의 인상impression을 야기하는 언어의 고독한 모습인 것이다. 그곳은 시가 만들어지면서 사라지고 시인이 태어나면서 죽어 가는 장소이기도 하다. 시의 중심으로 인도되는 삶의 인식들이 허무와 비현실에 부딪쳐 절망하고 흩어지는 곳이다. 랭보는 이렇게 1872년부터 시의 죽음을 예견하는 시의 공간을 그려 냈다. 강줄기를 따라가며 울부짖는 "백 마리 까마귀", 강변의 "전나무 숲"으로 내려 부는 "몇 줄기 바람"은 과연 단지 아름다운 풍경의 묘사에 그치겠는가? 여기에는 바람에 의하여 들추어진 추억과 함께 다가오는 <장소>에 대한 희망이 숨어 있는 것이다. 현대시가 걸고 있는 의미의 파괴 이후 진정한 시가 탄생할 것이라는 신비한 기대는 상징주의 시인 랭보부터 존재하는 것이리라.

3) 중세의 신비와 고독 그리고 시의 앞날

첫째 연의 <구르다>라는 단어가 둘째 연의 첫 행에 다시 나타난다. 여기서는 이제 단지 강물의 흐르는 양태만을 가리키지 않는다. 단어는 그 본래 모습을 벗어나 광활한 중세의 성터로 나아갔다. 그곳은 전쟁터였다. 전사들의 함성이 들리는 듯하고 그 시체들의 역겨운 냄새가 살아나는 듯하다. 바람이 분다. 먼지로 덮여 있던 어두운 추억의 잔해들이 꿈틀거리고 시인의 의식 속으로 들어온다. 시선이 가닿았던 첫째 연의 강줄기와 계곡과 전나무 숲은 이제 전장으로 바뀐 것이다. 시가 이루어지는 공간이 죽음의 터로 바뀌는 순간이다. 망루와 넓은 정원을 갖춘 중세의 성은 장소가 지니고 있는 신비와 역사를 동시에 드러내고 있다. 여기에 시인은 "결함 없는 영혼이 어디 있으랴"(「≪오 계절이여, 오 성城이여……≫」)라고 묻는다. 모든 영혼에는 결함이 있고 상처가 있다는 것을 시인은 무너진 성을 바라보고 확인하는 것이다. 산책자 랭보는 카시스의 강변에 있는 어느 성터에서 그 질문을 생각했을지도 모른다. 모든 것이 역겨운 신비를 안고 굴러가는 망루와 허망한 정원만 남아 있는 성터에 서서 그는 굉음 내며 흐르는 강줄기와 함께 덧없이 사라지는 추억의 잔재들을 보고 있는 것이다. 굴러가는 모든 것에는 가시적 사물뿐 아니라, "바람이 단숨에, 저 아래, 닫힌 집 위로 휘감아 올린 그 추억"(이브 본푸아, 『빛없이 있던 것Ce qui fut sans lumière』의 「추억」)까지도 포함하고 있다.

　카시스 강변의 바람은 수백 년을 거슬러 올라간다. 돌이킬 수 없고 변질될 수 없는 근원과 명징을 향한 현대시의 발걸음과도 같다. 삶의 원형을 찾아 떠나는 시어의 처절한 노력인 것이다. 사물의 현상을 그 자체로 우리에게 드러내야 하는 기술체의 의무인 것이다. 본푸아는 그의 초기 작품에서부터 이에 집착하였다. 시집 『두브의 움직임과 부동성에 대하여』는 "두브"라고 이름 지어진 존재의 형상이 취하는 "움직임"과 "부동성"으로 시의 생명과 본질을 말하고 있다. 첫 시는 이렇게 시작한다.

　　테라스 위를 뛰어가는 너를 보고 있었다,
　　바람과 싸우는 너를 보고 있었다,
　　추위는 네 입술에서 피를 흘리고 있었다.

(「연극 Ⅰ」)

　두브는 테라스 위에서 차가운 바람을 거슬러 뛰어가는 모습으로 등장하고 있다. 두브가 싸우는 이 바람을 본푸아는 "우리의 기억들보다 더 강한 바람"이라고 명명했다. 시의 존재와 바람 간의 투쟁이다. 기억을 이겨 내는 바람이 "방랑하는 기사들의 죽은 정념"을 들려준다. 첫째 연의 강물 소리, 까마귀 울음소리는 중세 전쟁터의 기사들의 죽음으로 연결된다. 중세는 기억 너머의 시간이다. 역사 속에서 우리가 그리는 관념일 뿐이다. 그렇기 때문에 "바람은 참 상쾌하구나!"라는 외침을 지를 수 있을 것이다. 기억과는 관련 없는, 그러나 존재했던 어떤 것들에 대한 슬픔과 죽음을 우리에게 말해 줄 수 있는 바람은 "상쾌한 것"이다. 랭보는 이것을 통하여 시에 접근할 수 있었기 때문이다. 그렇지만, 산문시에 와서 빈 여인숙, 폐허의 성채 앞에 선 랭보의 허무는 정점에 이른다. 그가 오랜 고통과 연구 끝에 만난 것은 결국 언어의 힘이 소멸되어 있는 세월의 잔해들뿐이다.

> 붉은 길을 따라 빈 여인숙에 도착한다. 성관은 팔려고 내놓았다. 겉창은 뜯겨져 나갔다. (……) 정원 주변, 관리인들의 오두막에는 사람이 살지 않는다. 생 울타리는 아주 높아 살랑거리는 우듬지만 보일 뿐이다. 게다가 안에는 볼 것이 아무것도 없다.
>
> (「어린 시절」)

붉은 진흙 길을 따라 도달한 성채의 빈 여인숙. 겉창은 세월로 뜯겨져 나갔고, 주변의 오두막에도 사람들이 없으며, 생 울타리의 우듬지가 바람에 흔들리는 황량한 성관. 완벽한 단절의 시학이다. 랭보의 시에는 등장인물이 없다. 시가 주로 자신을 말하는 낭만주의적 색채를 거부해서가 아니라, 아무것도 말하지 않고 아무것도 지시하지 않는 시로 향하는 도정에 랭보가 있기 때문이다. 빈 여인숙, 폐허의 성관, 높은 생 울타리와 그 위로 보이는 우듬지…… 언어의 힘이 닿을 수 있는 한계에서 마지막 호흡을 하고 있는 존재들이다. 이때 시인의 시선은 생 울타리 안으로 들어가 그 내부를 바라본다. 우리가 볼 수 없는 것, 그래서 언어로 표현할 수 없는 것을 시인은 보는 것이다. <투시자>의 모습이다. 이것은 셋째 연에서 나오는 "걷는 자가 저 생 울타리 너머 바라보도록 하라"라는 구절에서 이해될 수 있다.

4) 〈투시자〉로서의 시인

첫째 연은 시의 생성과 소멸이 이루어지는 시인 마음속의 장소를 우리에게 전하고 있지만, 그 장소의 묘사는 일단 객관적이다. 둘째 연에 오면, 그 풍경에 보다 근접한 시인의 시각이 포착하고 있는 세밀화가 그려진다. 그렇지만 그 세밀화는 단순히 외부적 모습만을 담고 있는 것이 아니라, 그 형상들이 간직하고 있는 시간과 역사의 지층을 말하고 있다. "역겨운 신비"는 지층 속의 비극과 파멸과 죽음으로부터 나오는 것들이다. 그런데 이 지층을 드러내 주는 것이 "바람"이었다. 계곡 높은 곳에서 강변의 전나무 숲으로 내려 부는 바람은 과거의 공간 속으로 들어가, 이 강변에서 벌어졌던 중세의 전쟁을 우리에게 전달한다. 바람은 그렇지만 상쾌하다고 시인은 외쳤다. 이 시점에서부터 시인은 시의 전면에 나타나기 시작한다. 셋째 연은 시인이 시의 형국을 주도한다. 걷는 자로 하여금 살 울타리 너머를 보도록 하라고 명령하는 것이다. 풍경에 대한 관찰자에서 그 내면을 통찰하는 투시자로 변신되는 순간인 것이다. 이미 랭보는 「취한 배」에서 "인간이 본다고 믿었던 것을 나는 가끔 보았다"라고 선언하였다. 볼 수 있다는 믿음 혹은 가능성을 넘어 실제로 볼 수 있었던 '취한 배'의 도정은 "살 울타리"와 같이 보이는 것과 보이지 않는 것의 경계를 지우는 시의 확장을 의미한다. 이것을 시학적으로 기술한 것이 1871년의 말하자면 <투시자의 편지>였다. "모든 감각의 길고 거대하고 논리적인 착란을 통하여 시인은 투시자가 되고" "그는 미지의 세계에 도달한다"라는 저 유명한 선언은 다가오는 시가 어떤 모습을 지녀야 하는지를 단번에 우리에게 말해 주고 있다. 시인은 평상적 감각의 세계를 넘어서야 한다. 랭보의 산책자는 바로 이런 걸음걸이로 시간과 공간

을 헤집는 것이다. 산문시 『일뤼미나시옹』에 오면 이런 시학은 시적
아름다움과 함께 완성된다.

> 나는 키 작은 숲을 통해 한길을 걸어가는 보행자, 수문水門의 소음이 내
> 발걸음을 덮는다. 나는 오랫동안 석양의 황금빛 우울한 잿물을 바라보고
> 있다.
>
> (위와 같은 시)

산책자의 발걸음이 자연 너머의 공간으로 향하고자 하는 의지는
랭보의 첫 시편 「감각」에서부터 드러나 있었다. 곧이어 우리가 이미
살펴본 「오필리아」의 마지막 연에서 "<시인>은 (……) / 물 위에, 긴 베
일로 싸여 누운 채로, 한 송이 큰 백합처럼, / 떠내려가는 하얀 오필리
아를 보았다"고 선언하였다. 오필리아는 천 년 이상 그 모습으로 흰
유령되어 강물을 떠내려가는 존재였다. 천년의 세월 너머 다가오는
것을 아니 천년 세월의 겹, "살 울타리"를 뚫고 "무서운 <무한>"을 바
라보는 시인의 그 "거대한 환영"은 언어 밖에 존재하는 시의 본질인
것이다.

> 네 거대한 환영은 네 언어를 목 졸라 죽였도다.
> ─그리고 무서운 <무한>이 네 푸른 눈동자를 놀라게 하였도다!
>
> (「오필리아」)

초기 시편의 오필리아라는 여인의 존재 그리고 산문시 『일뤼미나
시옹』에 등장하는 수많은 신비한 여인들의 존재는 시 자체의 모습이
었으며, 향후 본푸아가 <두브>로 형상화하기 시작한 현대시의 본질
일 것이다. 랭보시의 근대성을 여기서 다시 확인하게 된다. "주님이
파견하신 숲의 병사들, / 사랑스럽고 멋진 까마귀"들과 "교활한 농부"

가 대비되면서 시는 끝난다. 까마귀 떼는 계곡의 강줄기를 동반하며 소리치고 있다. 이 "천사들의 목소리"는 시를 구원한다. 랭보는 아마도 동일한 표현이 나오는 「까마귀 떼」를 회상하면서 이 시구를 사용하였을 것이다. 이 까마귀들은 "천사들의 목소리"로 우리에게 다가와 농부를 쫓는다. 농부의 "늙은 몽당팔"은 전쟁으로 인한 불구의 모습이나 못생긴 짧은 팔을 의미할 것인데, 우리는 후자를 생각한다. 또한 이 늙은 팔은 1873년에 언급되는 "낡은 시학"을 써내려 가는 손을 상징할 수도 있을 것이다. 산책자 랭보는 상쾌한 바람 속에서 과거의 죽음을 딛고 새로운 세계를 보고자 했던 것이다.

시의 풍경은 실제의 요소들이 해체되고 그것이 담고 있는 삶의 현실은 과거 혹은 미래로 흩어진다. 「카시스의 강」의 첫째 연이 구상화라면 둘째 연부터는 비현실적이며 상상적 풍경이 시인의 영혼 속에 나타난다. 산책자 시인은 이 풍경 속에서 날아가는 "까마귀"와 함께 세상을 지배하려고 하였다. 과연 시어는 이런 장악력이 있는 것인가? 강물이 굉음 속에서 흘러가고 그 깊은 계곡에 바람이 세차게 내려 분다. 과연 여기서 시란 무엇인가? 산책자 랭보는 그런 질문들을 우리에게 던지고 싶은 것이리라. "그는 더 당당히 나아가리라"라는 외침은 하나의 희망이다. "살 울타리" 너머의 세상을 우리에게 보여 주어야 하는 시인의 의무와 시어의 능력은 실패할 것임을 랭보는 감지하고 있었다. 시어는 애당초 허구이다. 그것이 지시하는 순간 시적 대상의 본질은 사라지고 만다. 랭보는 베를렌의 부름에 따라 "위대한 시를 만들어 보겠다"라는 야망을 안고 1871년 가을 파리에 올라왔었다. 그렇지만 그가 만들어 낸 1872년의 자유시는 어쩌면 "위대한 시"가 아닐지도 모른다. 그는 시를 통하여 시의 패배를 말하고 있기 때문이다. 시에 접근하는 시인의 열정과 시를 떠나는 그의 패배감은 동일한 것이며, 시의 소멸을 만나고 있는 현대적 삶의 허망함은 문학에 등을 돌리고 아프리카로 떠나는 랭보로부터 잉태되고 있음을 우리는 이 작품을 통하여 인식하게 된다.

5. 「«오 계절이여, 오 성城이여……»」

오 계절이여, 오 성이여,
결함 없는 영혼이 어디 있으랴?

오 계절이여, 오 성이여,

누구도 피할 길 없는, <행복>에 대한
마술적 연구를 나는 했도다.

오 행복이여 만세, 그 갈리아의
수탉이 울 때마다.

그러나! 이제 나에겐 갈망이 없으리라,
행복이 내 삶을 짊어졌으니.

이 <마력>! 혼과 육신을 취하고
온갖 노력을 흩날려버렸다.

내 언어에서 무엇을 이해할 수 있을까?
그것은 내 언어가 달아나 사라지게 하는구나!

오 계절이여, 오 성이여!

[그리고, 만약 불행이 나를 이끈다면,
난 그의 은총을 필경 상실하는 것이리라.

그의 경멸이, 아아!
가장 성급한 죽음으로 날 데리고 가야 하다니!

─오 <계절>이여, 오 <성>이여!
결함 없는 영혼이 어디 있으랴?]

1) 이본들의 비교 검토

대부분의 랭보 시 비평 판본이 그렇듯이, 이 1972년 전집의 판본
역시 1886년 6월 21~27일 자『라 보그』지에 처음 이 시가 실렸을 때
편집자들이 저본으로 삼은 피에르 베레 원고를 바탕으로 하고 있다.
그러나 1886년『라 보그』지의 판본에는 상기 인용에서 [ ] 안에 들어
가 있는 15~19 시행들은 존재하지 않는다. 이것은 시를 이해하는 데
매우 중요한 요소이며, 이본들의 상호 검토에서 논의의 중심점이 되
는 사항이다. 제작시기가 명기되어 있지 않지만, 시의 형태나 내용에
서 1872년 자유 운문시 계열에 속하는 이 작품은 1873년에 발행된 산
문시집『지옥에서 보낸 한철』에 삽입된 상태로 처음 대중에게 읽히
게 된다. 독립된 운문시편이 그 원고의 존재가 알려지기도 전에, 산문
시의 일부로 먼저 드러난 것이지만, 이 시가 삽입되어 있는 부분의
산문시행들은 시에 대한 시인의 의도를 밝히고 있는 것이기에 1873
년의 판본에 대한 세심한 독서가 요구되고 있다. 이처럼 우리는 1872
년도 원고와 1873년도 원고를 비교 검토하면서, 랭보의 주석가들이
제시하고 있는 판본들을 살펴볼 것이다. 그러나 부이안 드 라코스트

가 1931년 어느 서적상의 카탈로그에서 찾아내어 1939년 자신의 판본에 실은 1872년도 초고에는 많은 부분들이 줄로 삭제되어 있고 고쳐진 행들이 덧붙여 있다. 따라서 우리는 초고와 원고의 상태를 비교하면서, 시가 확정되는 과정 역시 검토해야 할 것이다. 시의 완성이 성취되기 전에 시인의 정신을 먼저 지배하였던 어휘들 혹은 표현에 대한 비평적 관찰은 필수적이기 때문이다.

2) 제목의 문제

1886년 『라 보그』지 제9호에 처음 소개된 이 시는 곧이어 산문시집 『일뤼미나시옹』에 제목 없이 또 다른 1872년의 몇몇 시편들과 함께 실리게 된다. 즉, 최초로 알려진 시의 모습에서 제목은 존재하지 않는다. 1946년에 나온 갈리마르 출판사 플레이아드 문집에서 발간한 랭보 전집의 쥘 무케 판본에도 따라서 제목 없이 실려 있다. 그러나 랭보 초기 주석가인 파테른 베리송은 1912년, 1914년 그리고 1922년에 나온 자신의 판본에서 시의 제목으로 「행복Bonheur」을 제시하면서, "이 제목은 『지옥에서 보낸 한철』의 초고로부터 나왔다"라고 언급한다. 이 초고는 베리송이 카잘로부터 받아 1914년 8월 1일 자 『누벨 르뷔 프랑세즈Nouvelle Revue Française』에 실음으로써 밝혀졌고, 이후 부이안 드 라코스트가 이것을 섬세하게 재검토하여 1941년 『지옥에서 보낸 한철』에 대한 자신의 판본에 실었는데, 우리는 주로 훨씬 더 충실한 텍스트인 이 초고를 접하게 된다. 여기서 「《오 계절이여, 오 성城이여……》」의 제목이 "행복Bonheur"임을 알 수 있는 "Bonr"라는 단어가 나온다. 초고가 아닌, 출판된 『지옥에서 보낸 한철』을 보면, 초고에서 이 단어가 위치한 바로 그 자리에 이 시편이 들어 있기 때문에—여기서는 제목 없이 — 우리는 랭보가 처음에 이 시의 제목으로 <행복>을 생각했다고 믿어진다. 더구나 이 말이 초고에서 다른 시들의 제목처럼 독립된 어휘로 나타나 있으며, 시의 5행에서 대문자로 시작되어 있고 시의 중심 단어로 해석된다는 점에서 이런 유추는 매우 설득력이 있다. 또한, 『지옥에서 보낸 한철』에서 이 시를 선행하며 시를 설명해 주는 산문시 구절이 "행복이여! ……"로 시작된다는 점에서 더욱 그러하다. 이에 따라, 파테른 베리숑의 초기 판본들에 이어, 쉬잔 베르나르도 자신의 판본에서 "「언어의 연금술」 초고의 제목"이라는 각주와 함께 제목으로 "행복"을 제시하고 있다. 그러나 이 판본에서 제목은 이처럼 1873년도의 초고를 바탕으로 하고 있지만, 시 텍스트는 1872년도의 원고를 저본으로 하기에 제목과 텍스트의 제작 연도가 서로 맞지 않는 오류를 범하고 있다.

1872년도 원고에 만약 제목을 붙인다면 <계절Saisons>도 가능할지도 모른다. 부이안 드 라코스트가 1931년 어느 서적상의 카탈로그에서 찾아낸 시의 초고를 보면, 이 시는 지워진 어떤 두 줄의 문장이 선행하고 있었다. 이 두 줄을 죌 무케는 그의 플레이아드 판본에서 "줄로 단순하게 지워져 있어서 우리는 다음과 같이 쉽게 읽을 수 있다"라고 하면서, "이것은 삶이란 아무것도 아니라는 것을 말하기 위한 것이다. 자 여기에 <계절>이 있다"라고 이 지워진 두 줄의 내용을 우리에게 알려 주고 있다. 그렇다면, 분명 랭보는 <계절>을 제목으로 염두에 두고 있었던 것이다. 초고가 원고로 확정되면서 이 산문체 문장은 사라졌지만, 이 시가 후에 『지옥에서 보낸 한철』이라는 산문시에 다시 삽입되어 있다는 점, 이 산문 시집의 제목에 <계절>이라는 단어가 들어 있다는 점에서 이 제목은 매우 상징적인 의미를 지니게 된다. 따라서 우리는 랭보에 의하여 제목으로 선택되었던 두 단어(행복, 계절)를 살펴봐야 할 것이다. 계절은 성城과 함께 시의 후렴귀로 반복되고 있다. 그리고 랭보는 시의 5~6행에서 "누구도 피할 수 없는 행복에 대한 연구"라고 하였다. 랭보 세계를 밝혀 주는 중심어휘인 이 두 단어의 의미를 파악해야 시의 본질에 근접할 수 있는 것이다. 먼저 "계절"에 대하여 검토해 보자.

3) "계절"과 "성"에 대한 분석

위에서 시 전체를 제시한 바와 같이, 1872년도 원고에서 시는 "계절"을 부르면서 시작되고 있다.

> 오 계절이여, 오 성이여,
> 결함 없는 영혼이 어디 있으랴?

원어의 "Ô……"는 대체적으로 호격으로 사용되고 있으므로, 우리는 "오 계절이여……"에서 랭보와 "계절" 혹은 "성"과의 직접적인 대화를 기대하게 된다. 2행이 바로 그것들에게 던진 질문이며 또한 한탄일 것이다. 이후의 텍스트에서 랭보가 "계절"이나 "성"과 대화를 하고 있지 않다는 이유로 이것을 호격이 아니라 단순히 정의적情意的인 것으로 간주해야 한다는 견해는 바로 이 두 번째 행의 의미를 간과하고 있는 것이다. 따라서 처음 두 행이 초고로부터 확정되는 과정을 살펴보는 것이 중요하다. 초고에는 "계절들 그리고 성들/ 어디로 달려가고 어디로 날아가고 어디로 흐르고 있는가"로 되어 있다. "계절"을 시 텍스트로 불러내는 것이 아니라, 정관사를 단어에 선행시킴으로써 그것의 특별한 의미를 사실상 배제하고 있는 것이다. 물론 이것은 초고이기 때문에, 문장 구조의 정확성에서 여러 가지 의문이 제기되기도 한다. 다시 말하면, "계절"과 "성"은 복수로 되어 있는데, 다음 문장의 동사는 단수형으로 되어 있는 것이 그 예이다. 결국 랭보는 이 모호한 행을 지우고 "결함 없는 영혼은 없노라"로 수정한다. 그러나 정관사 복사로 시작하는 앞의 행과 나란히 놓일 때, 이 두 문장은 시행 머리에 위치한 정관사의 연속으로 인하여 일반적이며 확정적인 언술이 된다. 정관사가 형성하고 있는 견고한 의미 범주로 인하여 시적 해석의 여지가 소멸되어 있는 것이다. 또한 문장의 이중 부정은 시행의 자연스런 흐름을 방해하고 있다. 따라서 랭보가 선택한 최종적인 안은 정관사를 모두 삭제하고, "계절"과 "성"을 시 텍스트로 불러들인 후, 그들에게 "결함 없는 영혼이 어디 있으랴?"라고 직접 질문하며 동의를 구하고 있다. 『지옥에서 보낸 한철』의 판본에는 시행 끝에 느낌표가 첨가되어 있는데, 이는 랭보가 명확하게 이 두 존재에게 의지하며 더욱 강하게 그들을 부르고 있음을 보여 주고 있다. 그렇다면 랭보에게서 "계절"은 무엇이고, "성"과의 관련성은 어떻게 파악해야 하는가? 그리고 이 존재들에게 던지는 질문의 의미는 무엇인가?

우선 동시대의 글에 나타나 있는 "계절"의 의미를 살펴보자. 1872년 5월에 필사된 시 「오월의 깃발들」에서 우리는 "계절들이 나를 소모시키기를 원하노라"라는 시행을 읽을 수 있고, 친구 들라에게 보낸 1872년 6월 편지를 보면, "계절들에게 저주를 보낸다"로 맺고 있다. 피에르 브뤼넬은 그의 랭보 전집에서 "계절들은 영원성에 반하는 시간이다"라고 해석하였으며, 1972년 랭보전집 주석가인 앙투안 아당은 단순히 "시간의 연속을 말하기 위한 것", "시간의 흐름을 상기시키기 위한 것"으로 보았다. 그러나 베르나르 메이에르는 1872년도 시편들에 대한 설명에서 "계절"이 "우리의 여러 순간들의 유사성과 차별성을 표현하고 있다"고 하여, 그 상징적 의미를 부각시켰다. 랭보가 계절이라는 단어를 선호한 것은 그것이 함축하고 있는 단위성일 것이다. 일정한 공간에서 형성되는 어떤 시간의 특성을 말하는 것으로 사용되었다. 여기서 계절이 성과 유사성을 갖게 된다. 1872년도의 시 「황금시대」를 보자.

> 오 멋진 성이여!
> 그대의 삶은 얼마나 맑은가!

삶이라는 시간적 개념이 "성"이라는 공간에 들어와 존재한다. 현실로부터의 도피를 꿈꾸는 1872년의 랭보에게 성채란 가장 좋은 시적 테마로서의 장소인 것이다. 현재로부터 중세로, 근대 도시에서 어떤 오랜 영지의 성채로 이동시켜 주는, 시어의 환기적인 힘에 랭보는 의지하고 있다. 노디에Nodier와 네르발로 이어지는 "성"과 "방랑"에 대한 전통적 개념이 여기서는 보다 강한 시적 상징성을 띠고 있는 것이다. 「《오 계절이여, 오 성城이여……》」와 동시대의 시 「카시스의 강」에는 중세의 성이 신비스런 역사와 함께 바람에 실려 다가온다. 랭보의 환상은 남아 있는 망루와 폐허가 된 정원에서 중세의 어느 전투에 희생된 기사들의 피비린내 나는 전장의 소음을 듣는 순간에 그 극치를 이루고 있다. "방랑하는 기사들의 죽은 정념"을 담고 시인이 던지는 질문, "결함 없는 영혼이 어디 있으랴"는 시와 인간의 본원적 결합을 노래하는 것이며, 중세적 삶의 본질이 근대성에 기대는 문학의 시대에 와서 파괴되는 형상도 함께 지적하고 있는 것이다. 시의 새로운 의무를 되새기는 한탄의 질문인 것이다.

4) "행복에 대한 마술적 연구"

> 누구도 피할 길 없는, <행복>에 대한
> 마술적 연구를 나는 했도다.

1872년 원고를 바탕으로 한 이 두 행(4~5행)은, 후에 발견된 시의 초고 5행에서는 보이지 않던 쉼표가 새로 삽입되어 있다는 것을 제외하고는, 거의 수정하지 않았다. 지속적으로 이본 없이 존재하고 있다. 그만큼 랭보의 생각이 확고하게 들어 있는 시행이라고 말할 수 있을 것이다. 그렇다면 이 "행복에 대한 마술적 연구"가 무엇이며 왜 이 연구는 "누구도 피할 길 없는" 것인가? 이 물음에 대한 답을 구하기 위하여 우리는 1873년 판본을 비교 검토해야 할 것이며, 『지옥에서 보낸 한철』에 들어 있는 이 판본을 선행하고 있는 산문시행들을 읽어야 할 것이다. 이 두 가지 판본을 비교해 보면 두 곳에서 차이가 있음을 알게 된다. 첫째, "누구도 피할 길 없는"의 "nul n'élude"가 "aucun n'élude"로 바뀌어 있다. 이것은 시적 리듬에 대한 배려가 적을 수밖에 없는 산문시행의 특성에 따라 변형된 것으로 보이지만, 시행이 무거워졌기에 성공적이라고 볼 수는 없을 것이다. 둘째, "행복"이 소문자로 된 것은 행복에 대한 시적 의미가 시 내부가 아니라, 시의 메타텍스트에서 설명되고 있음을 말하고 있다. 시를 포함한 채, 그 시의 존재를 제시하고 있는 텍스트에서 이 어휘의 독특하고 특별한 의미가 드러나 있는 것이다. 1872년도의 자필원고에 대문자로 표기되어 있는 이 어휘가 과거의 모든 시적 행위를 청산하고 있는 1873년에 와서 소문자로 바뀌고 시인에 의하여 회상하는 형식으로 시내부로 들어온다. 행복은 "나의 숙명, 나의 회한, 나의 구더기"라고 『지옥에서 보낸 한철』의 화자는 말한다. 랭보가 행복으로 간주하며 숙명적으로 받아들이면서 추구했던 시의 완벽한 성취는 삶의 지옥("회환", "구더기")이었던 것이다. 적어도 이 시가 제시되기 전에는, 기독교적 구원을 받기에 그의 삶은 아직도 너무 거대하였다. 죽음으로 이끄는 행복이 그에게 알려 준 것은 이런 회한 이후에 나오는 「《오 계절이여, 오 성城이여……》」라는 언술이다. 이 시와 함께 「언어의 연금술」이라고 명명된 산문시가 종결된다. 산문시에 나타나 있는 "연구"에 대한 실패, "마술적 궤변"에 "조직"을 부여하였던 그의 "광기"－"광기의 궤변들 중에서 어떤 것도 나에 의하여 망각되지 않았다. 난 그 모두를 다시 말할 수 있으며, 조직을 갖고 있다"(「착란 II」)－의 소멸, 이 모든 몰락에 대한 회한이 시 전체를 감싸고 있는 것이다. 자신이 머물렀던 "계절"과 "성"을 바라보며 과거의 자신의 행위를 고백한 것이 바로 4~5행이었던 것이다.

4행의 "마술적 연구를 했다"는 주절은 복합과거형인데, 5행의 "누구도 피할 길 없는"이라는 종속절은 현재형으로 되어 있다. 행복에 대한 마술적 연구는 그 누구도 피해갈 수 없는 숙명적인 것임을 의미한다. 6~9행에서 볼 수 있는, 행복에 대한 시적 화자의 경배는 따라서 필연적이다.

오 행복이여 만세, 그 갈리아의
수탉이 울 때마다.

그러나! 이제 나에겐 갈망이 없으리라,
행복이 내 삶을 짊어졌으니.

수탉이 울 때는 동트는 새벽일 것이며, 하루를 시작하는 이 순간에 행복의 만세를 외치는 것이다. '수탉이 운다'는 것을 음경 발기로 해석하면서, 6~7행은 랭보가 베를렌과 함께 생활하면서 되찾은 행복의 충만함에 대한 표현이라는 견해는 시의 본질에서 지나치게 벗어나 있는 것이다. 더구나 시를 설명하고 있는 산문시행에서 "아침에, 그리스도 오셨네의 기도 시간에"라고 랭보는 부가 설명함으로써, 그가 기독교를 옹호하든 배척하든 간에, 아침 시간임을 분명히 하고 있다. 주지하는바, 랭보에게서 새벽이란 어둠과 빛이 교차하는 가장 아름다운 순간이며, 창조의 시간이다. 이 시와 동시대에 쓰인 랭보의 편지를 보면, 랭보는 이 새벽시간을 "형언할 수 없는 아침의 첫 시간"이라고 하였다. 시적 감수성이 보석같이 빛나는 시어들의 구조 속에서 상상력의 결정체를 이루어 있는 『일뤼미나시옹』의 산문시 「새벽」에는, 숲속 산책길의 돌들이 산책자와 시선을 마주치고, 새들의 날개가 소리 없이 날아오르며 꽃이 말을 건네는 작은 생명들의 시간으로, 오솔길이 "신선하고 엷은 빛으로 그득한"(「새벽」) 세상에 새벽이 드러나고 있다. "행복"의 형상화인 것이다. "모든 존재들은 행복의 숙명을 지니고 있다"(「착란 II」)는 말은 행복이 단순한 기쁨의 시간이 아니라, 시인이 맞이해야 하는 창조 혹은 생명의 발현과도 같은 치열한 숙명적인 삶과 관련되고 있다는 언술이다. "갈리아의 수탉"은 랭보 자신일 수 있다. 그는 자신의 작업에 끝을 맺고─"새벽 3시, 촛불은 창백해진다. 모든 새들이 숲 속에서 동시에 지저귄다. 끝이다. 더 이상 할 일이 없다"(1872년 6월의 랭보 편지)─새로운 빛을 맞이하는 순간, 그는 만세를 외치며 행복을 맞이해야 하는 것이다. 더구나 행복은 그의 삶을 떠맡았고, 그에게는 아무런 갈망도 남아 있지 않다.

5) 시적 계획의 종말

행복은 일상적 언어로 소통할 수 없고, 벗어날 수 없는 마력으로 다가온다. 10~13행을 보자.

　　이 <마력>! 혼과 육신을 취하고,
　　온갖 노력을 흩날려 버렸다.

　　내 언어에서 무엇을 이해할 수 있을까?
　　그것은 내 언어가 달아나 사라지게 하는구나!

『지옥에서 보낸 한철』의 마지막 줄에서, 문학에 등을 돌리며 던진 랭보의 "나에게는 하나의 영혼과 하나의 육체 속에 진리를 소유하는 일이 허용되리라"(「고별」)라는 선언은 위에서 인용한 네 행의 시구가 함축하고 있는 시적 메시지와 유사하다. 행복의 마력은 이제 영혼과 육체를 띠고 변질될 수 없는 "진리"를 그 내부에 담고 있다. 그리고 언어의 언덕에서 시도했던 행복의 마술적 연구에 대한 모든 노력들을 흩뜨려 버린다. <언어의 연금술>은 진실한 삶을 전할 수 있는 시어를 창출할 수 없는 것이다. 랭보의 모든 시적 계획과 시도는 무너져 내리고 있다. 허위로 그득한 그의 시에서 이해될 수 있는 것은 없으며, 그 언어들은 허공으로 날아가 사라진다. 이 참담한 고백은 "결함 없는 영혼이 어디 있으랴"라는 탄식에서 예견된 것이며, "계절"과 "성"을 향한 그의 마지막 독백인 것이다. 이 허무와 절망은 아직 죽음으로 그를 인도하지 않는다. 마력의 은총을 상실하고 그것의 경멸로 인하여 죽음으로 향해야 하는 수동적 운명을 랭보는 받아들이지 않는다. 즉, 초고에 있었던 아래의 네 행을 자필원고로 재복사하는 과정에서 랭보는 삭제하였다. 15~18행은 다음과 같다.

> 그리고 만약 불행이 나를 이끈다면,
> 난 그의 은총을 필경 상실하는 것이리라.
>
> 그의 경멸이, 아아!
> 가장 성급한 죽음으로 날 데리고 가야 하다니!

1872년에 랭보는 적어도 운문시에 대한 회의에 깊이 빠졌지만, 시 자체를 운명적으로 포기하는 죽음의 순간은 받아들이지 않았던 것이다. 1873년도 판본을 보면, 15~16행은 "오 계절이여, 오 성이여!"로 대체되고(일종의 후렴구), 17~18행은 다음과 같은 두 행으로 바뀌었다.

> 그가 도주하는 시간은, 아아!
> 죽음의 시간이 되리라,

즉 마력이 사라지는 시간이 바로 "죽음의 시간"이라는 것인데, 1872년도에 죽음을 향하여 수동적으로 인도되는 것("가장 성급한 죽음으로 날 데리고 가야 하다니!")에서, 랭보는 보다 의연해졌다. 나의 삶을 떠맡았던 마력이 사라짐으로써 죽음의 시간이 찾아온다는 것이다.

> 내 건강은 위협을 받았다. 공포가 찾아왔다. 나는 여러 날 동안 잠에 빠졌고, 깨어나서도, 가장 슬픈 꿈들을 계속 꾸었다. 난 죽음을 맞이할 충분한 준비가 되었으며, 위난의 길을 통하여 나의 연약함이 세계의 끝으로, 어둠과 소용돌이의 나라, 키메리아의 끝으로 나를 데려갔다.
> (「착란 II」)

그는 죽음을 의연히 받아들이기 위하여, 마력이 "도주"하는 시간을 주관적으로 탐색한다. "난 죽음을 맞이할 충분한 준비가 되었다"라고 랭보는 말했다. 세상 끝 안개로 뒤덮인 나라, 키메리아로의 출발을 랭보는 선언하고 있다. 갈망이 사라진 그에게 남은 것은 죽음의 길이다. 창조의 어둠은 모든 것을 파멸로 이끄는 "소용돌이의 나라"가 되었다. 그가 시도했던 행복에 대한 마술적 연구는 언어의 연금술처럼 완벽한 실패로 드러난다. 이것은 랭보를 침묵으로 이끄는 원인의 내적 형상들인 것이다. "이것은 지나갔다. 나는 이제 미에 인사할 수 있다"라는 「착란 II」의 마지막 행은 랭보의 모든 운명을 함축하고 있는 것이다.

Ⅲ.

『지옥에서 보낸 한철』

1. 이교도 정신과 문학의 배신

"이교도의 언어가 없이는 자신을 설명할 줄 모르므로, 난 침묵을 지키리라"(『지옥에서 보낸 한철』)라고 랭보는 말한다. 여기서 "이교도의 언어"란 반기독교적인 시학을 의미할 것이다. 이런 반기독교 혹은 반교권적인 정신은 『지옥에서 보낸 한철』을 전후하여 그 성격이 구별된다. 우선 랭보의 여러 초기 시편들 속에서 창조행위의 원동력으로 작용해 왔던 이 정신은 기독교와 밀접하게 관련되어 있는 제2제정의 정치적 또는 사회적 현실에 대한 거부에 기인한다. 「대장장이」에서 랭보는 인간들을 억압하고 구제도하의 영주처럼 군림하는 신에 대항하여 인간들을 위한 일종의 찬가를 불렀던 것이며, 어린 시인은 "포마드를 바르고, 마호가니 원탁에서, / 양배추 빛 녹색 절단면의 성경을 읽었던 / 십이월의 어슴푸레한 일요일들을 두려워"(「일곱 살의 시인들」)했고, 노동자들에 대한 연민 속에서 신을 증오했다. 또한 추위와 굶주림으로 고통받으면서도, "행복한, 얻어맞은 개처럼 비굴한,

/ 빈민들이, 주인이며 나리, 선한 신에게 / 가소롭고도 고집스런 기도를 바치는"(「교회의 빈민들」) 모습을 보고 랭보는 오히려 교회당의 걸인들에게 독설을 퍼붓기도 한다.

종교와 관련된 이런 증오는 『지옥에서 보낸 한철』에서부터, 기독교 문명의 해악을 망각하지 않은 채, 그러나 사회의 집단적 삶의 문제보다는 시인 자신의 내면적 갈등상황과 연계된다. 종교의 거부는 시인에게서 존재론적 문제를 야기한다. 기독교의 잘못된 진보에 종속되지 않고는 서양사회에 살 수 없기 때문이다. 이런 근본적인 내적 갈등 앞에서 랭보는 또 다른 정신적 가치, 즉 이슬람의 경전처럼 그가 시를 포기한 후 집착하게 되는 비서구적, 비기독교적 삶의 지혜를 탐색한다. 여기서부터, "이교도"란 말은 기독교 및 서양 문명의 배척뿐 아니라, 그보다 심오하고 영원성을 지니고 있는 동방 사상에 대한 신비적 집착으로 나타난다.

랭보는 자신을 설명하기 위하여 자신의 내부에서 일어나는 것을 표현하기 위하여 "이교도의 언어"가 필요했다. 그에게 있어서 시적 언어는 인류에게 서양정신에 복종하지 않는 것을 말할 수 있는 것이어야 한다. 즉, 기독교의 구속으로부터 시인을 해방시켜 주는 새로운 정신을 시는 스스로 지녀야 한다. 랭보의 이교도 정신은 시인을 침묵과 진솔한 삶의 공간으로 인도하는 시 정신 자체인 것이다. 여기서, 그는 저주 속에서 행복의 본질을 발견하고, 서양의 관념적 세계 속에서 쓰인 시의 오염으로부터 정화된다. 이교도 정신은 이렇게 시 밖의 존재하는 현실, 순수와 무서운 형벌이 동시에 지배하고 있는 모순적 장소, "가장 난폭한 천국"(「퍼레이드」)이라고 불릴 수 있는 장소의 정신인 것이다. 랭보는 이런 지상의 천국을 유일하게 체험한 시인이고, 그것을 우리에게 언어의 개념 밖에서 전달한 시인인 것이다.

1) 반—복음 정신: "위대한 범죄자"

랭보는 1871년 5월 15일 자 드므니에게 보낸 편지에서, "투시자"가 되기 위해서 시인은 "모든 초인간적 힘, 모든 신앙을 필요로 하고, 모든 사람들 사이에서 위대한 환자, 위대한 범죄자, 위대한 저주받은 자가 되는 형언할 수 없는 고문"을 받아들여야 한다고 선언한다. 이 "형언할 수 없는 고문"이란 진정한 시인이 없는 이 감각의 세계가 아니라, 시인이 영혼에 대한 심오한 연마를 통하여 도달할 수 있는 미지세계 속에서 행해지는 것이며, 결국 "위대한 범죄자"는 신에 의해서 그리고 기독교의 종교적 원칙에 의하여 저주받는 것을 거부함으로써 자신의 진솔성을 찾게 되는 또 다른 세계의 존재로 파악되어야 한다. 문학과 종교가 동시에 시인의 목을 조여 왔던 무서운 계절, 『지옥에서 보낸 한철』에서, 문학은 그의 눈앞에 "경악스런 것을 일으켜 세우는" "보드빌의 제목"(「착란 Ⅱ」) 같은 것들로 취급되고 종교는 그와 뒹굴고 싸워야 하는 "지옥의 남편"(「착란 Ⅰ」)과도 같은 것이다. 이 존재, "위대한 범죄자"는 이교도의 정신에 젖어 있으며 따라서 동시에 "저주받은 자"이며, 기독교의 시선에서 볼 때는 "환자"인 셈이다. "위대한"이란 형용사가 그들에게 주어진 것은 바로 그들이 일상적 사물 속에서 삶의 행태를 구성하는 자들이 아님을 말해 주는 것이며, 랭보의 시학자체를 의미하는 것이다. 이교도 정신은 시의 새로운 피인 것이다.

> 이교도의 피가 되돌아온다! <정신>은 가까웠는데, 그리스도는 왜 나를 도와서 내 영혼에 고귀함과 자유를 주지 않는가. 아아! <복음>은 지나갔다! <복음>! <복음>.
>
> (「나쁜 피」)

"랭보의 본질적 문제는 여자, 가족, 문학에 있는 것이 아니라, 신앙에 있다"(쉬잔 브리에, 「랭보 작품 속의 성경」)라고 언급하면서 "랭보의 진정한 언어를 통해 함축적으로 성경과 복음을 발견"(위와 같은 글)하는 시해석의 위험성을 지적은 올바르다. 랭보의 "진정한 언어"란 신에 대한 믿음이 아니라, 신에 대항함으로써 나오는 것이며, 결국 그 가치는 "이교도의 피"로 수혈되어 있는 것이다. 랭보가 말하는 "나쁜 피"는 범죄자, 어린 시절부터 그 숙명의 냄새를 맡아 도시를 헤맸다는 도형수의 그것과 다름 아니다.

> 아직 어린 아이였을 적에, 나는 항상 감옥에 갇혀 있는, 다루기 힘든 도형수를 찬탄의 눈으로 바라보았다. 나는 그가 체류함으로써 성스럽게 되었을 여관과 하숙을 찾아다녔다. 나는 그 *사람의 생각*을 가지고, 푸른 하늘과 들판에 꽃핀 작품을 바라보았다. 나는 도시마다 그의 숙명의 냄새를 맡았다. 그는 성자보다 더 많은 힘을, 여행자보다 더 많은 양식을 지녔다 (……).
>
> (위와 같은 시)

"성자보다 더 많은 힘을 지닌" 도형수를 찬미하는 랭보의 이교도적 관점을 이해하기 위해서 우리는 랭보가 "그의 방식으로, 시, 개성 그리고 성서에 대한 불경심을 지닌 채, 재구성한"(피에르 브뤼넬, 「복음서를 다시 쓴 랭보」) 「복음주의 산문들」이란 이름으로 분류된 세 편의 짧은 글들을 읽어야 한다. 랭보는 이곳에서 쓰인 시에 대한 거부와 신을 향한 불경한 언어의 집착을 통하여 "위대한 범죄자"가 되는 것이다. 어쩌면 <반-복음주의 산문들>로 불리는 것이 타당할, 하나의 독립된 작품으로 계획되었던 것으로 보이는 이 산문들은 미완성 초록에 머물러 있으나, 『지옥에서 보낸 한철』에서보다 시적으로 묘사될 기독교에 대한 시인의 반감을 이미 명백히 드러내고 있다. 어린 시절 고향에서 별로 읽을 책이 없었으며 완고한 신자였던 어머니의 영향으로 랭보가 "양배추 빛 녹색 절단면의 성경"을 가까이할 수밖에 없었고, 시골 도시의 폐쇄적 환경 속에서 어머니의 독단적 가르침을 통하여 읽게 되는 이 성서는 오히려 그의 반기독교 사상을 일깨워 주었다는 점은 주지의 사실이다. 결국 시인은 자신의 시적 사상에 맞추어 성경을 해석했는데, 그 산물이 「복음주의 산문들」의 글인 것이다. 이 작품은 세부분으로 나뉘어 있다. 첫 번째 부분은 유다를 떠나 갈릴리로 가는 예수가 사마리아에서 만난 한 여인과 나누는 대화가 중심으로 이루어진 요한복음 4장 1~42절의 각색이다. 사마리아의 여인은 그녀의 과거 행적을 꿰뚫고 있으며 하느님이 보낸 메시아라는 한 이방인의 행적에 놀라 마을의 다른 많은 사마리아 사람들에게 이 사실을 알리게 된다. 마을 사람들은 결국 이 사람을 구세주로 인정하게 되었다는 것이 복음서의 내용이다. 메시아라고 자청하는 자들을 사형에 처했던 사마리아에서 선지자가 되려고 하는 것은 매우 위험한 일이었다. "궤변주의이고 노예면서 군인인 자가, 몇몇 선지자들의 비위를 맞춘 후, 그들은 목을 베어 죽여 버렸다"라고 랭보는 쓰고 있다. 우물가에서 여인이 "당신들은 예언자입니다. 나의 과거를 알고 있습니다"라고 말할 때, 거기서 "불길한 언사"를 듣게 되는 것은 바로 그런 연유이다. 랭보가 보기에, 예수는 선지자가 아니다. 왜냐하면, "예수는 사마리아에서 아무 말도 할 수 없었기"때문인 것이다. 현실에서 예수는 무기력하고 단지 "이상한" 사람일 뿐이라는 생각에서 이런 풍자와 조소가 나오는 것이다.

(……) 아주 이상한 자로 보였던 그가 그런 이유로 해서 만약 예언자로 간주되었더라면, 무슨 일을 하였겠는가?

예수는 사마리아에서 아무 말도 할 수 없었다.

사마리아에서 이틀을 보낸 후 갈릴리에 도착한 예수가 환자를 치유하는 기적을 행하는 4장 43~54절이 "갈릴리 지방의 가볍고 매혹적인 공기……"로 시작하는 두 번째 산문의 근거이다. 예수는 예수살렘의 지식층과 근대적 인물들에 대항하는 혁명가로 간주되며 갈릴리에서 환대받는다. 그의 "성스런 분노"가 예루살렘의 성직자들과 근대인의 상징인 상인들, 세리나 은행가들에게 떨어진다. 갈릴리 사람들은 "예수가 성스런 분노에 휩싸여 환전꾼들과 사원의 비둘기 상인들에게 회초리를 휘두르는 것을 보았다." 예수는 그야말로 비옥한 갈릴리에서 보낸 그의 "성난 (……) 유년시절"의 힘으로 행동하는 것이다. 이 부분에서 랭보는 갈릴리와 유다와의 대립관계를 중심으로 예수의 삶을 새롭게 조명한 르낭Renan의 『예수의 일생』으로부터 영감을 받은 듯하다. 르낭은 예수를 비옥한 갈릴리 지방 나사렛에서 태어난 것으로 하고, 불모의 유다지방 베들레헴에서 탄생했다는 것은 오류라고 선언하는 혁신적인 관점을 지니고 있었던 것이다. 랭보는 예수가 이곳에서 보여 준 두 가지 기적, 즉, 물을 포도주로 바꾼 것과 어떤 관리의 아들을 치유한 것에 대하여 충실히 따르는 것처럼 보인다. 그러나 그런 성서의 서술적 내용에 대한 답습에서 랭보의 본질적 정신을 찾을 수 있는 것이 아니다. 「복음주의 산문들」의 첫째 부분에서 그는 사마리아 여인의 "불길한 언사"를 통해 예수의 다가오는 죽음을 예고하는 그녀를 일종의 예언자로 만들었으며, 또한 시인 자신은 가나 지방의 한 결혼식에서 부족한 포도주에 관하여 성모 마리아와 대화를 나누는 과정에서 인간으로 세속화되는 예수를 가로질러, 지식인들과 근대인들로 붐비는 도시의 밖에서 그가 겪어 낼 스스로의 운명, 다가오는 삶을 예언하는 자로 변신하고 있다는 점에 이 산문의 요체가 있는 것이다.

> 예수는 인적이 드문 길로 접어들었다. 메꽃, 서양 지치들이 길바닥에서 신비한 빛을 발하고 있었다. 마침내 그는 멀리서 뿌연 초원을, 그리고 하루의 은총을 갈구하는 금빛 꽃술과 데이지를 보았다.

"베짜타 못池가에……"로 시작하는 셋째 부분은 요한복음 5장 1~9절까지를 다시 쓰고 있다. 주변에 다섯 개의 행각이 있는 못, 그 행각 아래의 수많은 불구자들과 환자들의 등장, 이런 외부적 장치들은 복음서의 것과 동일하다. 그러나 요한복음은 랭보의 시적 비전에 출발점만을 제시하고 있을 뿐이다. 이 물가에 예수가 나타나는 장면에 대한 구체적인 묘사는 성서에는 발견되지 않는다. "오후 2시의 태양이, 잠잠한 물위에 어떤 커다란 낫 모양의 빛을 펼치는, 2월, 3월 혹은 4월의 어느 날이 있었다. (……) 옆으로 누운 흰 천사를 닮은, 빛의 반사 속에서, 이 광선만이 새싹과 크리스털, 그리고 벌레를 일깨우고, 너무도 창백한 반사 빛들이 흔들리고 있었다. (……) 예수는 정오 직후에 들어왔다. 연못 속에서 빛은 포도나무의 마지막 잎사귀처럼 노란색이었다." 이것은 랭보적인 상상력이고 예수를 범상한 존재로 만드는 시적 장치인 것이다.

시적 비전은 이처럼 반복음정신과 결합한다. 랭보에 있어서 이 못과 "더러운 불구자들"이 우글대는 그 주변은 예수가 삼십팔 년 전부터 불구의 몸이었던 한 환자를 치유하는 성스런 장소가 더 이상 아니다. 히브리어 이름인 이 "베짜타"라는 못은 "처량한 빨래터", "군대 세탁장" 혹은 "공중목욕탕"이며 "어떠한 불구자도 꿈에서 조차도 빠지지 않는" 지옥과도 같은 곳이다. "이따금 주님의 천사가 그 못에 내려와 물을 휘젓곤 하였는데 물이 움직일 때에 맨 먼저 못에 들어가는 사람은 무슨 병이라도 다 나았던 것이다"라는 요한복음의 내용과 같이 그곳에 들어가려고 환자들이 초조하게 기다리는 것과는 반대의 언급인 것이다. 지독한 불경의 언사이며 조롱인 것이다. 랭보는 분명한 어조로 예수의 기적을 부인하고 있으며 악마의 힘을 인정할 뿐이다.

> 처음으로 들어간 사람이 치유되어 나온다고 한다. 아니다. 저지른 죄 때문에 계단으로 다시 밀려나오고 하는 수 없이 또 다른 자리를 찾게 된다. 왜냐하면 그들의 <악마>는 은혜가 확실한 곳에서만이 머물 수 있기 때문이다.

예수로부터 치유 받은 누워 있던 중풍환자에 대하여 랭보는 자세하게 언급하지 않고 있다. 그것은 의도적이다. 반대로, 불구자는 악마가 "성스런 스승"을 조롱하는 순간에 일어난다. 그는 예수 그리스도의 어떤 행위 내에서 기적이라는 성격을 부인하고 있는데 앞으로 그가 기독교 문명 속에서 쓰인 문학을 부정하는 것과 동일한 정신적 궤에서 파악된다.

2) "이교도의 피"와 그 순수성

『지옥에서 보낸 한철』은 위에서 분석한 산문들이 표현하고자 하는 신에 대항하는 랭보의 도전을 지속시키고 있다. 시인이 비록 신의 분노에 의하여 지옥에서 고통당하고, 자신의 허약함을 인정하면서 신에게 복종하고 있을지라도. 그는 마침내 그의 지옥과 관계를 단절하고 미지의 세계로 들어간다. 그것은 마치 어두운 회랑을 빠져나가 힘찬 발걸음으로 도시로 향하는 것을 다른 저주받은 자들이 바라보고 있는 치유된 중풍환자와 같다.

> 정의에 대한 전망은 오직 신만이 누리는 기쁨이다.
> (……) 타오르는 인내심으로 무장한 채, 우리는 찬란한 도시들로 들어갈 것이다.
>
> (「고별」)

> (……) 그리고 저주받은 자들이 회랑을 가로질러 거리로 사라지는 중풍환자의 당당한 발걸음을 보았다.
>
> (「복음주의 산문들」)

두 작품의 마지막 부분에서 발견되는 시상視像의 유사성은 매우 암시적이다. 우리가 "타오르는 인내심으로 무장한 채" 들어가는 찬란한 도시들의 거리와 "중풍환자"가 어두운 회랑의 저주받은 자들이 우글거리는 곳에서 빠져나와 "당당한 발걸음"으로 사라져 가는 거리, 이 거리들은 분명 지옥 밖의 세상이고, 따라서 더 이상 기독교와 어떤 관련도 없는 장소다. "등 뒤에 무서운 떨기나무"(「고별」), 성서 속에 살아 움직이는 존재들—예수, 저주받은 자들 그리고 악마들을 남긴 채 빠져나오는 자는 "중풍환자", 랭보 자신이고, "찬란한 도시"로 들어가는 영적 합일체인 "우리"에 합류하는 자도 랭보 자신인 것이다. 랭보에 있어서 지옥과의 고별 혹은 저주받은 자들과의 이별이란 그동안 인간을 서구적 도덕 가치 속에서 붙잡아 두었던 사회, 그 내부에서 행해진 언어 그리고 그 언어의 진부한 개념 속에서 이루어진 시, 이 모든 것에 대한 배척을 의미하는 것이다. 그것은 바로 시의 <순수성>을 일컫는다. <순수성>이란 말은 시인의 영혼, 특히 반기독교 정신을 이해하는 데 필수적인 개념을 포함하고 있다.

시인은 『지옥에서 보낸 한철』 동안 원죄와 투쟁하고 복음서를 부인했다. 「지옥의 밤」이 마태복음을 풍자하면서 반-복음 정신을 드러낸 것이라면, 「나쁜 피」의 일곱 번째 부분에서는 <순수성>을 언급하면서 신에 대한 저항, 원죄의 거부를 분명히 하고 있다. 그는 시를 통한 지속적 노력 속에서 원죄로부터 면제받은 자가 되려고 하며, 침묵을 통하여 그것을 완성시키고자 하였다.

> 현기증 없이 내 순수성의 넓이를 감상해 보자.
>
> (「나쁜 피」)

시인의 순수성은 신에 의해 용서받은 신자의 것이 아니라, 자신의 내면에 존재하는 족쇄로부터 스스로 해방된 자에 속해 있는 것이다.

> 지속되는 소극! 내 순수성이 날 울게 한다. 인생은 모든 이들이 끌고 갈 소극이다.
>
> (위와 같은 시)

기독교 역사에 종속되어 있는 시간과 공간으로부터 멀리, "소극"이 아닌 진정한 삶을 이끌기 위해서 이 세상에서는 획득할 수 없는 순수성과 깨어 있는 영혼의 삶을 꽃피우는 행위를 찾아야 한다. 즉, 기독교 문명의 "불과 진흙투성이 하늘을 지닌 거대한 도회지"(「고별」)에, 시인을 "십자가에 못 박은 일천 개의 사랑 (……) 죽어 심판받게 될 수백만의 영혼과 육체"(「고별」)를 버려두고, "새로운 노동의 탄생을 경배"(「아침」)하러 떠날 줄 알아야 하는 것이다. 원죄의 세상으로부터 이렇게 탈출하면서, 시인은 묵시록에서 말하고 있는 최후의 심판을 면하려는 것이다. 1872년도의 시편인 「《우리에게 무엇이……》」에 나타나 있는 묵시록적 세상의 종말 속에서 파멸의 대상으로부터 제외된 대륙("오 불바다여 / 유럽, 아시아, 아메리카여, 사라져라")이 있는데, 이는 이 세상에 존재하는 공화국의 힘, 정의, 역사를 성난 불길의 소용돌이 속으로 소멸시킨 후, 시인이 운명적으로 거처하게 될 미래의 장소를 예견하는 것이다. 자신의 순수성을 되찾는 자는 결국 최후의 심판으로부터 살아남을 것이라는 점을 "이것은 아무것도 아니다! 나는 여기에 있다! 늘 여기에 있도다"(«우리에게 무엇이……»」)라는 외침으로 증명해 보이려 한다.

"결함 없는 영혼이 어디 있으랴"(「«오 계절이여, 오 성城이여……»」)라고 시인이 썼을 때, 그는 원죄에 빠져 있는 모든 사람들로부터 스스로를 제외시키고자 하면서, 그의 순수성을 암시하고 있다. 오염되지 않고 원죄 없는 공간에 도달하면서 어떤 영원성을 찾아낼 수 있다고 그는 믿었던 것이다. 이러한 행위는 신에 대한 도전이며 단죄를 받을 만한 신성모독일 것이다. 그러나 랭보에 있어서 신의 단죄는 일종의 행복으로 다가선다. 왜냐하면, 형벌을 통해서 그는 정화될 수 있고, 깨어 있는 영혼을 의미하는 순수성 속에서 그는 묵시록 이후에도 살아남을 자신의 세계로 떠날 수 있는 것이며, 그곳에서 기독교 문명의 역사적 시간 속에서 찾아낼 수 없는 진정한 삶의 개체들을 만날 수 있기 때문이다. 거기에는 더 이상 언어가 필요 없으며, 오로지 행위만이 있을 뿐이다.

선과 악의 초월, 원죄의 거부, 결점 없는 영혼이라는 순수성의 갈구 등 이 모든 이교도적인 정신은 절대적 범죄, 신의 범주 밖에 존재하기에 용서받을 수 없는 범죄이며, 또한 절대 세계에서만이 가능한 범죄이기에 용서를 갈망하는 주체도 없는 범죄인 것이다, "나가자! 전진이다. 무거운 짐이다. 사막이다. 권태요, 분노다. (……) 어떤 성상을 공격할까? (……) ― 어떤 핏속으로 걸어갈까?"(「나쁜 피」)라고 랭보는 외치고 자문한다. 그는 기독교 역사를 넘어선 체험들이 녹아드는 그의 본원적인 삶을 찾아, 기독교의 추한 성상을 공격할 것이며, "이교도의 피" 속으로 걸어갈 것이다.

초기 시에서 거칠게 표명된 반교권주의가 정화되면서 성경에 대한 패러디를 통해 기독교를 조롱한 것이 「복음주의 산문들」이라면, 『지옥에서 보낸 한철』의 시편들은 서양문화의 의미망을 벗어나려는 처절한 몸부림의 치유될 수 없는 상처들이며 그 언어인 것이다. 1873년 5월의 편지에서 시인이 "이교도의 책"이라고 명명했으며, 같은 편지에서 "내 운명은 이 책에 달려 있다"라고 하면서 "무서운 이야기"로 규정했던 이 산문들은 그의 운명을 결정했을 뿐 아니라, 서구 전체의 운명을 갈라놓았다. 보들레르가 "악"으로부터 어떤 아름다움―그것이 잔혹하고 전율케 하는 미라 할지라도, 아마도 존재들이 획득할 수 있는 최상의 본질적인 형태이기에―을 도출하려 하였고, 네르발은 『오렐리아*Aurélia*』에서 기독교의 도덕적 카테고리에 속하는 가치를 담아내려 했던 반면, 랭보는 이 작품 속에서 선과 악을 의도적으로 부정하고 원죄로부터 찬란히 도피함으로써 시적이며 존재론적인 자신의 비밀을 탐구하였던 것이다. 이브 본푸아의 지적처럼, "자기 자신을 파악하고, 규정짓고, 자아에 대한 인식을 통하여 변모하면서 다른 인간이 되고자 하는 데 랭보만큼 열정적이었던 작가가 드물었으며 (……) 이 분노, 모방할 수 없는 이 순수성, 이 승리들, 이 파탄들"(『랭보』)의 회오리 속에서, 기독교 문화에 대한 반감과 저항을 넘어 그는 우리에게 시의 새로운 길을 제시하였던 것이다.

"저주받은 자의 수첩"에서 찢겨 나온 "이 끔찍한 몇 장"(「≪지난날에, 이 기억이 확실하다면,……≫」)이 어떤 문학에도 속하지 않은 채,

모든 책의 마지막 불꽃으로 타 버리고 있는 것은 놀라운 일이 아니다. 랭보의 초기 작품에서부터 이교도적 정신의 운명은 예견되어 있었고 시인은 이러한 삶을 의도적으로 끌어안고 있었기 때문이다. 이것은 기독교의 입장에서 볼 때 죄악이다. 그러나 신을 거부한다는 것은 "저주받은 위대한 자"(1871년 5월 15일 자 편지-<투시자의 편지>)로 변신하는 과정이다. 랭보는 현실의 상처를 치유해 줄 수 있는 종교적 위안에 안주하기보다는 차라리 그 상처를 안고 떠나 미지세계로 출발할 것임을 "수첩"의 마지막 시편에서 단언하고 있다. "이교도"의 정신과 피는 서구 문명을 파멸시킨 것이 아니라, 궁극적으로 이 문명이 앞으로 나아가야 할 방향을 제시하고 있는 요체가 되고 있다. 랭보의 독창성과 위대함은 바로 여기에 있는 것이다. 서구 문학에 대한 성찰과 그것의 역사적 의미에 대한 반성을 통해 우리에게 제시된 것은 기독교를 떠나서도 문학은 가능하다는 것이었다. 이제 "저주받은 자의 수첩"에 담긴 『지옥에서 보낸 한철』의 시편들을 하나씩 살펴보도록 하자.

2. "저주받은 자의 수첩"

1) 「≪지난날에, 이 기억이 확실하다면,……≫」

제목 없는 이 시편은 『지옥에서 보낸 한철』의 서시 역할을 하고 있다. "저주받은 자의 수첩"에서 가증할 종이 몇 장을 찢어내어 사탄에게 바친다는 마지막 대목이 이를 말해 준다. 말하자면, 랭보는 사탄의 저주를 받아 지옥에 내려와 있었고, 그곳에서 보낸 끔찍한 세월들에 대한 이야기가 본 시집의 여러 시편들이라는 것이다.

> 지난날에, 이 기억이 확실하다면, 내 삶은 모든 마음이 열리고 모든 술들이 넘쳐흘렀던 하나의 잔치판이었다.
> 어느 날 저녁, 나는 <미美>를 내 무릎에 앉혔다.—그런데 그게 고약한 여자임을 알았다.—그래서 욕을 퍼부어 주었다.
> 나는 정의에 대항하여 무장했다.
> 나는 달아났다. 오 마녀여, 오 비참함이여, 오 증오여, 내 재물이 맡겨졌던 것은 바로 너희들이구나 !

지옥에서의 삶은 온갖 술이 흘러넘치고, 모든 인간의 마음이 열려 있던 "잔치판"이었다. 이 향연은 마태복음에서 예수가 비유를 들며 말하고 있는 어느 임금의 아들의 혼인 잔치를 연상시키고 있다(마태복음 22장, 2~10). 하늘나라로 초대되어도 어리석은 자들이 가지 않는 이런 잔치와 같다는 것이다. 그러나 랭보의 향연은 하늘나라가 아니라, 지옥에 존재한다. 이미 그는 스스로 지옥으로 내려온 것이다. 그가 여기서 "미"를 만나기 전까지는, 이 지옥의 향연도 천상의 그것과 유사한 것이었다. 그의 무릎에 앉은 "미"는 그렇지만 쓰디쓴 존재로 드러났고, 그는 이 존재에게 욕설을 퍼붓게 되었다. 여기서부터 향연은 고통의 시간으로 변질된다. 그렇다면, 랭보가 말하는 "미"는 무엇인가? 우선 랭보가 늘 말해 왔던 <자비의 누이>와 대립되는 존재로 해석될 수 있을 것이다. 랭보의 초기 시에서 여인이란 유치한 사랑 혹은 혐오의 대상이었다. 그렇지만, 1871년 5월 15일 자 일명 <투시자의 편지>에서부터, 랭보는 예속의 굴레에서 벗어난 여인들이 미지의 세계를 찾아낼 수 있다고 했으며, 파리코뮌을 거치면서, 잔-마리와 같은 혁명적 여인의 역할에 주목하였다. 이미 1871년 4월 17일 드므니에게 보낸 편지에서 그는 <자비의 누이>를 "사상"과 동일한 것으로 규정했었다. 여인들은 주관적 시의 늪에 빠진 시인들을 구할 수 있는 신비의 누이들이었던 것이다. 결국 "미"란 랭보가 보들레르를 비판하면서 말하는, 미지세계의 창조가 부족한 "지나친 예술적 환경"으로 볼 수 있을 것이다. 그것은 그를 파괴하는 "뮤즈"이며 "정의"라고 운문 시「자비의 누이들」에서 선언한 적이 있다("오리라 초록 <뮤즈>와 불타는 <정의>가 / 제 엄숙한 집념으로 그를 찢어버리러"). 따라서 그는 "정의"에 대항하여 무장해야 했다. 그리고 그것이 실패했을 때(정의에 대항하여 무장했다는 언술에 대한 결과로서 시행이 바뀌어 "나는 달아났다"라는 말이 나오므로), 그는 <마녀, 비참함, 증오>에게 제 재물을 맡기고 도망간다. 미태복음에서는 좀먹거나 녹이 슬어 못쓰게 되니 재물을 땅에 묻지 말고, 하늘에 쌓아두라는 구절이 나오는데(마태복음 6장, 19~21), 여기서 재물은 하늘이 아니라, "마녀"에게 맡겨진 것이다. "마녀"의 모티브는 괴테의『파우스트』, 그리고 셰익스피어의『맥베스』등의 독서에서 기인할 수 있으나, 랭보의 시를 꾸준히 지배하고 있는 존재로서, 기존의 삶에 대한 개혁자로 종종 나타나 있다. 이는 <투시자의 편지>에서 랭보가 주관적 시의 안일함에 빠진 시인들과 대비시키며 새로운 미래를 열어 줄 수 있는 초월적 능력을 자로 규정한 "여인"과 그 맥을 같이하고 있다. 결국 "미"를 버리고 "마녀"로 돌아선 그의 삶은 비참함과 증오가 넘치는 지옥의 본질이었다. 또 다른 산문시집 『일뤼미나시옹』의 첫 시편인 「대홍수 이후」에서 이 "마녀"를 파괴적 불의 소유자로 보는 것은 이런 연유일 것이다. 또한 이 시집의 「불안」에 대문자로 등장하는 "흡혈마녀"도 같은 존재이다.

> 그런데, 요사이 마지막 *꽥!* 소리를 지를 지경에 처했을 때, 나는 지난날 그 잔치판의 열쇠를 되찾겠다는 생각이 들었는데, 어쩌면 거기서 내가 식욕을 되찾을지 모르겠다.
> 자비가 그 열쇠다─이런 영감靈感은 내가 꿈을 꾸었음을 증명하는 것이리라!

진창에서 구르는 재앙을 겪은 후, 지나간 옛 향연에서 느꼈던 식욕을 되찾을 수 있는 것은 <자비>라는 열쇠를 찾았기 때문이다. 이 식욕을 통하여 작가에게서 묘사적이고 교훈적 능력의 결핍만을 좋아하는 사탄에게 뒤늦게 오는 몇 가지 비열한 짓거리, 즉 이 지옥에 대한 끔찍한 진술을 바칠 수 있는 것이다. 그렇다면, 이 시편 역시 반─복음주의적 시편으로 볼 수 있을 것이며, 『지옥에서 보낸 한철』을 지배하는 중심테마가 될 것임을 예고하고 있다.

"마지막 *꽥!* 소리를 지를 지경에 처했을 때"라는 표현이 1873년 7월 베를렌의 권총에 의하여 부상당한 사건을 암시할 수 있다는 점에서, 이 시편을 보다 전기적인 측면에서 분석할 수 있다. 랭보는 시집의 마지막 시편인 「고별」의 하단에 "1873년 4~8월"이라고 적음으로써, 이 시편들의 작성기간을 분명히 하고 있다. 베를렌와의 총기 사건 이후, 그는 파리에서의 헛된 시간, "미"에 매달렸던 시간을 후회하고,

다시 과거 <투시자>의 시대로 돌아갈 수 있다는 점을 말하고 있는 것이다. "나의 미"를 부르며 시작하는『일뤼미나시옹』의「도취의 아침 나절」은 베를렌을 포함한 파리 문인들과 경험했던 대마초의 일종인 하시시의 효과에 대하여 말하고 있는바, 결국 "미"란 환각적 언어의 아름다움일 것이다. 그러나 "마지막 꽥! 소리"라는 표현의 "꽥couac"에 대하여 리트레 사전은 죽음을 암시하는 말과는 전혀 관련이 없음을 말하고 있다. 즉, 초보 연주자나 가수가 실수로 잘못 내는 소리를 일컫는 의성어라는 것이다. 그렇다면 이 "마지막 꽥"이란 그가 시도한 시학의 마지막 실패를 암시하는 것은 아닐까?「착란 II」에서 "미"에게 이제 인사를 할 수 있다고 랭보가 선언한 것도 이를 말해 준다.

2)「나쁜 피」

랭보는 1873년 5월 고향 친구 들라에게 보낸 편지에서,『지옥에서 보낸 한철』의 전신인 "이교도의 책" 혹은 "니그로의 책"을 언급하고, 세 가지 "잔인한 것들"이 완성되었다고 하였다. 이 잔인한 이야기들이란 "이교도의 피가 돌아온다"로 시작하는 3부를 포함한 두 개의 장을 의미할 것이다. 따라서 모두 8장으로 이루어진「나쁜 피」는『지옥에서 보낸 한철』을 태동시킨 시편이라고 볼 수 있다. '지옥'은 '이교도'라는 용어와도 잘 어울리고 있으므로,『지옥에서 보낸 한철』과 "이교도의 책"은「나쁜 피」를 통하여 연계된다. 전자가 이미 지나간 시절에 대한 독백과 고백의 장이라면, 후자는 이교도의 피에 젖은 자가 토로하는 현재의 뜨거운 외침이다. 이 시가 급박한 현재성을 담고 있는 것은 그 때문이다.

「나쁜 피」는 이교도의 언어로밖에 표현할 수 없는 랭보의 고백이 담겨 있다. 그는 우선 골 족의 열등함을 언급한다.

> 골 족은 그들 시대의 가장 무능한, 짐승 가죽 벗기는 자, 잡초 태우는 자
> 들이었다.
> 그들에게서 나는 우상숭배와 신성모독에 대한 사랑을,—오! 모든 악덕,
> 분노, 음탕함을,—멋지도다, 음탕함이여,—무엇보다도 거짓과 나태를 물
> 려받았다.
> (……)
> 하지만! 누가 내 혀를 이렇듯 위험하게 만들어, 여기까지 내 나태를 이끌
> 어 보호해 오게 하였는가?

랭보는 샤토브리앙이나 미슐레의 글에서 골 족의 생활태도와 역사
를 이해했을 가능성이 있으나, 골 족을 무엇보다 "거짓과 나태"의 종
족으로 묘사했고, 자신을 그 "무능한 자들"의 후손임을 강조하고 있
다. 초기 운문 시편에 속하는 「일곱 살의 시인들」에서부터 이미 "거
짓말하는 푸른 눈의 시선"을 말하고 있는 랭보는 언어에 대한 불신을
골 족의 역사에 기인한다고 판단하였으며, 일곱 살부터 시작된 이 거
짓과 나태의 영혼을 시어가 보호하고 있었음을 고발하고 있는 것이
다. 이어 텍스트는 종교와 관련되어진다. 즉, 교회의 역사에서 벗어나
지 못하고 있는 프랑스의 삶을 비판하지만, 결국 마리아 및 예수의
숭배에서 벗어나지 못한 채, 예루살렘을 의미하는 솔림의 성벽과 같은
돌담 아래 쐐기풀 위에서 문둥이가 되어 앉아있는 자신을 바라본다.

> 나는 <교회>의 맏딸 프랑스의 역사를 되새겨 본다. 평민으로 나는 성지
> 여행을 하였던 것 같다. 내 머리 속에는 수아브의 평원에 뚫린 길들, 비
> 잔틴의 풍경, 솔림의 성벽이 떠오른다. 마리아 숭배, 십자가의 못 박힌
> 자에 대한 연민이 내 안에서 수 천의 세속적 몽환경들과 함께 깨어난다.
> —문둥이로서 나는 태양이 내려쬐는 벽 발치, 깨진 단지들과 쐐기풀 위

에 앉아 있다―

　프랑스를 "교회의 맏딸"로 규정한 것은 미슐레의『프랑스의 역사』에서 차용된 것으로 보인다. 말하자면, 중세의 교황들이 프랑스를 통하여 여러 정치적 혹은 종교적 반대 세력들을 물리칠 수 있었고, 따라서 그들이 프랑스를 "교회의 맏딸"이라고 부르는 것은 잘못되지 않다는 것이다. 교황청에 예속된 프랑스의 수치를 묘사하고 있는 것이다. 수아브 평원, 비잔틴, 솔림, 마리아, 십자가, 문둥이 등으로 연결되는 종교적 이미지는 미슐레의 저서 및 성경에 대한 독서가 혼재되어 있는 바, 랭보의 텍스트는 이 혼란으로부터 골 족의 후손인 "나쁜 피"의 자신을 구원할 존재를 찾는다. 결국 민중과 이성과 과학에 매달려야 한다는 것이다. 이런 테마는 적어도 1872년의 자유 운문시에서부터 랭보의 문학을 지배하는 것이었다. 말하자면, 1872년의 작품「영원」은, 비록 시학의 정점에서 성취되는 언어의 극단 속에서 새로운 풍경을 묘사하고 있다 하더라도, 공화주의적인 가치 혹은 진보의 사회를 암시하는 "인간적 찬동", "의무", "끈기 있는 과학"과 같은 어휘, 표현 등으로 인하여 보다 확장되고 강력한 환기의 힘으로 완성되고 있다. 랭보에게서 이성이란, 종교와의 대립이라는 개념은 물론이지만, 서구를 지배하는 합리주의 또는 고전주의의 이성보다는 무질서한 광기나 환상 혹은 극단적인 예술성에서 벗어난, <투시자의 편지>에서 말하는 "논리적 착란"을 의미한다. 그 "논리적 착란"("그것은 수의 환상이다")은 피타고라스적인 숫자에 대한 비전으로 대표되는 고대의 예지로 성취될 수 있을 것이다. 새로운 종족은 종교적 맹목성에 대한 깨어 있는 정신의 지배, 과학의 승리를 향하여 나아가야 하는 것이며, 그것은 새로운 신탁이고, 이 신탁은 이교도의 언어로 이루어질 것이다.

과학, 새로운 귀족! 진보, 세계는 전진한다! 왜 돌지는 않을까?
그것은 수數의 환상이다. 우리들은 <성령>에게 나아가고 있다. 아주 확
실하다, 내가 말하는 것, 그것은 신탁이다. 나는 이해하나, 이교도의 언어
없이는 나를 설명할 줄 모르므로, 침묵하고 싶도다.

과학과 진보가 동시에 전진하는 것은 실증주의의 중심적 테마이다.
1848년에 출간된 르낭의 『과학의 미래』는 새로운 사회의 앞길을 제
시하고 있으며, 랭보에게 진보에 대한 이데올로기를 제공하였을지도
모른다. 적어도 시학적으로 랭보의 몸에는 이교도의 피가 흐르기 시
작하고, 복음을 거부한다. 그의 혼은 해체되어 유럽을 떠난다. 다가오
는 운명이 펼쳐질 태양의 나라로 향한다. 인류의 원형으로의 회귀인
것이다. 이곳의 저주받은 몸은 원시의 삶 속에서 강한 종족이 되어
되돌아올 것이다. 근원에 대한 탐구는 현대시의 화두가 될 것이다. 존
재, 사물 그리고 언어 자체의 본질에 대하여 의문을 제기하고, 시가
묘사하고 있는 것의 허위를 직시하면서 문학이 가는 길을 끊임없이
성찰하는 것은 자신의 영혼과 육신을 둘러싸고 있는 가치들의 전도
에서 시작될 것이다. "정의를 조심할 것", "오 나의 멋진 자비여!"란
말은 '정의'와 '자비'에 대한 그의 시학을 다시 한 번 보여 주고 있다.
랭보가 말하는 "나쁜 피"란 야만적인 선조로부터 이어받은 이교도의
피를 의미한다. 기독교로 지배되기 전의 문명적 원초성은 나태와 게
으름으로 지탄받았지만, 그것이 프랑스의 본질이었으므로, 이제 "교
회의 맏딸 프랑스의 역사"는 그 열등민족의 것으로 돌아가야 할 것이
다. 그는 "결코 기독교인이 아니었고 고통스런 형벌 속에서도 노래
불렀던 종족"이었다. 성경 속에서 흑인의 선조로 나오는 그 "함"(노아

의 둘째 아들)의 자손들이 세운 왕국으로 들어가 "니그로"가 되어야 한다.

랭보의 시적 진전은 유럽의 지배 역사에 대한 비판으로 돌아선다. 백인들이 상륙하여 대포를 앞세워 "니그로"들에게 세례를 준다. 신성한 사랑만이 과학의 열쇠를 부여하지만, 그것이 필히 기독교의 사랑은 아닐 것이다. 그럼에도 그는 다른 니그로와 달리 구원받기를 희망한다. 갈등과 혼란의 연속이며, "지속되는 소극"이다. 그러나 이 소극을 버리고, 나아가야 한다. 말굽 아래 깔려 죽을지라도, 타오르는 폐, 울렁이는 관자놀이, 어둠을 굴러가는 심장과 사지로 전장을 향하여 떠나야 한다. 이러한 결말은 서구에서 행해지는 자신의 삶 자체에 대한 포기를 암시하고 있다. 1873년 5월에 일부가 쓰인 이 시편은 베를렌와의 사건이 있었던 7월 이후에 완성된 듯 보이며, 아직은 떠나지 못하는 "이교도", "니그로"의 처절한 한탄이 있지만, 「고별」처럼 새로운 장소로의 출발을 희망하고 있다.

3) 「지옥의 밤」

이 작품의 초고는 "잘못된 개종"이란 제목을 지니고 있다. 어떤 종교로 잘못 개종했다는 것일까? 「나쁜 피」에서 말하는 이교도로의 개종을 암시하는 것이 아닐까? 이교도의 피를 지니고, 기독교의 문명에 대항하고 있는 「나쁜 피」의 '나'와는 달리, 여기서 '나'는 끔찍한 독을 삼키고, 내장이 타오르고 사지가 뒤틀리는 고통스런 "지옥의 밤"을 보내고 있다. '나'는 개종에 대한 영원한 징벌로 저주받은 자가 된 것이다. 랭보는 "나는 선행과 행복으로의 개심을, 구원을 얼핏 보았었다"고 선언한다. 그렇지만, 기독교의 가르침 밖에서 선행과 행복

그리고 구원을 얻으려는 개심은 허망한 것이었다. 교리문답의 효력으로 그가 지옥에 있음을 인식할 때, 그리고 저주의 기쁨이 깊을 것이라고 말할 때, 그는 더 이상 이교도가 아니었다. 악마가 그에게 어떤 영감처럼 불어넣어 주었던 "여러 오류들, 즉 마술, 거짓 향기, 유치한 음악들"을 이제 집어던지고, 달빛 아래 종탑 꼭대기에 앉아 있는 악마를 내쳐야 한다.

> 나에게 불어넣어지는 여러 오류들, 즉 마술, 거짓 향기, 유치한 음악들—그런데도 내가 진리를 붙들고 있고, 정의를 보고 있다고 말하다니. 내가 건전하고 확고한 판단력을 지녔고, 완벽함을 위해 준비가 되어 있다니…… 오만하구나.—내 머리가죽이 마르고 있도다. 긍휼히 여기소서! 주여, 두렵습니다, 목이 마릅니다, 이토록 목이 마릅니다. 아! 어린 시절, 풀잎, 빗줄기, 조약돌밭 위 호수, *종탑이 열두 시를 울릴 때의 달빛*……. 그 시간에, 악마는 종탑에 있습니다. 마리아여! 성처녀여! …….—어리석음에 대한 공포여.

진리를 갖고 있으며 정의를 보고 있었던 것은 마술과 거짓 향기와도 같은 오류들의 힘이었다. 이것은 환각의 발로이며, 지옥으로 전락한 자의 죄목인 것이다. 종탑에 있는 악마는 사막에서 거룩한 도성의 성전 꼭대기로 혹은 아주 높은 산으로 예수를 끌고 가서 시험하는 자를 상기시킨다(마태복음 5장 3~10). 모든 것은 성경의 말씀과 성령으로 이루어지는 것인데, 텍스트의 "나"는 악마들에 의하여 영혼 속으로 불어넣어진 오류와 거짓 향기에 이끌렸던 것이다. 그의 머리가죽이 마르고 목이 마르다는 것은 성서의 사막과 연관되며, 그가 이미 지옥의 전형적인 고통을 받고 있음을 의미한다. 그런데, 십자가에서 숨을 거두기 직전에 던진 "목이 마르다"(요한복음 19장 28)라는 예수의 말에 대한 패러디가 텍스트의 내부적 의미라면, 이는 복음에 바탕을 둔 반—복음적 글쓰기이며, 언어를 부정하는 저주받은 시인의 운명적 텍스트로 볼 수 있을 것이다. 『지옥에서 보낸 한철』은 이렇듯 진리와 정의라는 신의 섭리에 대한 도전으로 인하여 받은 징벌의 텍스트로 해석될 수 있다.

> (……) 사탄, 페르디낭이 야생의 씨앗들을 들고 달린다……. 예수가 진홍빛 가시덤불 위로 걷는데, 덤불들은 구부러지지 않는다……. 예수는 성난 물결 위로 걸어갔다. 그가 하얀 옷을 입고 갈색 머리타래를 한 채, 에메랄드빛 파도의 옆구리에 서 있는 모습을 등불이 우리에게 보여 주었다…….
> 내 온갖 신비를 다 밝히겠노라 : 종교적 혹은 자연의 신비를, 죽음을, 출생을, 미래를, 과거를, 우주개벽을, 허무를. 나는 환등마술의 대가로다.

사탄이 씨앗을 들고 들판을 달리면, 랭보는 진홍빛 가시덤불을 딛고 또 성난 물결 위를 걸어가는(요한복음 6장 18~19) 예수에게 그리고 마리아에게 기도한다. 그러나 그의 오만함과 어리석음은 계속된다. 그는 종교의 신비를 비롯하여 우주 개벽에 이르기까지 온갖 신비를 밝히는 환등마술의 대가가 되고자 하였던 것이다. 그가 지녔던 이런 수많은 환각, 오류로 인한 재능들은 그렇지만 저주받은 시인의 모습이었고, 랭보는 텍스트에서 현재형으로 말하고 있는 경우에도 과거를 언급하는 것이며, 지난 삶에 대한 회한의 독백을 글 쓰는 순간의 행동으로 처절하게 자아를 되새기고 있는 셈이다. 그러나 이 "환등마술의 대가"가 『일뤼미나시옹』에서 새로운 언어의 틀로 재등장할 것이며, 종교의 계시적 힘으로 사회와 시가 일체화되어, 시의 존재가 해야 할 의무에 대한 성찰을 제시하고 있다는 데 랭보의 창조적 힘이 있는 것이다.

아직 "지옥의 밤"을 보내고 있는 랭보가 자랑하였던 재능들에서,

"니그로들의 노래", 충실한 이슬람 신도에게 코란이 약속해 주는 천상의 미인의 춤, 이런 재능들은 사라져야 할 것이다. 그의 "삶은 달콤한 광태"였을 뿐이다. 철저한 징벌("쇠스랑의 일격, 불 한 방울"까지도)을 받아들이고, 삶으로 다시 떠오르길 희망하며, 신에게 사탄으로부터 숨겨 달라고 하소연을 하지만, 영벌 받은 자에게 지옥의 불길은 지속된다. 이렇듯 이 시편은 진정 "세례의 노예"가 내뱉는 언어일까? 본 텍스트는 "세 번의 축복"을 받을 만한 "충고"에 따라 저 유명한 독을 한 모금 마셨다는 그의 고백으로 시작한다. 그 후 그는 지옥의 징벌을 받는 것이며, 여기서 그는 오만스런 외침과 기독교에 대한 회귀라는 갈등의 늪에 빠지게 된다. 즉, 사탄과 예수 사이에 존재하는 자아의 분열이 이 텍스트의 구조라고 볼 수 있다. 기독교와 이교도, 백인과 "니그로"의 외부적 대립에서 벗어나 있는 것이다. 전기적 측면에서 본다면, 이 작품은 베를렌과의 논쟁을 반영하는 것이며, "지옥의 밤"은 그와 함께 보냈던 고통스런 시간임을 암시하는 것이리라. 랭보의 "지옥"은 분명 기독교적이지만, 동시에 탈종교적인 시학과 존재론적 철학의 위상을 동시에 지니고 있다.

4) 「착란 Ⅰ – 어리석은 처녀 / 지옥의 남편」

어느 "어리석은 처녀"가 "지옥의 남편"과 함께했던 제 고통스러운 삶을 고백하고 있다. "거룩한 남편"인 "주님"을 향한 고해성사의 형식이다. 이 시편은 전기적인 면에서 매우 구체적인 요소들을 포함하고 있기에, 우리는 이 "이상한 부부"를 대체적으로 베를렌(어리석은 처녀)과 랭보(지옥의 남편)로 간주하고 있다. 두 시인의 성격과 이들의 실제적 관계를 생각할 때, 이는 충분한 개연성을 지니고 있다. 그러나 텍스트의 내부에는 또 하나의 짝(같은 인물일지라도 존재하는 공간이 다르다)이 "이상한 부부"의 상위에 존재하고 있다. 이야기의 격자 구조인 셈이다. "한 지옥 길동무의 고백을 들어 보자"고 우리에게 제의를 하는 보이지 않는 '나'(시적 화자)와 그의 "길동무"가 그들이다. 남성 명사로 되어 있는 "지옥 길동무"는 격자 구조 속에서 "어리석은 처녀"라는 여성이 되며, 시적 화자는 "지옥의 남편"으로 바뀐다. 결국 "지옥의 남편"이 "처녀"의 입을 통하여 자신의 언어를 내뱉고 있는 것이다. 그럼에도, 텍스트의 마지막에서 그는 이 관계에서 빠져나와, 또 다시 상위 격자의 위치에서 두 사람을 "이상한 부부"로 규정하고 시를 끝맺고 있다.

이야기의 이런 복층 구조는 랭보의 복합적 심리를 반영하고 있다. 처녀의 고백의 대상은 무엇보다 "거룩한 남편, 주님"이다. 지옥에 떨어진 이 "어리석은 처녀"가 주에게 과거를 털어놓은 형국은 1873년 7월 랭보를 향하여 권총을 쏜 베를렌이 감옥에서 기독교로 귀의한 후, 랭보에게 자신의 작품을 보내는 것과 닮아 있다. 마태복음 25장 1~13절을 보면, "어리석은 처녀들"은 남편이 도착했음에도 램프의 기름이 없어 혼인 잔치에 가지 못하는 우를 범하고 있다. 그녀들의 어리석음으로 인하여, "거룩한 남편"에 의하여 버림받고 결국 "지옥의 남편"과 살게 된 것이다. 이처럼 베를렌에게 부족한 것은 영혼의 불을 밝혀 주는 램프의 기름이며, "결혼의 양식"인 사랑, '재창조되어야 할 사랑'이다. 그렇다면 누가 "삶을 바꿀 비밀"을 쥐고 있는가? 랭보가 말하는 이 "비밀"은 <투시자의 편지>에서부터 나오고 있는 일종의 계시주의로 해석해야 할 것이다. 혹자는 프롤레타리아의 혁명을 통하여 세상을 바꿔야 한다는 마르크스주의와 연계하기도 하지만, 이 시편에서는 보다 시학적이고 보다 실존적 입장에서 크게 벗어나지 않고 있다. 랭보가 이 고백을 "착란" 혹은 "착란의 헛소리"로 규정하는 것은 이 때문이며, 이런 "헛소리"는 「착란 II」에 가서 본질적 시학을 취하게 될 것이다.

5) 「착란 II – 언어의 연금술」

"이제 내가 말할 차례다"라고 선언하며, "지옥의 남편"이 자신의 "광기"에 대하여 말하기 시작한다. 타자의 어리석음으로 인하여 이해되지 못하고 있는 "언어의 연금술"에 대한 랭보의 상세한 기록이 바로 「착란 II」인 것이다. 「착란 I」에서 "어리석은 처녀"는 주에게 지나간 제 삶을 후회와 집착과 고통 속에서 고백하지만, 그것에 대한 답변의 성격인 「착란 II」에서 이 "지옥의 남편"은 냉정하고 체계적으로 자신의 시학을 정리하고 있다. 그는 이미 지옥에서 벗어나 있으며 그곳에서 지냈던 한 계절을 성찰하고 있는 것이다. 회한의 시학이라고 말할 수 있다. 그의 영혼을 지배하였던 "거짓 향기"에 대한 토로를 읽어 보자.

> 나는 문 위의 장식, 연극의 배경그림, 곡마단의 천막, 간판, 민중들의 채색판화와 같은 치졸한 그림을, 교회의 라틴어, 철자 없는 외설서, 우리 조상들의 소설, 요정 이야기, 어린 시절의 작은 책, 낡아빠진 오페라, 바보 같은 후렴구, 순진한 리듬과 같은 시대에 뒤떨어진 문학을 좋아했다.

그러나 "치졸한 그림"과 "시대에 뒤떨어진 문학"은 1872년의 자유 운문시의 일정한 배경이 되고 있으며, 산문시집 『일뤼미나시옹』의 중심적 테마를 형성하고 있다. "언어의 연금술"은 초기 운문 시 「모음들」에서 제시되고 있는 바처럼, 모음의 색깔을 발명하고 자음의 움직임을 조절할 수 있는 마법의 하나였다.

> 나는 모음들의 색깔을 발명했다!—A 흑색, E 백색, I 적색, O 청색, U
> 녹색.—나는 자음마다 그 형태와 움직임을 조절했고, 본능적 리듬으로,
> 어느 날인가는 모든 감각에 닿을 수 있는 어떤 시적 언어를 발명하리라
> 자부했다. 번역은 보류해 두었다.
> 그것은 우선 습작이었다. 나는 침묵을, 어둠을 썼고, 표현할 수 없는 것
> 을 적어 두었다. 나는 현기증을 고정시켰다.

이를 통하여 시의 언어에 도달할 수 있는 투시자의 능력을 배양하
는 것이다. 랭보가 <투시자 편지>에서 언급하고 있는 "모든 형태의
사랑, 고통, 광기"의 정수가 연금술로 창조된 언어의 "황금"이 아니겠
는가. 그런데 랭보는 "나는 울며, 황금을 바라보았고,—마실 수는 없
었다.—"라고 독백처럼 외친다. 이 시편은 실패의 시학으로 지배되리
라는 점을 예고하고 있다. 사실, 침묵을 썼고, 표현할 수 없는 것을 적
어 내려던 시절의 "습작"에 대한 예시로 1872년도의 「눈물」(여기서는
제목 없이 적혀 있음)이 첫 번째로 인용되는 것은 그 때문이리라. 연
이어 역시 제목 없이 삽입되어 있는 「아침의 좋은 생각」까지도 랭보
는 자신의 습작으로 제시하고 있다. 이 작품은 1872년 파리의 생활을
환기시켜 주는 시편으로서 그해 6월 친구 들라에게 보낸 편지와 짝
을 이루고 있다. 다시 말하면, 편지 속에서 그려지고 있는 랭보 자신
의 모습과 이 시의 소재가 매우 흡사하다. 또한 향후 나오는『일뤼미
나시옹』의 「새벽」과도 시적으로 일맥상통하다는 점이 흥미롭다. 이
세 텍스트에서 새벽은 밤샘 작업이후 찾아오는 삶의 신선한 움직임
이 넘치는 "형언할 수 없는 시간", 어둠이 빛으로 점차 쫓겨나가 듯,
시적 작업—어쩌면 진정한 삶과 배치되는 행위이리라—이 현실의 변
질되지 않는 노동으로 대체되는 가장 본질적인 시점으로 규정되고

있다. 첫째 연에서 어둠이 걷히며 새벽은 언어의 잔치인 지난밤 축제의 열기를 발산시킨다. 둘째와 셋째 연은 노동자의 신성한 모습을 묘사하고 있다. 랭보의 시선은 목수로 대표되고 있는 노동자들에 가 닿는다. 이 거대한 작업장은 "거짓 하늘"인 인위적 공간이 배제된 신성한 곳이다. 파리를 떠나 저 넓고 황량한 아프리카의 대지에서 노동에 전념하게 될 랭보 자신의 운명을 예고하고 있는 것이다. 또한 헤스페리데스, 베누스, 바빌로니아 등과 같이 그리스 신화나 고대문명을 상기시켜 주는 존재들은 기독교 문명에 대한 랭보의 반감을 드러내 주기에 충분하다.

이어 랭보는 언어의 연금술에 담겨 있는 "낡은 시학"을 규탄한다. 사물들이 위치할 정상적인 공간에 혼란과 변이를 주는 "단순한 환각"에 익숙해 있었다고 그는 고백한다. 예컨대, 하늘 길의 사륜마차, 호수 속 살롱, 목전에 세워진 보드빌의 타이틀과 같은 이미지들은 1872년의 시보다는 또 다른 산문시집 『일뤼미나시옹』의 일부에 대한 암시로 읽힐 수 있다. 「지옥의 밤」에서 환각은 수없이 많다고 선언했던 랭보는 "단어들의 환각으로 마법적인 궤변을 설명"했던 것이다. 이것은 환영이나 마술의 기법에서 시학의 방법론으로 환각이 변화되어 있음을 증거하고 있다. 이미 위에서 우리가 보았듯이, 랭보는 "치졸한 그림"과 "시대에 뒤떨어진 문학"을 좋아했다고 하지 않았던가? 그렇다면, 『지옥에서의 한철』과 『일뤼미나시옹』의 제작연도는 서로 겹친다는 것을 전제로 해야 할 것이다. 물론 후렴구나 소박한 노래는 1872년 시가 갖고 있는 리듬의 근간이며, 랭보는 이런 로맨스를 통하여 세상에 대한 이별을 노래한 것은 분명하다. 환각에 젖어, 게으른 청춘을 보냈던("심한 열병에 시달려, 나는 게으르게 살았다") 자신을 「가장 높은 탑의 노래」로 표현한다. 이 노래의 후렴구는 이렇다.

와야 하리, 와야 하리
마음을 앗아버릴 그 시간이

　두려움과 고통의 시간도 사라지고, 오직 불건전한 갈증만이 혈관을 어둡게 하는 그의 영혼 속에 새로운 열망의 시간은 도래할 것인가? 랭보의 이 노래는 과거의 열병에 시달렸던 시절에 대한 이별과 함께 희망의 언어가 담긴 시라고 말할 수 있다. 말하자면, 1872년의 5월에 제작된 다른 시편들과 마찬가지로 파리 생활을 실패로 규정하고 있는 이 작품은 랭보의 전기적 상황을 담아내고 있는 것이다. 랭보가 1873년의 작품인 이 「착란 II」에 시를 다시 삽입시킬 때, "나는 가지가지 로망스를 불러 세상에 이렇게 이별을 고했다"라고 적고 있다. 결국 세상을 향한 고별의 로망스인 이 시편은 본질과 진실의 밖에서 게으름으로 인하여 청춘을 상실한 젊은이의 탄식과 새로운 시간의 도래에 대한 그의 희망을 동시에 드러내고 있는 것이다. 랭보는 파수꾼처럼 "가장 높은 탑"에 위치하고 있다. 중세의 망루를 연상시키는 이 탑은 "은둔"의 장소이기도 하다. 그렇지만, 그의 "불건전한 갈증"은 여전히 지속되고, 더러운 "파리 떼"가 윙윙대며, 들판에는 "가라지"가 피어대고 있다. 이 폐허의 공간에는 1871년의 시에서부터 보인 더러움의 시학과 1872년의 시의 특징인 대지의 원초적 황량함이 동시에 존재하고 있다. 여기서 랭보는 "두려움도 고통도" 떠나버린 하늘을 바라본다. 이곳의 시간 밖에서 이루어질 새로운 삶의 성취를 희망하는 것이리라.

　그 후 랭보는 "불의 신, 태양"에 몸을 바치고, 「배고픔」을 "메꽃들의 유쾌한 독"으로 해소하면서, "*자연* 빛 그 황금 불티"로서 범우주적 형상을 꿈꾼다. 이 시는 "갈증"과 함께 1872년 랭보를 괴롭힌 또 하나의 시적 상징인 "배고픔"을 주제로 하고 있다. 필사본에 들어 있는 "1872년 8월"이라는 제작시점이 정확하다면 실제로 랭보는 그해 9월 초 런던으로 가기 전 벨기에의 방랑생활 속에서 배고픔을 느꼈을 것이다. 현실의 체험에 대한 시적 상징이라고 볼 수 있다. 그렇다면 「오월의 깃발들」에서 말하고 있는 "나의 허기"는 어떻게 설명할 것인가. 랭보 시에는 전기적인 요소들로 설명될 수 없는 많은 부분들이 존재하고 있으며, 낱말들의 조합으로 창출된 이미지가 종종 추상적이며 몽환적이고 환상적인 것은 그에 기인하고 있다. "나의 배고픔"은 소멸될 나의 "불행"인 것이며, 시인의 "식욕"이 식물뿐 아니라, 광물에 까지 이르면서 새로운 세상을 향한 강렬한 파괴의 힘이 작동되고 있음을 이 후렴구는 보여 주고 있다. 갈증과 배고픔의 불운 혹은 불행은 1872년의 랭보를 이끈 역설의 창조력이었던 것이다.

> 마침내, 오 행복이여, 오 이성이여, 나는 하늘로부터 검은 빛 창공을 떼어냈고, *자연* 빛 그 황금 불티로 살았다. 기쁨에 겨워, 나는 가능한 우스꽝스럽고 어리둥절한 표현을 취했다.

「배고픔」에 연이어 랭보가 「착란 Ⅱ」란 본 텍스트 속에 인용하고 있는 1872년도 자신의 시 「영원」은, "우스꽝스럽고 어리둥절한 표현"을 통하여 인간과 우주의 상응 이라는 일종의 계시를 노래하고 있다. 그 유명한 첫 행을 읽어 보자.

> 되찾았도다!
> 무엇을? 영원을.
> 그것은 태양에
> 뒤섞인 바다이니라.

태양과 바다의 뒤섞임은 바로 "영원"이다. 찰나에서 무한으로 연결되는 시간적 고리를 되찾은 것은 "조직"을 갖고 있는 광기에 대한 이성적이며 논리적인 연구가 아닐까? 영혼에 대한 연마가 고문의 지경에 까지 이르러야 한다는 랭보의 시학이 광기의 조직 그 자체일 것이다. 미지의 세계를 찾아 끝까지 가야 하는 것이다. 공포와 위기와 허약함 속에서도 시인은 호메로스Homeros의 오뒤세우스가 행했던 그 장대한 여행을 "어둠과 소용돌이가 치는 나라, 키메리아의 끝까지" 완수해야 한다. 난바다에서 더러움을 씻고 위안의 십자가를 맞이해야 할 것이며, 떠오른 무지개로 인하여 지옥의 영벌을 받고, 새벽닭 울음소리에 따라 그리스도의 도래의 시간을 배워야 할 것이다. 이런 담론에 이어 랭보는 우리가 위에서 상세히 분석했던 「≪오 계절이여, 오 성城이여……≫」을 재인용함으로써, 아름다운 영혼, 완벽한 예술의 존재를 부인한다. "미"를 거부함으로써, 주관적인 문학에 종지부를 찍은 것이다.

6) 「불가능」

동양의 종식 이후, "서양의 늪지"에 빠져 온갖 잔혹한 발전을 겪어온 "정신"이 그 늪으로부터 탈출을 시도하지만 그것은 "불가능"한 일이다. "폐부를 찢는 불운"이 저주받은 자의 정신을 여전히 지배하고 있을 뿐이다. 그는 순교자의 영예를, 예술의 광명을, 발명가의 오만을, 약탈자의 열정을 악마에게 쓸어 보내고, 최초의 영원한 예지인 동양으로 돌아갔다지만, 기독교의 서양과 예지의 동양 사이에서 겪는 그의 갈등은 여전한 것이다. 그가 처한 이런 깊은 "늪지"는 1872년의 시 「기억」에 나오는, 작은 배도 움직일 수 없는 진흙탕의 물과 다름 아니다. 그는 조국도 친구도 없이 모든 길로 통하는 대로에서 거지보다 더 무심하게 보냈던 어린 시절을 "치기"로 깨닫고, 자신을 설명하고자 한다. 서양은 선택받은 자들과 지옥의 영벌을 받은 자들로 넘치는 세상이다. 삶의 오류를 판단한 "서푼어치 이성"은 아직도 정신을 지배했던 "빛과 형식과 운동"을 따르려 한다. 이제는 그 알량한 이성마저 물리치고 예지의 동양으로 돌아가야 한다. 교회의 사람들, 철학자들 모두들 "서양내기"들일 뿐이다. 그러나 그는 자신의 정신에게 경고한다. 스스로를 연마하여야 한다는 것을, 추구하는 현대의 과학이 종교를 대체할 수 없다는 것을, 결국 정신이 깨어 있어야 한다는 것을. 순수성의 비전만이 진정한 신에게 다가설 수 있는 정신의 각성을 이룰 것이다.

> 만약 내 정신이 줄곧 깨어 있었더라면, 나는 예지의 한복판을 지금 노 저어 가고 있으련만!
> 오, 순수여! 순수여!
> 순수에 대한 비전을 나에게 준 것은 바로 이런 각성의 순간이다!
> 정신을 통해서 신에게로 가자!
> 폐부를 찢는 불운이여!

그러나 랭보에게서 그 "신"이란 어떤 존재인가? 서양을 지배하는 절대 가치에 대한 부정은 기독교의 "불가능"이기도 하다. 기독교의 밖에서, 사르트르Sartre의 지옥은 타자가 될 것이지만, 랭보에게서 타자는 바로 나 자신이기에, 그는 서양적인 이성에 함몰된 자신의 존재 불가능을 인식해야 한다. '깨어 있는 정신', '순수성'과 같은 단어들의 허구가 시의 언덕에서 확인될 때, 랭보라는 그의 타자는 결국 "폐부를 찢는 불운"의 존재로 남게 될 것이며, 시인 랭보는 문학을 떠날 수

밖에 없는 것이다. "순수에 대한 비전"이 아무것도 해결할 수 없는 그 순환의 과정을 「불가능」이라는 제하의 이 시편은 명확히 드러내고 있다. 이제, 어둠을 가르는 「섬광」 속에서 영혼을 깨우치고, 「아침」이 되면 그는 시에 「고별」을 선언하게 될 것이다.

7) 「섬광」

전도서에서 "인간의 노동"은 게으름에 대한 반대의 개념(데살로니카 3장 10절)이며, 그리스도의 명령이고 권고로 나온다. 그렇다면 미물들의 존재까지 부러워할 정도로 게으르게 살았던 랭보(「착란 II」)가 그로 인하여 지옥의 영벌을 받는 것인가(그는 지금 지옥에 있다: "너무 덥다")? 그런데 현대의 전도서(지옥은 "옛날"의 것이라고 랭보는 「아침」에서 외친다)는 지금 과학을 향한 전진("그 무엇도 자만이 아니다. 과학으로, 앞으로 나가자")을 외치고 있다. "노동"이란 이 과학에 대한 "섬광"과도 같은 영감인 것이다. 랭보는 『일뤼미나시옹』의 「삶들」에서 "진홍빛 비둘기 떼의 비상이 내 생각 주위에서 천둥친다"고 하지 않았던가. 천둥처럼 울리는 새떼들의 비상을 통하여 생각이 솟아오르듯 "노동"이 탄생한 것이다.

> 인간의 노동! 그것은 이따금 내 심연을 비추는 폭발이다. (……)
> 오!—가련한 영혼이여, 우리에게 영원은 상실될 것이 아닌가!

이 텍스트는 "인간의 노동"이 빛의 폭발과 같은 전격적인 영혼의 깨우침에서 시작하여, 잘못된 기독교의 교육으로 인하여 그 영혼이 영원성을 잃어버린다는 탄식으로 끝맺고 있다. "섬광"이라는 찰나의 빛을 품은 우리의 영혼은 "어리석은 처녀"처럼 "영원"을 상실하고 있는 것이다. 시 「영원」에서 말하는 바다와 태양의 시학적인 조우와는 또 다른 시간의 무한대는 사실 존재할 수 없는 것이다. 말하자면, 언어의 조작 외에 만들 수 있는 영혼의 깨우침은 기독교를 통해서 가능할진대, 그것은 이미 "불가능"으로 확인되었다. 세상의 껍데기들, 어릿광대들, 거지들, 강도들, 성직자들과 논쟁을 벌인 대가로, 병원 침대 위에서 죽음을 느끼는 순간, 신앙고백자와 순교자의 영혼들이 떠오르는 것은 어린 시절의 기독교 교육 때문일 것이다("거기서, 난 내 어린 시절의 추잡한 교육을 인정하게 된다"). 이제 스무 살이 되면 어떨까? 이 작품을 쓰던 1873년에 랭보는 스무 살을 맞게 된다. 베를렌과의 총격 사건을 암시하는 "병원 침대"와 함께 "스무 살"이란 표현은 이 글을 전기적으로 분석할 수 있음을 말해 주고 있다. 랭보의 시학은 신앙을 방법론의 하나로 도입하고 있지만, 기독교 자체에 대한 그의 갈등은 매우 구조적이었던 셈이다. 그러나 분명한 것은 그는 현재 죽음에 저항하고 있으며, 기독교에 맞서는 그의 오만함에 비추어 노동이란 너무도 가벼운 것이고, 세상에 대한 그의 배신은 짧은 형벌에 머물고 말 것이라는 그의 확신에 찬 언사가 존재하고 있다는 사실이다.

8) 「아침」

이 시편의 시적 화자는 한때 영웅적이고 전설적인 젊은 시절도 있었지만, 알 수 없는 죄와 잘못으로 입에 기도를 중얼거리는 교회 앞의 거지와 같은 신세로 전락하고 말았다. 그는 짐승들과 병자들과 죽은 자를 불쌍히 여기는 "그대들"에게 사탄의 "노예"가 되어 "묘사적 능력"(「«지난날에, 이 기억이 확실하다면,……»」)을 잃어버린 자신을 대신하여 말해 줄 것을 요청한다. 이제 그는 "자신을 설명할 수 없기" 때문이다.

> 그렇지만, 오늘, 나는 내 지옥과의 관계를 끝냈다고 믿고 있다. 그것은 정말 지옥이었다. 오래된 지옥, 사람의 아들이 문을 열어놓았던 그것이었다. (……)

"사람의 아들이 문을 열어놓았던" 지옥은 분명 존재했지만 그에게는 오래된 옛것이 되었다. 교리를 받들며 자비를 구하는 "그대들"(「자비의 누이들」인가?)에게 지옥의 언어를 맡기고, 그는 기독교적 메시아를 거부한다. "동방박사 세 사람"-랭보는 이들을 "마음과 혼과 정신"으로 상징화했다-이 그들의 도정에서 만났던 것과 "똑같은 사막", "똑같은 밤"을 거쳐, 나의 지친 눈은 은빛 새벽별을 보고 깨어나지만-"*아침에, 그리스도 오셨네*의 기도시간에"(착란 II)-메시아는 도래하지 않을 것이다. "아침"은 더 이상 구원의 시간이 아닌 것이다.

> 언제 우리는 떠날 것인가, 모래밭과 산등성이를 넘어, 새로운 노동의 탄생, 새로운 예지, 폭군들과 악마들의 패주, 미신의 종말을 맞이하러,-맨 먼저!-지상의 성탄을 경배하러!
> 하늘의 합창, 민중들의 행진! 노예들이여, 삶을 저주하지 말자.

기독교에 대한 그의 갈등은 이 시편에서 해소된 듯, 랭보는 단호하게 인간의 노동에 사회적 의미를 부여하기 시작한다. "민중들의 행진"과 함께하는 "새로운 노동의 탄생"을 경배하는 것이다. 착란의 헛소리가 넘쳤던 "지옥의 밤"은 지나가고, "섬광"과 같은 인간의 노동-"새로운 예지"-과 함께, 악마들이 패주하는 "아침"이 온 것일까?

이 시편은 "사람의 아들"과 "동방박사"에 관한 이야기가 나오는 마태복음에 대한 반복음서로 해석될 수 있다.

9) 「고별」

여름이 지나고 가을이 왔다. 영원한 태양이 이글거렸던 여름, 그 지옥의 한철은 지나갔다. 지옥을 빠져 나와 스틱스 강을 건너오는 신화적 담론 속의 "우리 배"가 요한 묵시록의 바빌로니아를 연상시키는 "악마의 거처"(요한 묵시록 18장), "불과 진흙투성이의 하늘을 지닌 거대한 도회지"를 향한다. 서양의 두 지주였던 그리스 신화와 기독교에 대한 혼합의 이미지인 것이다. 페스트에 갉아 먹힌 피부와 구더기가 득실거리는 육신의 처참한 지옥의 존재들이 떠오른다. 이제 겨울이 다가올 것이다. 이 위안의 계절에는 지나간 세월들이 "황금빛 거대한 배"처럼 환희로 다가올 것이다. 그는 승리자였다. 초자연적 힘으로 창조한 새로운 꽃, 별, 육체, 언어로 인하여 그는 마법사로 칭송받을 수 있었다. 그렇지만 이 수많은 환각의 결과물들은 지옥의 창조물이라는 역설이 가능하다. 모든 것은 또다시 허망하다. 그는 끌어안아야 할 거친 현실로 돌아왔다. 이제 마법의 언어로 자양분을 얻었던 일에 대하여 용서를 구하고, 예술가 및 작가의 영광을 상상력과 추억들과 함께 매장해야 한다. "미"를 증오하며 "자비"로 이끈 예술가의 세계에 그는 속은 것이다("나는 속았는가? 나에게 자비란 죽음의 자매인가?"). "우정의 손길"은 없으니 시의 장소를 떠나야 한다.

절대적으로 현대적이어야 한다.
찬송가는 없다. 승리에 찬 발걸음을 딛어야 한다. 가혹한 밤이구나! 마른 피가 내 얼굴 위에서 김을 낸다. 그리고 내 등 뒤에는 저 무서운 떨기나무밖에 아무것도 없다!……. 정신적 싸움은 인간들의 전투만큼 격렬하지만, 정의에 대한 전망은 오직 신만 누리는 기쁨이다.

그렇지만 이제 전야前夜로다. 원기元氣와 현실적 온화함의 모든 영액靈液을 받아들이자. 그리고 새벽녘, 타오르는 인내심으로 무장한 채, 우리는 찬란한 도시들로 들어갈 것이다.

나는 우정의 손길에 대해 무슨 말을 하였던가? 멋진 이점 하나 있다면, 그것은 내가 낡은 거짓 사랑을 비웃고, 저 허위의 부부에게 창피를 안겨 줄 수 있다는 것이다.―나는 거기서 여자들의 지옥을 보았다.―그리고 나에게는 *하나의 영혼과 하나의 육체 속에 진리를 소유하는* 일이 허용되리라.

불길의 소리, 독기 서린 한숨, 추잡한 기억은 모두 사라졌고, 그를 둘러싸고 있던 마지막 존재들 이후의 새로운 시간이 도래한 것이다. 이제 "현대적"이어야 한다. 찬송가를 물리치고, 과학의 전진을 외치는 "현대적 전도사"(「섬광」)가 되어야 한다. 이곳의 가혹한 밤은 영벌의 고통받는 "지옥의 밤"이 아니다. 정의를 전망하는 것은 신의 능력이고 신의 기쁨이겠지만, 그는 이제 신의 의지에 기대지 않을 것이다. 아직도 혈기가 식지 않은 피의 얼굴로, 등 뒤에 무서운 떨기나무를 남기고, 그는 새벽이 올 때까지 인내해야 할 투쟁의 시간을 보낼 것이다. 그리고 마침내 찬란한 도시들 속으로 들어갈 것이다.

랭보는 1872년 자유 운문시에서부터 "어느 고도古都"에서의 만족스런 죽음을 꿈꿨다. 그것이 비록 가련한 꿈에 머물지라도, 기독교 문명을 떨치고 행복하게 삶을 떠날 이름 모르는 오래된 도시에 대한 희망은 지속되는 것이다. 도시의 낡은 거리들, 인간들의 원형적 삶의 방식은 서구의 문학으로 쓰인 "낡은 거짓 사랑"과 문학과 시인이 꾸미는 "허위의 부부"를 언어가 아닌 또 다른 방식으로 고발할 수 있는 창조적 힘을 던져 줄 것이다. 하지만 찬란한 문명의 고도는 "현대적이어야 한다"라는 담론과 배치되는 것은 아닐까? 랭보가 말하는 과학의 시간은 인간의 지혜 혹은 예지와 관련된다. 서구의 물질적 과학을 벗어난 새로운 인식의 세계, 보다 시학적으로 말한다면, 현대성의 언어가 중세적 종교 혹은 고전적인 사고방식을 지배하는 공간이 1872년의 그 "고도"와 다름 아닌 것이다. 그곳은 "원기와 현실적 온화함"이 밀물처럼 우리의 혼으로 흡입되는 곳이며, "하나의 영혼과 하나의 육체 속에 진리를 소유"하는 일이 가능한 곳이다. 랭보는 그 찬란한 도시를 향하여 이곳에 고별의 인사를 던졌던 것이다. 랭보는 이「고별」을 끝으로 문학에 등을 돌렸다. 우리가 살펴볼 또 다른 산문시집『일뤼미나시옹』의 일부 시편들이 그 이후에 쓰였지만, 연대기적 순서가 아닌 문학을 품는 열정과 희망의 소멸이라는 면에서, 분명「고별」은 랭보의 마지막 작품이었다.

IV.

『일뤼미나시옹』

1. 신비주의인가 언어의 극단인가

산문시 「헌신」에서, 나의 기도가 바쳐지는 기이한 이름의 수녀들, 정체성을 알 수 없는 여러 존재들은 시의 경계를 허무는 언어의 수수께끼 같은 형상을 띠고 있다. 앙드레 브르통이 그의 작품 『나자』에서, "랭보가 1915년경 나에게 영향을 끼쳤던, 그리고 그때부터 「헌신」과 같은 아주 희귀한 시편들로 그 정수를 이루었던 주술적 힘"을 언급하면서, "레오니 오부아 다쉬비"라는 이름의 한 기묘한 여성에게 신비주의의 옷을 입히고 그녀를 숭배한 것은 이 시의 후속성이라 말할 수 있다. 초현실주의의 비현실성 혹은 신비주의는 랭보의 해체적 언어 행위에 연유하고 있는 것이다. 그런데 이브 본푸아가 브르통의 초현실주의와 결별한 것은 이 "레오니 오부아 다쉬비"에 대한 신비주의적 접근이 그 원인 중의 하나였다. 브르통과 그 주변 작가들이 1947년의 전람회를 계기로 이 여인의 제단을 세우고 그녀를 일종의 마술사와 같은 존재로 추앙하려는 데 있었던 것이다. 본푸아는 초현실주의가 신비주의의 대척점이라고 생각하고 있었으며, 시어는 어떤 마술적 힘에 의지하지 않은 채, 의미 속에 감추어진 세상의 풍요로움을 드러내는 것이 본질이라고 믿었던 것이다. 그렇다면, 브르통은 랭보를 잘못 이해한 것일까? 아니면, 랭보의 존재들이 품고 있는 신비성은 합당한 특성인 것인가? 시어의 비-지시적 특성non-référentialité에서 오는 의미의 불투명성이 『일뤼미나시옹』을 지배하고 있는 것은 부인할 수 없다. 이에 관련하여 토도로프Todorov는 "「콩트」의 '왕자'는 누구인가, 베를렌인가 혹은 랭보인가? 「행진」은 무엇에 대하여 말하고 있는가, 군인들에 대한 것인가, 성직자들에 대한 것인가 혹은 광대들에 대한 것인가?"라는 질문을 던지면서 동시에 "그 무엇에 대해서도 말하지 않으며, 그 의미도 파악할 수 없는 텍스트들을 랭보는 문학의 지위로 승격시켰다"라고 단언하고 있다. 이 산문 시편들에 나타나는 존재들의 성격을 규정하는 것은 매우 난해하다. 결국 "언어와 사물 사이의 관계에 관한 질문을 야기하는, 불안한 미학의 기호인 수수께끼의 시, 정체성의 신비함이 『일뤼미나시옹』 속에" 들어 있다는 랭보 주석가 앙드레 기요의 언급도 주목할 만하다. 랭보는 언어의 독자성을 부여하면서, 기존의 언어개념이나 사물에 대한 관념을 파괴함으로써, 촉지 되는 현실로의 시가 감금되는 것을 거부하고 있다. 「H」라는 제하의 시편에서 우리에게 던진 "여러 시대를 거쳐 온갖 종족의 열렬한 위생"이었다는 "오르탕스Hortense를 찾아보시오"라는 요구는 시적 창조의 화두로 이해되어야 할 것이다. 그러나 실상 이런 언술은 어떻게 이해되어야 하는 것인가? 이것이 텍스트적 언어행위에 속해 있다면 "오르탕스"의 존재는 시인의 창조 인물이거나 혹은 작가와 관련된 인물일 수 있다. 작가가 그의 텍스트에 도달하기 전에 겪었던 전기에 대한 징표를 담고 있거나 혹은 그 반향이 아니라면, 그것은 새로운 공간에 예속되어 있는 것이다. 이 공간에서 텍스트는 그 아무것도 말하고 있지 않다. 어떠한 시도 아직 탐험하지 못한, 개념에 집착하는 언어가 도달할 수 없는 탈−관념의 삶이 이 시집을 관통하고 있는 것이다.

각 시편의 무대에 등장하는 인물들은 따라서 아무에게도 해당되지 않는다는 역설이 가능하다. 언어가 한 존재를 특징화할 때, 그 존재는 곧바로 언어의 품을 빠져나가, 언어의 범주 밖으로 사라지면서, 시인에게 시의 상상적 지시체와 행위의 현실적 대상 사이에 맺어지는 중요한 관계를 제시한다.『일뤼미나시옹』의 해독 불가능한 기술체의 주변을 걷고 있는 신비스런 자들은 구체적이고 탈신비화된 또 다른 통행자들로 대현실의 벌판에 소생하게 된다. 이것은 단어와 사물, 시와 행위와의 관계이다. 시인이 그의 텍스트에서 겨냥하는 것은 따라서 단순한 수수께끼의 시학이 아니며, 언어행위의 숙명적 앞날, 침묵의 또 다른 언어작용에 진지하게 참여하는 것이다.

> 바닷가 테라스위에서 돌고 있는 귀부인들; 회녹색 거품 속에서, 멋지게 검게 탄 어린 계집애들과 키가 큰 여자들, (……),—— 순례로 그득한 눈빛의 젊은 어머니들과 커다란 자매들, 터키의 왕비들, 폭압적인 태도와 의상의 공주들, 작은 외지 여인들과 서서히 불행해지는 사람들.
> <소중한 육체>와 <소중한 가슴>의 시간, 이 무슨 권태란 말인가.
>
> (「어린 시절」)

이성의 정복에 대항하고 어떤 견고한 체계로의 병합을 거부하는 텍스트들의 직관성을 존중하면서, 우리는 이 존재들의 정체성을 탐구하려고 시도하지 않을 것이다. 이들은 일상적으로 만날 수 있는 존재임과 동시에 어느 곳에도 존재할 수 없는 자들이다. 텍스트의 단어들이 이렇게 의미와 대항하여 싸우고 있는 동안, 만약 텍스트들의 일탈

이 일정한 규범을 따르고 있다면, 이 규범이란 과연 무엇인가? 의도적으로 분리된 언어행위와 필연적으로 현존하는 침묵 사이의 비밀스런 관계라고 말할 수 있는가? 결과적으로, 이것은 풍경의 지평선너머 나타나는 행위와 무너지는 시 - 시는 문학의 정점에 위치하고 있기에 - 와의 연결법칙으로 인식될 수 있는가? 「요정」의 "엘렌Hélène"이 침묵의 유일한 시간에 그리고 순간의 영감에 동화되어 있는 것처럼, 「어린 시절」의 여성들은, 이런 의미에서, 텍스트의 규범으로부터, "<소중한 육체>와 <소중한> 가슴의 시간"으로부터 나오는 존재들이다. 이에 대한 긍정을 통하여 한 텍스트의 규범은 그것의 새로운 담론이 안고 있는 일탈과 동일한 것으로 나타난다. 랭보는 <투시자의 편지>에서 다가오는 새로운 세계로의 "진보"를 위한 "행위", "영원한 예술"의 "기능"에 대하여 강조하면서, "모든 자들에 의하여 흡수된, 규범이 되고 있는 대 일탈"을 말하고 있는 것이다. 지시체가 없는 이 담론은 침묵의 언어에 근접하는 것이며, 이런 기술체에 집착하는 자는 침묵의 시공 속에 위치한다. 시인의 시선이 가닿은 「어린 시절」은 이미 이런 비시간성의 나라를 그리고 있는 것이며, 여기에 나타나 있는 반反 풍경("일탈") - 읽힐 수 있는 텍스트의 풍경과 그렇지만 변증법적 반 대명제가 아닌 것 - 의 신비스런 인물들은 그 대상들이 비밀스런 일관성과 늘 예측할 수 없는 단절성에 따라 조직되고, 규범과 일탈의 변화에 따라 작동되는 텍스트에서만이 그들의 정체성을 드러낼 것이다.

랭보의 운명이 문학적 경험과 비문학적 체험의 인도에 따라 단일 체적 비석을 만들고 유일한 생존성을 획득하는 것이라면, 『일뤼미나시옹』이 이런 운명의 공간에 예속되어 있다면, 「헌신」 속에서 문학의 죽음으로 시인을 이끌고 있는 "레오니 오부아 다쉬비"와 같은 영혼들은, 아프리카 땅에서 현실의 죽음을 향하여 시인을 들것에 싣고 서둘려 달려가는 짐꾼들, "무네드-수인, 압두라히, 압둘라, 베이커" 등으로 갑자기 우리 앞에 나타나게 된다. 따라서 각 시편에 보다 가까이 접근하면, 막다른 길에 빠진다. 이 길의 형상은 언어로 이루어진 거석이 말하고 있는 불가능성과 다름 아니다. 그곳에는 시를 불태우는 것과는 또 다른 지옥, 읽힐 수 없는 것의 중심체로 이루어진 지옥이 있으며, 시는 이 중심에서 스스로를 간직하고, 완성도 미완성도 아닌 채 남아 있게 된다. 블랑쇼는 이에 대해, "시가 말하는 것, 그것은 오직 자신이 존재하고 있다는 것 그것뿐이다ー그 이상 아무것도 없다. 이것을 제외하고는 시는 아무것도 아니다. 시로 하여금 그 이상을 표현하도록 하려는 자는 아무것도 발견하지 않을 것이며, 시가 아무것도 표현하지 않고 있다는 것만을 알게 된다"(『문학의 공간』)라고 말한다. 이런 읽기 불가능함의 중심에서 시는 도서관의 어두운 지하 서고에서 먼지투성이인 책으로 침묵 속에 배열되어 있다. 이것은 시의 지옥이지만, 다가오는 문학의 정신이 집중되는 유일한 장소, 내밀성 있는 적막의 지옥인 것이다. 이곳에 들어갈 줄 아는 자는 단어들이 그들 지시체로부터 탈피되어 있고 사물로 화석화되어 있다는 것을 발견하게 된다. 언어가 그 무엇도 지시할 수 없다면, 그것에 의하여 우리에게 제시되는 풍경은 따라서 무의 공간이다. 시인이 언어의 의미를 파괴하면서 현존의 인상으로 포착하려는 감각세계의 시적 대상들은 그들의 비범한 조합 혹은 집합 속에서 자유로운 도정을 즐기고, 그것을 통하여 새롭게 형성되는 내적 풍경을 탐색한다. 여기서 텍스트의 공간은 지적인 분석과 감성적인 접근을 거부하는 것이다. 이 공간속에서 서로 분리되고 격리되어 있는 인물들을 우리에게 지적하고 있는 시는 언어행위가 지닌 단일성의 파괴이며 텍스트의 다원성 자체인 것이다.

2. 몇몇 텍스트의 강독: 시학을 통한 해석

1) 「어린 시절」

> 검은 눈에 노란 갈기, 부모도 측근도 없고, 전설보다 더 고결하며, 멕시코와 플랑드르 지방의 피를 받은 이 우상의 여인; 오만한 창공과 녹음, 그녀의 영지는 배도 없는 파도를 타고, 가차없이 그리스어, 슬라브어, 켈트어로 이름 지어진 해변에 닿는다.
> 숲의 가장자리에─꿈의 꽃들이 쟁쟁 울리고, 작열하고, 빛나며,─오렌지 빛 입술의 소녀, 초원에서 솟아나는 맑은 홍수 속에 포개 앉은 무릎, 무지개가, 초목이, 바다가 그림자를 드리우고 스며들고 감싸는 나신裸身.

5부로 구성된 이 작품의 제1부에서는 위의 인용문에 나오는 "우상의 여인"이나 "오렌지 빛 입술의 소녀" 외에도 테라스 위를 선회하는 귀부인들, 검게 탄 계집애들, 순례 길의 어머니와 자매들, 터키 왕비들, 공주들, 외지 여인들, 불행한 여인들이 한꺼번에 등장하고 있다. 이들은 누구이고, 왜 「어린 시절」의 첫 부분에 묘사되고 있는가? 아마도 랭보의 기억을 지배하고 있는 독서의 잔재물들일 수도 있으며, 그의 강박관념이 창출하는 모호한 정체성의 형상들일 수도 있지만, 분명한 것은 이 여인들이 평상적인 해석을 거부하는 언어의 틀 속에 갇혀 있다는 점이다. 말하자면, 언어의 묘사가 절대적 가치를 제시하고 있는 것이다. 결국 이 신비의 존재들이 드러내는 특성들은 랭보 시학의 진전을 판단하는 근거로 제시될 수 있다. 초기 운문 시편들에서 보이는 구체적 신분의 여인들─오필리아, 베누스, 잔-마리, 작은 연인들─은 이제 비현실적인 미지의 여성들로 변신되어, 하나의 시학으로 텍스트 속에 위치하고 있는 것이다. 아마도 이것은 꿈의 세계이며, "소중한 육체와 소중한 가슴의 시간"에 이루어진 몽상의 시학일 것이다. 따라서 "전설보다 더 고결한 (……) 우상의 여인"은 시간과 역사에 담겨 있는 인간들의 범상한 이야기를 벗어난 자이며, 한 언어가 묘사할 수 있는 풍경 밖의 어느 절대적 공간 속에 살고 있는 존재인 것이다. 풍경과 그 속에 살고 있는 인물들에 대한 기묘한 비틀음으로 야기되는 언어의 괴멸이 랭보의 산문 시집을 지배하고 있는 것이다.

> 황금빛 나뭇잎들이 무리를 이루며 장군의 집을 두르고 있다. 그들은 남쪽에 있다.—붉은 길을 따라 빈 여인숙에 도착한다. 성관은 팔려고 내놓았다. 겉창은 뜯겨져 나갔다.—사제가 교회의 열쇠를 가져갔을 것이다.—정원 주변, 관리인들의 오두막에는 사람이 살지 않는다. 생 울타리는 아주 높아 살랑거리는 우듬지만 보일 뿐이다. 게다가 안에는 볼 것이 아무것도 없다.
> 초원이 닭도 없고, 작업대도 없는 촌락 위로 펼쳐진다. 수문은 열려 있다. 오오, 예수 수난상과 황량한 대지의 풍차들, 섬들과 장작더미들.
> 마법의 꽃들이 윙윙거리고 있었다. 비탈길이 그를 흔들고 있었다. 전설적 우아함의 짐승들이 돌아다니고 있었다. 뜨거운 눈물의 어느 영겁으로 이루어진 난바다 위로 구름이 몰려들었다.

제2부에는 과거(혹은 어린 시절)에 존재했던 젊은 엄마, 사촌, 어린 형제, 노인들 같은 보다 분명한 관계의 인물들이 등장하고 있다. 1부의 불확실성의 존재들이 구체적인 이름을 갖고 소생하고 있는 것이다. 그러나 그들은 이미 죽음을 통하여 현실의 무대를 떠났던 자들이라는 점에서, 신비의 옷은 역시 시어를 감싸고 있다. 랭보의 가족관계에서 이들의 존재를 찾는다는 것은 허망한 일이다. 그의 시적 환상이 기억 너머의 공간에서 새로운 대상들을 지시하고 있는 것이다. 시어가 지시하지만 시의 텍스트 속에서 규정되지 않는 이 기묘한 이름들과 함께 우리의 의식은 "붉은 길을 따라 빈 여인숙에 도착한다." 그들

이 기거하는 공간들은 텅 비어 있는 폐허의 장소이며, 현실을 떠난 죽음의 시간이 감싸고 있는 것이다. 이것은 시어의 개념이 무너져 내린 돌무덤들의 풍경일지도 모른다. 성관의 겉창은 떨어져 나갔고, 그 내부에는 아무것도 없으며, 둘러싼 생 울타리에서 나무들의 우듬지만이 바람에 살랑거릴 뿐이다. 무거운 고요가 짓누르고 있는 시의 죽음의 장소를 『일뤼미나시옹』이라는 언어의 치밀한 조직이 드러내고 있다는 것은 거대한 시적 모순이며, 시인의 행위와 의식의 치열한 충돌이다. 2부의 마지막 부분은 과거형의 시행들로 종결되고, 랭보는 시 내부의 공간이 "마법의 꽃들", "전설적 우아함의 짐승들"이 지배되었던 곳임을 토로하고 있다. 그러나 "뜨거운 눈물의 어느 영겁으로 이루어진 난바다"는 1872년 자유 운문시 이후 랭보가 선호하는 이미지로서 회상의 시학이 언어의 영원성으로 맞닿는 모습을 보여 주고 있다. 랭보의 언어에서 과거, 현재, 미래는 동일한 것이며, 동시에 폭발하는 시적 의식의 선상에 함께 놓여 있는 것이다. 3부를 형성하는 일정한 문장의 틀은 이를 증거한다.

> 울리지 않는 시계 하나 있다.
> 하얀 짐승들의 보금자리와 함께 웅덩이 하나 있다.
> 내려가는 성당 하나와 올라가는 호수 하나 있다.
> 잡목림에 버려진, 혹은 리본을 달고 오솔길을 달려 내려가는 작은 마차 하나 있다.

3부는 몽환적 세계의 존재들이 객관적으로 나열되어 있다. "⋯⋯하나 있다"라는 단순한 문장 구조와 그 안에 담겨 있는 사물들의 비현실적 형상들이 대비되는데, 1873년의 「착란 II」에서 말하고 있는 "단어들의 환각"의 결과물로 여겨지는 이것들은 시간을 가로질러 마치 시인의 마법적 꽃이 피는 시의 언덕에서 영원히 존재하는 듯 보인다. 그러나 여기까지는 그 기묘하고 신비스런 풍경은 객관적으로 그려져 있다. 그것을 바라보는 자의 시각은 비록은 시공을 가로지르고 있지만, 감정의 개입이 없는 시의 객관화를 노리고 있었다. 그런데 이어 나오는 4부와 5부에서 이 모든 것을 조작하고 있는 "내"가 나타난다. 시 제목의 "어린 시절"이 결국 나와 관련이 되고 있음을 암시하고 있는 것이지만, "나"의 신분을 밝혀 주는 동사는 모두 현재형으로 되어 있다는 점은 그 현존의 특성을 광활하게 드러내고 있는 것이다.

> 나는 테라스에서 기도하고 있는 성자,−평화로운 짐승들이 팔레스타인의 바다까지 풀을 뜯듯이.
> 나는 어두운 안락의자에 앉아 있는 학자. 나뭇가지들과 빗줄기가 서재의 십자형 유리창에 와 부딪는다.
> 나는 키 작은 숲을 통해 한길을 걸어가는 보행자, 수문水門의 소음이 내 발걸음을 덮는다. 나는 오랫동안 석양의 황금빛 우울한 잿물을 바라보고 있다.
> 나는 난바다로 뻗어나간 방파제에 버려진 아이, 정상이 하늘에 닿는 오솔길을 따라가는 어린 하인일지도 모른다.
> 오솔길은 가파르다. 구릉들은 금작화로 덮여 있다. 대기는 움직이지 않는다. 새들과 샘물은 얼마나 먼 곳에 있는가! 앞으로 나가면, 그건 오직 세상의 끝이리라.

"나는 난바다로 뻗어나간 방파제에 버려진 아이일지도 모른다"라는 문장에서 유일하게 가정이나 불확실성을 내포하고 있는 가정법 동사로 되어 있다. 아마도 이것이 4부의 중심일 수도 있다. "난바다"는 "뜨거운 눈물의 어느 영겁"으로 이루어졌기 때문에, 거대한 바다로 통하는 이 방파제 위에서 모든 유한성의 존재들은 제 가치들을 상실할 수밖에 없는 것이다. 텍스트의 내부에는 격한 소음(유리창에 와 부딪는 빗줄기, 수문을 통과하는 물, 방파제에 부딪는 파도)과 깊은 적막("새들과 샘물은 얼마나 먼 곳에 있는가!")이 강렬한 대조를 이루고 있다. 팔레스타인과 같은 동방의 예지를 지닌 성자 혹은 창밖의 쏟아지는 빗줄기를 바라보면 서재에서 독서에 침잠한 학자이며 동시에 숲을 가로질러 석양을 바라보며 걸어가는 자, 난바다와 하늘로 통하는 길에 버려진 아이 또는 어린 하인이라는 방랑자 및 소외된 자라는 두 가지 극단을 랭보는 스스로에게 부여하고 있다. 이 두 가지의 상반성은 금작화로 뒤덮이고 대기도 움직이지 않는 "세상의 끝"에서 절대의 침묵을 찾게 될 것이다. 결국 5부에서는 침묵이 시를 지배한다. 마치 언어의 세계와 침묵의 언덕을 함께 감싸 안을 자신의 운명을 예감한 듯이.

> 결국 나에게 세주기를, 시멘트 선이 울퉁불퉁 있는 석회 칠한 이 무덤을
> —지하 먼 곳의.
> 난 테이블에 팔을 괴고 있으며, 램프는 내가 어리석게도 다시 읽고 있는 이 신문들을, 흥미 없는 이 책들을 아주 강하게 비추고 있다.
> 내 지하 살롱 위, 엄청나게 먼 곳에서, 집들이 자리 잡고, 안개가 모여든다. 진흙은 붉거나 검다. 괴기한 도시여, 끝없는 밤이여!
> 그보다 덜 높은 곳에 하수도가 있다. 각 방향에는 지구의 두터움뿐이다. 아마도 창공의 심연과 불의 우물. 위성들과 혜성들이, 바다와 전설들이 서로 만나는 곳은 아마도 이 평면일 것이다.
> 고통의 시간에 나는 내 자신을 사파이어, 금속의 구球로 상상한다. 난 침묵의 대가이다. 왜 환기창의 겉모습이 궁륭의 구석에서 희미해지는가?

여기에는 침묵의 거처가 있다. 이것은 시의 이중적 요구를 만족시키기 위하여, 때로는 확장하면서 세상을 향하여 광활한 공간을 제공하기도 하며, 때로는 보다 폐쇄적이며 은밀한 안식처의 내밀성을 띠기도 한다. 우주로의 열림은 재구성된 공간 속에 언어의 확장을 야기

하고, 자아로의 침투는 시간과 성격(예컨대, 밤이나 낮, 열기 혹은 추위, 각성과 수면 등)으로 특징지어진, 안락한 대기를 필요로 한다. 침묵이 이 장소에 갇혀 있을지라도, 시인이 시를 가로질러 절대적 자유를 탐구하는 한 이 침묵은 자유로운 것이다. 시인의 창조성은 상상력에 의하여 무한히 확장되는 동시에 금속이나 보석의 방수표피에 의하여 외부세계와 완벽히 차단된 둥근 공간이 주는 침묵의 깊이를 형성한다. 창조적 환상이 절정에 이르는 순간, 시인은 이러한 공간에 들어온 것이다. 그러나 그것은 어떤 "고통의 시간"이었다. 침묵 앞에서 시인의 새로운 언어 행위를 이해하기 위해서 해결해야 할 그의 시간과 공간, 그리고 침묵의 거처 문제가 제기된다. 『일뤼미나시옹』의 모든 풍경들은 이 침묵의 거처 안에서, 다시 말하면 시의 표현할 수 없는 빈자리와 비시의 견고한 충만의 무한함속에서 전개되고, 다가오는 진정한 존재들의 형상을 담고 있다. 시인은 이러한 허공과 충만 이라는 상충적 두 세계 사이에 멈추어 있으며, 그의 언어는 무한대의 벌판에 정지되어 있는 것이다.

"신문"과 "흥미 없는 책"에 대한 독서와 시적 글쓰기의 파멸 위에서 시인의 의식이 움직이고 있는 「어린 시절」은 특히 치밀한 침묵의 공간으로 형성되어 있다. 이곳은 시인의 "무덤"으로 변화되어 있으며 시의 죽음이 예견되는 장소이다. 그러한 몰락의 지점에서도 새로운 생명, "집들"이 지어지고 "도시"가 "안개" 속에서 나타난다. 언어 없는 외침이며, 개념을 떠난 시어로 만들어지는 미래견이다. 지하 깊은 곳에 존재하는 만큼 외부의 삶이 만들어 내는 소음과 완벽하게 차단된 이 "무덤"은 "램프"와 "테이블"이 갖추어진 현실적인 삶의 장소이며, 시의 거부가 완성되는 또 하나의 지옥을 연상시킨다. 그곳에 머물고 있는 침묵은 시인의 내밀성과 그것을 감싸 안는 그의 침잠된 의식과 다름 아닌 것이며, 의식이 시적 상상력과 함께 팽창됨에 따라 공간의 경계는 허물어지고, 시인의 "지하 살롱"은 "괴기한 도시"로 연결되며, 결국 "창공의 심연, 불의 우물"과 동등한 시적 무대로 올라선다. 이러한 전환은 언어행위와 침묵이 "위성들과 혜성들, 바다와 전설들이 서로 만나는 평면"에서 부딪치는 치열한 의식의 작업에 기인한다.

2) 「삶들」

I

오오 성스러운 나라의 광활한 거리들, 사원의 테라스들이여! 나에게 경전을 설명해 주었던 브라만은 어찌되었는가? 그 당시, 그곳의 노파들이 여전히 내 눈에 아른거리는구나! 내 어깨 위 들판의 손, 큰 강줄기들을 향했던 은빛과 태양빛의 시간들이, 후추향기 나는 벌판에 서 있던 우리의 애무의 손길이 떠오른다.—진홍빛 비둘기 떼의 비상飛上이 내 생각 주위에서 천둥 친다—이곳으로 유배된 나는 모든 문학 중에서 연극의 걸작들을 상연할 무대 하나를 얻었다. 당신들에게 유례없는 풍요로움을 나는 보여 주리라. 나는 당신들이 찾아내었던 보석들의 역사를 지켜보고 있다. 나는 그 후속을 알고 있도다! 나의 예지는 혼돈만큼이나 멸시를 받고 있다. 당신들을 기다리는 혼미상태에 비하면, 나의 무無는 무엇이란 말인가?

3부로 되어 있는 이 시편은 동방의 세계와 삶에 대한 막연한 향수, 그리고 그 절대와 본질의 세계에 대한 동경이 매우 깊고 평온한 시어의 환기 작용으로 드러나 있다. 제1부에서 "사원의 테라스", "브라만" 등의 용어가 인도의 종교 혹은 사회질서를 상기시킨다. 그러나 "모든 문학의 걸작들이 상연"되는 곳으로 유배되어 있는 "나"의 사상은 동시에 솟구치는 "진홍빛 비둘기 떼"의 천둥소리로 깨어나, 이 기독교 문명의 밖에서 새로운 "예지"와 "무"로 무장한다. 이러한 담론은 『지옥에서 보낸 한철』을 상기시키지만, 영혼에 대한 성찰이 자학적이며 부정적인 사상에서 출발하는 것이 아니라, 깊은 상흔에서 치유되는 자의 과거에 대한 회상이 잔잔한 언어로 그려져 있다. 또한, 그의 삶을 함축하고 있는 시적 문체가 보다 시학적이다. 「삶들」이라는 제하의 복수형은 한 공간 내부의 여러 층위의 그림과 겹치는 시대적 다양성을 의미한다는 점에서, 그가 소유하게 된 "무대"는 다원적인 시적 작업의 생산과 관련된다. "이곳으로 유배된" 자가 우리에게 말하는 무대는 암시적이고 몽환적이며, 그는 문학적 경험 밖에서 포착된 본질적 메시지를 전달하고자 한다.

고대의 <연극>이 제 화음을 추구하고 제 <목가>들을 분배한다.
가설무대의 대로들.
야만스런 군중이 헐벗은 나무들 아래로 움직이고 있는 바위투성이 벌판의 한 끝에서 다른 끝까지 긴 목재 잔교棧橋 하나.
등불과 나뭇잎을 든 산책자들의 발걸음을 따르는 검은 박사薄紗의 복도들 안에서.
신비극의 새들이 관객들의 작은 배들로 뒤덮인 다도해를 통해 움직이는 석조 부교 위로 달려든다.
플루트와 북을 동반한 서정적인 무대들이 천장 아래 마련된 골방들 속으로, 현대식 클럽의 살롱이나 고대 <동방>의 홀 주위로, 기울어진다.
몽환극이 잡목림 화관 두른 원형극장 꼭대기에서 펼쳐지고,—혹은 보이오티아 사람들을 위해, 경작지의 능선 위로 이동하는 대 수림의 그림자 속에서, 격동하며 조바꿈을 한다.
희가극이, 갤러리 석에서 조명등까지 세워진 열 개 칸막이벽들이 교차하는 모서리를 통해, 우리의 무대 위에서 갈라진다.

(「무대들」의 전문)

「삶들」에서 랭보는 "나는 모든 문학 중에서 연극의 걸작들을 상연할 무대 하나를 얻었다"고 선언하였다. 이 "무대 하나"에서 희가극은 제 고유의 화음을 따라 열 개의 칸막이 벽 모퉁이에서 목가들을 분배하고 있다. 화음의 추구와 변조에 따른 이런 분배 작용이 텍스트의 앞과 뒤를 에워싸고 있으며, 그 속에서 여러 가지의 무대들이 창출된다. 가설무대의 대로, 벌판을 가로지르며 걸쳐 있는 긴 목재 방파제, 검은 박사의 복도들, 다도해를 배경으로 한 신비극의 야릇한 무대, 골방 속이나 현대식 클럽이나 고대 <동방>의 홀에 꾸며진 서정적 무대, 야외 원형극장의 몽환극 등이 그것이다. 그리스 희곡 작가 아리스토파네스의 연극 「새들」에서 시의 원천이 있다고 보는 견해가 있지만, 랭보가 만들어 낸 도시의 대로, 황량한 벌판, 작은 배들의 군도群島가 겹치는 혼합 무대들은 극장 칸막이의 모서리에서 분명하게 독자적인 모습으로 드러나고 있다. 말하자면, 랭보의 환각은 공간들 간의 경계를 지우는 데 있었지만, 이 작품은 그런 혼돈의 시학뿐 아니라, 뒤섞이고 격동하고 조바꿈하고 그리고 갈라지고 분배되면서 더욱 분명한 윤곽을 취하는 극단적 내면의 무대가 존재하고 있음을 보여 주고 있다. 이것이 랭보가 런던에서 보았던 희가극의 실제 무대이든 고대 희극작품에서 차용했든 여기서 우리가 목도하는 랭보의 시적 창조력은 이미지의 혼합과 언어 행위의 비규범 속에서 그 정점에 다다르고 있는 것이다.

II

나는 앞서 간 모든 사람들과는 아주 다르게 평가받는 발명가이며, 사랑의 음자리표와 같은 것을 발견한 음악가이기도 하다. 지금, 수수한 하늘 아래 거친 들판의 신사인 나는 비렁뱅이 어린 시절, 도제 시절 혹은 나막신 끌고 도착했던 일, 논쟁들, 대여섯 차례의 홀아비 생활, 그리고 내 완고한 머리는 내가 동료들의 음역音域으로 올라가는 것을 방해했던 몇 번의 방탕 생활 등에 대한 추억으로 마음을 북돋아 보려고 한다. 나는 신적인 즐거움의 내 낡은 몫을 그리워하지 않는다. 이 거친 들판의 수수한 공기가 내 지독한 회의주의를 적극 자극하고 있다. 그러나 이 회의주의는 이제 작동될 수 없고, 게다가 나는 어떤 새로운 혼란에 열중하고 있기에,─ 나는 아주 험악한 광인이 되기를 기다리노라.

상기에 인용된 제2부에는 랭보가 겪은 구체적인 삶들이 나열되어 있다. "비렁뱅이, 도제시절, 나막신, 논쟁들, 홀아비 생활, 동료들"…… 이런 어휘들을 감싸고 있던 랭보의 일상적인 시간들은 "신적인 즐거움"이라는 존재론적 의식으로 영위되었다. 그렇지만, <언어의 연금술>에 매달렸던 1872년도 파리에서의 문학 생활을 "회의주의"적인 삶으로 규정하고, 그는 도시의 혼란과 예술가들의 주관적인 손을 벗어나, "거친 들판의 수수한 공기"에 싸여 있다. 이는 어린 시절로의 회귀를 의미한다. 1872년의 작품인 「기억」을 통해 산형화 핀 초원에서 작은 양산을 들고 꼿꼿이 서 있던 어머니의 고독과 그 곁에서 책을 읽었던 자식들의 말없는 불행을 우리는 알고 있다. 이 들판을 휘감고 있던 공기는 행복과 온화함을 상실한 채, 영혼을 침잠시키는 불우한 대기의 흐름이었다. 흘러간 하나의 삶에 대한 그리움과 회한이 랭보의 정신을 지배하는 것이다. 고향의 시골 들판에서 멀리 떨어져, 「취한 배」라는 한 편의 시를 주머니에 찔러 넣고 올라온 파리에서의 무절제한 생활, 베를렌과의 만남 및 논쟁, 동료 예술가들의 몰이해, 시학에 대한 실패의 감정을 통하여 과연 그는 무엇을 얻은 것인가? 이것은 운문 정형시에서 산문시로 전환되는 과정에서 겪은 시적 창조의 고통이었지만, 쓸모없는 시학으로 점철된 과거의 "낡은 몫"은 더 이상 그리워할 대상이 아니라는 것을, 『지옥에서 보낸 한철』의 시편들에서 그랬듯이, 랭보는 「삶들」이라는 텍스트에서 토로하고 있는 것이다. 모든 것은 "새로운 혼란"에 대한 열중으로 바뀌고, "거친 들판의 신사"는 "험악한 광인"이 되는 자신의 운명을 직시하고 있다. 이런 광인의 것과 같은 기괴한 영혼을 소유하고 미지세계로 떠나야 한다는 <투시자의 편지>의 절대 명제가 여기서 다시 제시되고 있는 셈이다. 새로운 "발명가"는 "제 발명품들을 느끼고 촉지하고 들을 수 있도록 해야 할 것이며" 보편적인 사랑의 열쇠 혹은 음자리표를 찾은 "음악가"는 "활을 한 번 켜서, 심포니가 저 깊은 곳에서 울리도록" 해야 할 것이다.

III

> 열두 살 때 갇혔던 어느 다락방에서 나는 세상을 알게 되었고, 인간희극을 밝혀내었다. 어떤 지하 저장실에서는 역사를 배웠다. <북쪽> 도시의 어떤 야회에서 나는 옛 화가들의 모든 여자들을 만났다. 파리의 어느 오래된 통로에서 사람들은 나에게 고전 학문을 가르쳐 주었다. <동방> 전체로 둘러싸인 한 장엄한 처소에서 나는 내 거대한 작품을 완성하고 눈부신 은둔기를 보냈다. 나는 내 피를 뒤섞었다. 나는 의무에서 벗어났다. 이것을 더 이상 생각할 필요조차 없다. 나는 실제로 무덤 저 편의 존재이며, 전할 말도 없도다.

「고별」에서의 작별인사가 상징적이고 암시적인 반면, 이 3부에서 랭보는 작품의 완성, 은둔, 벗어난 의무를 명시적으로 언급하고 있다. 우선 그는 "열두 살"의 자신을 돌아본다. 발작의 대작을 연상시키는 "인간희극"을 그가 밝혀낸 것은 외가의 다락방이었고, 여기서 그는 자신의 문학적인 삶을 청산한 『지옥에서 보낸 한철』 이후에 완성된다. 이곳은 "장엄한 처소"였다. 좁은 공간들(다락방, 지하 저장실, 파리의 오래된 통로)로부터 그는 거대한 역사와 학문의 길로 통하는 대로로 나섰던 것이다. 그가 도달할 "동방"은 구원의 대지였다. 랭보에게서 동방이란, 불길한 소리들이 되돌아오는 곡선이 아닌, 저 먼 직선의 극단에서 성취될 "진보"의 세계이기 때문이다. 그의 「신비」를 읽어 보자.

> 비탈의 사면위에서 천사들이 강철과 에메랄드의 풀밭에서 그들의 모직옷을 돌리고 있다.
> 불꽃의 초원은 둥근 언덕의 꼭대기까지 뛰어 오른다. 왼쪽으로 능선의 부식토는 온갖 살인과 온갖 전쟁에 짓밟히고, 모든 불길한 소리들이 그 곡선을 자아낸다. 오른쪽 능선 뒤편에는 동방과 진보의 직선.
> 그림 윗부분의 띠는 바다의 소라고둥들과 인간적인 밤의 소용돌이치며 솟구쳐 오르는 소음으로 이루어진 한편,
> 별과 하늘과 나머지 것들로 꽃핀 온화함이 비탈을 마주하여, 바구니처럼, 우리 얼굴에 부딪칠 듯 내려와, 저 아래 쪽에 향기롭고 푸른 심연을 만든다.
>
> (「신비」의 전문)

"강철과 에메랄드의 풀밭" 언덕에서 제 옷을 돌리고 있는 천사들이 시에 먼저 등장한다. 이들은 『일뤼미나시옹』에 기거하는 불가사의한 여인들로서, 언어로 지시하고 규정할 수 없는 인식 밖의 존재들이다. 천사들이 만드는 이미지의 이런 회전운동은 초원을 언덕 꼭대기로 뛰어오르게 한다. 모든 대상들이 색과 선으로 표현된 후 화폭에 담겨 있는 "그림" 속에서 어떤 움직임을 포착하는 것은 전적으로 풍경을 바라보는 "우리"－시의 종결부분에서 "우리의 얼굴"이라는 말로 시의 주체가 암시되어 있다－의 상상적 힘에 기인한다. "우리"는 화면을 네 부분으로 나누어 묘사하고 있다. 왼쪽에는 전쟁이나 살인의 재앙적인 소리가 곡선을 그리고 있고, 오른쪽에는 동방의 진보가 직선으로 뻗어나간다. 윗부분은 밤바다의 소라기둥 소리가 둥그렇게

돌아 나오고, 아래쪽에서는 향기로운 온화함이 내려와 우리의 면전에서 꽃향기 그득한 푸른 심연을 만들고 있다. 회전이나 곡선 그리고 수직이나 수평선이 마치 그림의 초벌구도인양 서로 엇갈리고 있는 것이다. 여기에 우리의 감각을 또 다른 세계로 이끄는 여러 소리가 뒤섞이고 있는데, 채색판화의 피상적 사물들로부터 영감을 받은 랭보의 시어는 "신비"의 옷을 두르고 우리를 현대시의 바다와 같은 "푸른 심연"으로 이끌고 있다.

이 화폭의 사물들과 소음들은 곡선이나 사선 혹은 불규칙한 소용돌이의 형상으로 움직이지만, 동방으로 향하는 움직임은 직선이다. 어쩌면 그림의 구도에서 오른 쪽으로 뻗는 동방의 직선이 중심선일 수 있다. "찬란한 도시들"(「고별」) 혹은 "고도古都"(「갈증의 코미디」)로 표현되었던 진보의 시적 공간은 시공을 뛰어넘어 모든 존재들을 만나게 해 주는 영혼의 우주적 상응이 가능한 형언할 수 없는 곳이다. 이 「삶들」의 3부는 마지막 문장을 제외하고 모두 과거로 표현되어 있다. 어린 시절, 외가 다락방에서, 그리고 성장한 후 파리의 오래된 거리에서, 책과 그림을 통해 깨우쳤던 세상들은 온통 동방으로 둘러싸인 찬란한 거처로 변모되었다. 그가 피를 휘저으며 하나의 운명을 마칠 곳도 바로 그곳이리라. 그리고 그는 "무덤 저편"에 존재할 것이다. 그곳은 별과 하늘 그리고 대지가 만나는 거대한 장소이기 때문이다.

3) 「노동자들」

오오 2월의 이 따스한 아침. 때도 아닌 <남풍>이 우리 터무니없는 극빈자들의 기억을, 우리 젊은 날의 가난을 다시 들추어냈다.
헨리카는 지난 세기에나 입었어야 할 흰색과 갈색의 작은 체크무늬 면치마에, 리본 달린 모자를 쓰고 비단 스카프를 두르고 있었다. 그건 상복

보다 훨씬 더 슬펐다. 우리는 교외를 한 바퀴 돌았다. 날은 흐리고, <남녘> 바람이 황폐한 정원과 말라버린 초원에서 온갖 역겨운 냄새들을 몰고 왔다.

그것은 내 아내를 나만큼은 지치게 하지 않았던 것 같다. 아내는 제법 높은 오솔길에 지난 달 홍수로 생긴 물웅덩이 속 아주 작은 물고기들을 나더러 보라고 가리켰다.

도시는, 그 연기와 작업장의 소음으로, 아주 멀리까지 길을 따라 우리를 쫓아왔다. 오오 다른 세상이여, 하늘과 나무그늘로 축복받은 주거지여! 남녘은 내 어린 시절의 비참한 사건들을, 여름날의 내 절망들을, 운명이 늘 나에게서 떼어놓았던 무섭도록 많은 힘과 학문을 생각나게 했다. 아니다! 우리가 오직 약혼한 고아들로만 남을 이 인색한 나라에서 우리는 여름을 보내지 않으리라. 이 굳어진 팔이 *소중한 이미지 하나*를 더 이상 끌고 다니게 하고 싶지 않다.

『일뤼미나시옹』의 다른 시편들과는 달리 이 작품은 사실주의적이며 그 문체도 서술적이다. 이런 점에서 『지옥에서 보낸 한철』과의 연관 관계를 다루는 것도 매우 흥미로울 것이다. 2월 어느 날, "나"는 아내 헨리카와 함께, 공업화된 도시가 멀리 내려다보이는 교외 언덕을 산책한다. 때도 없이 부는 "남풍"이 젊은 시절 그들이 겪었던 빈곤과 비천함에 대한 기억을 실어 온다. 우리가 살펴본 1872년의 시 「카시스의 강」에서도 알 수 있듯이, 랭보에게서 바람은 저 세월의 심연으로부터 지나간 사건들을 몰고 온다. 까마귀 떼가 울어대고 계곡에서 "카시스의 강"이 굉음을 내며 흐르는 원초적 풍경 속에서 바람은 전나무 숲으로 내려 불며, 중세 시대 전투에서 스러진 기사들의 정념의 소리를 몰고 온다. 강가의 황량한 옛 성터에서 시인의 영혼은 수백 년 전의 전장을 떠올린 것이다. 이런 랭보의 시적 영감을 이어받은 이브 본푸아는 그의 시 「추억」을 이렇게 시작하고 있다.

바람이 단숨에, 저 아래, 닫힌 집 위로
휘감아 올린 그 추억은 나를 떠나지 않는다.
그것은 세상을 거쳐 나온 화포畵布의 커다란 소음,
지금 막 색채의 직물이
사물의 바닥까지 찢어진 듯하다.
추억은 멀어져 가다 되돌아온다,
그것은 가면 쓴 한 남자와 한 여자, 이들은
너무도 큰 배를 물에 띄워 보내려는 듯하다.
바람에 돛은 그들 몸짓 위로 쓰러져 넘어진다,
돛에 불이 붙고, 물은 검구나,
오오 추억이여, 네가 남긴 것들로 무엇을 하겠느냐,

(본푸아, 「추억」)

바람이 닫힌 집 위로 휘감아 올린 추억은 "세상을 거쳐 나온 화포의 커다란 소음"이며, 그 소음을 싣고 오는 시간의 육체성이다. 피륙의 찢어지는 이 근원적인 소리는 인간의 영혼이 품을 수 있는 풍경들의 파괴이며, 그 폐허 너머로 엿보이는 옛 광경들의 소생을 의미한다. 「추억」의 "한 남자와 한 여자"는 지나간 시간들의 존재이며, 되살아난 삶의 풍경 속에 기거하는 말없는 형상들이다. 이들이 랭보의 시편 속 "노동자들"의 또 다른 육신들이 아니겠는가. 그렇지만 본푸아 시의 강가와는 달리, 랭보의 시에서 배경은 도시 외곽이다. 말하자면 랭보의 시는 근대성의 상징에서 태동되고, 20세기 시인 본푸아는 자연의 황량함을 다시 껴안은 채, 삶의 근원과 명징을 탐구하는 것이다.

도시 주변의 "황폐한 정원과 말라 버린 초원에서 온갖 역겨운 냄새들"이 지난 삶의 고통처럼 함께 다가오고 있다. 지난 세기에나 어울릴 것 같은 헨리카의 체크무늬 면 치마, 리본 달린 모자, 비단 스카프는 어쩐지 상복보다 더 슬펐다. 시간의 편차가 만드는 영혼의 깊은 상흔에 죽음이 드리우는 듯했다. 도시 외곽을 걷은 이 노동자는 화려한 상복에 도도한 모습으로 파리의 시끄럽고 혼잡한 거리를 지나가는 보들레르의 "어느 지나가는 여인une passante"보다 더 심오한 삶의 진실을 간직하고 있다. 파리의 산책자인 보들레르와 서로 눈빛이 순간적으로 마주친 이 "사라지는 아름다운 여인"(보들레르, 「어느 지나가는 여인에게」)은 전생과 현생과 후생을 화살처럼 꿰뚫고 영원성으로 나아가는 환상의 존재이고, 시적 근대성의 화신이다. 그러나 부르주아의 반대편 언덕에서 이미 고단한 삶을 겪고 "연기와 작업장의 소음"으로 덮인 근대의 도시를 내려다보는 노동자 부부의 슬픔과 비참이 있기에, 역사의 상처는 치유할 길 없는 것이다. 이것은 랭보 시의 진실이며, 『일뤼미나시옹』의 시편들이 "채색 판화"에 대한 단순한 재해석의 틀에서 벗어나 있음을 말하는 것이다. 랭보가 문학에 등을 돌릴 때, 그가 부인한 것은 시의 행위일 뿐 시가 품고 있는 내면의 메시지는 천둥처럼 울려 시대를 관통하고 있는 것이다.

언덕 오솔길에서 헨리카는 홍수로 생겨난 어느 물웅덩이를 말없이 "나"에게 가리킨다. 거기에는 작은 물고기들이 있었다. 산업화되는 도시 작업장의 소음들이 공장의 연기들과 함께 그들을 따라온다. 남풍은 또 다시 어린 시절의 비참한 사건들, 여름날의 절망들 그리고 그가 추구했던 지긋지긋한 "힘과 학문"들을 싣고 온다. 부부는 이 "인색한 나라"에서 더 이상 시간을 보내지 않을 것이다. "소중한 이미지"는 이곳에서 태어나지 않을 것이며, 그가 도달하고자 하는 "또 다른 세상"은 "하늘과 나무그늘로 축복받은 주거지"이기 때문이다. 비록 이 시편이 사실주의적 관점에서 분석될 수 있다하더라도, 랭보가 말하고 있는 헨리카는 누구인지 이 도시가 어디인지에 대한 전기적인 규명은 부차적이다. 우리는 또한 시의 풍경을 비구상적 구도를 통하여 바라볼 수 있을 것이다. 헨리카는 그 의상으로 인하여 지난 세기의 여인이다. 시공 너머 지금 도시근교에 나타난 그녀가 가리키는 언덕길 물웅덩이의 물고기는 비현실적이다. 알 수 없는 도시의 소음을 들으며, "나"는 망령과도 같은 존재와 함께 있는 것이다. "노동자들"은 다가오는 "또 다른 세상"을 환상처럼 꿈꾸고 있는 것일까? 시인은 이제 "굳어진 팔"로 그 환상조차 쓸 수 없는 것인가? 이것은 랭보의 물음이며, 우리의 문학이 어디로 가고 있는가에 대한 성찰과 관계되는 것이다.

4) 「비속한 야상곡」

글쓰기의 거부는 침묵으로 각인된 기술체가 선행해야 하고, 그 침묵을 <말하기> 위하여 창조적 언어가 필요하다. 「어린 시절」의 "침묵의 대가"와 그가 "궁륭 구석"의 "환기창"을 통해 바라보는 시의 좁은 하늘이라는 두 존재는 서로 화합하고 조화를 이루어 『일뤼미나시옹』의 각 시편들이 지니고 있는 시적 이미지들의 상충관계가 해소되어 있다. 이러한 섬세한 전체성은 「비속한 야상곡」에 잘 드러나 있다. 하나의 거처가 만들고 있는 공간은 분해와 해체를 통하여 또 다른 세계로 열리고 있다. "입김"으로 형상화된 파괴적 현상은 의식의 행위이고 언어행위의 창조성이다. 시인의 문학적 체험에 의하여 세워진 공간은 그 창조성으로 새로운 열림을 성취하는 것이다.

> 입김 하나가 칸막이 속의 오페라풍의 틈새를 벌리고,—녹슨 지붕의 중심축을 뒤흔들며—화덕의 경계를 흩뜨리고,—십자형 창살을 지운다. 포도밭을 따라, 한쪽 발을 이무깃돌에 올려놓고,—나는 볼록거울과 굽혀진 외판外板과 뒤틀린 소파로 충분히 그 시대를 알 수 있는 사륜마차를 타고 내려갔다.

안락과 내밀성을 약속할 수 있는 격자형 유리창과 화덕이 갖추어진 거처는 파괴되고 외부세계로 열리며 그곳의 거주자였던 "나는 포도밭을 따라, 사륜마차를 타고 내려"간다. 그는 더 이상 주관적인 생명체가 아니며, 텍스트내의 함정을 빠져나와 광활한 현실에서 변질될 수 없는 진실을 추구하는 보편적 객체로 변한다. 이 객관화된 서술자를 1871년의 <투시자의 편지>에서 말하고 있는 타자의 개념으로서의 "나"와 동일한 존재로 파악할 수 있을까? 『일뤼미나시옹』이 기존의 관념적 언어체계와 그 위에 설정된 주관적 시의 파괴를 보여 주는 전형이라는 점에서, 이 두 존재의 상관성은 강조될 수 있을 것이다. 객체화된 『일뤼미나시옹』의 서술자가 시의 파멸 이후 도달하는 곳은 감각의 세계에서 파악될 수 있는 것 너머에 존재하는 텅 빈 장소인 것이다. 즉, 시의 공허가 시적 울림으로 남아 있는 곳이다. 여기서 시인은 의식과 시 자체의 소멸을 상징하는 언어인 "수면" 혹은 "어리석음" 속으로 빠진다. 경계가 없으며, 밤하늘의 자연으로 열리고 혹은 여성의 육체로까지 동화되는 공간 속으로 잠입하는 것이다.

> 　고립된, 내 수면의 영구차, 내 어리석음의 시골집, 마차는 지워진 대로의 잔디 위에서 선회하고, 오른쪽 거울꼭대기의 오목한 곳에서 달의 창백한 형상들, 나뭇잎들, 젖가슴이 돌고 있다.
> ──매우 진한 초록과 푸른색이 그림을 뒤덮고 있다.

　　롤랑 바르트Barthes의 말처럼, 완벽한 안락감으로 외부와 차단되어 있고 "절대적으로 완성된 공간"이며 "가차 없이 닫혀 버린 (……) 최상의 집"(『신화론』)이었던 쥘 베른Jules Verne의 노틸뤼스Nautilus호가 회오리치는 거대한 소용돌이에 휘말려 그 몽상과 도취의 세계는 종말을 맞이하듯, 서술자의 거처는 영혼의 휘말림 속으로, 1871년에 예고한 「취한 배」의 자유롭고 위험스런 항해로 인도되는 미지의 곳, 시어로 표현할 수 없는 원초의 깊은 늪으로 들어가는 것이다. 시인이 시어의 확장 속에서 발견하는 틈새, 언어 사이의 빈자리가 있다. "오목한 곳", 기존의 언어체계로는 메울 길 없는 이 심연이 가장 시적인 대상들로 채워지는 순간, 시는 완벽성에 도달한다. 랭보는 이처럼 『일뤼미나시옹』에서 시의 완성된 상태를 제시하고 있다. 그러나 문학이 그 창조적 힘의 절정에 이르렀을 때, 동시에 그 쇠퇴는 예견된다. 문학이 이루어지는 공간은 침묵을 말하려는 의지로 점령되며, 한 작가는 오직 한 작품 속에서 스스로를 성취하면서 그 작품의 무한함 속으로 사라지는 것이다. 의식의 시선이 서서히 닫히듯, 뒤덮은 "진한 초록과 푸른색"으로, 창조된 그림이 담고 있었던 공간의 구분과 대상들의 정체성들은 소멸되고 만다. 여기서 우리가 곧바로 떠올릴 수 있는 "한줄기 흰 광선이, 하늘 높은 곳에서 내려와, 이 코미디를 소멸시킨다"라는 「다리들」의 마지막 구절은 언어세계의 허상이 파괴되는 과정을 보여 주는 것과 다름 아닌 것이다. 이 침묵의 색채들이 시의 찬란한 아름다움을 단순화시킬 때, 랭보의 각 시편들은 어두운 심연, 침묵의 공허 속으로 시인을 밀어내면서 시인을 거부한다. 언어에 집착하는 작가는 그 작품의 중심에서 벗어나 있는 것이다. 이 두 존재의 관계에 대하여 블랑쇼는 "그것을 쓰기 위해서든, 그것을 읽기 위해서든, 작품의 종속 속에서 살고 있는 자는, 언어행위가 감추면서 보호하거나, 작품의 침묵적 공허 속으로 사라짐으로써 다시 나타나게 하는 단어, 그 단어 존재만을 표현하는 것의 고독에 속하게 된다"라고 말했다(『문학의 공간』). 랭보는 침묵의 곁에 더 이상 머무르지 않으며, 외부에서부터 그것을 바라본다. 이 거리로부터 비인성적 언어가 확인되며 1871년 5월의 편지에서 말하고 있는 객관적 시가 여기서 드러나는 것이다. 『일뤼미나시옹』의 시편들은 시인의 존재나 시인이 말하는 것을 표현하지 않는다. 시인은 화자가 아니며, 그는 자신이 창조한 자의 언어적 파괴에 참여하지 못하고 있기 때문이다. 오직 시인 내부의 거역될 수 없는 타자만이 존재할 뿐이다.

5) 「야만인」

나날들과 계절들, 존재들과 나라들 이후에,
북극 바다들과 꽃들로 짠 비단 위로 피 흘리는 고깃덩이의 깃발; (이런 바다들과 꽃들은 실재하지 않는다.)
영웅주의의 해묵은 팡파르에서 벗어나서—그 팡파르는 아직도 우리의 가슴과 머리를 공격하는구나—옛날의 암살자들에게서 멀리 떨어져—
오! 북극 바다들과 꽃들로 짠 비단 위로 피 흘리는 고깃덩이의 깃발; (이런 바다들과 꽃들은 실재하지 않는다.)
감미로움이여!
서리의 돌풍 속에 쏟아지는 숯불덩어리들,—감미로움이여!—우리를 위해 영원히 탄화하는 대지의 심장이 내던지는 다이아몬드의 비바람 속 불길.—
오 세계여!—
(들을 수도, 느낄 수도 있는, 해묵은 은둔과 해묵은 불길에서 멀리 떨어져,)
숯불덩어리들과 거품들. 음악은, 심연의 소용돌이이며 얼음덩이와 별의 충돌.
오 감미로움이여, 오 세계여, 오 음악이여! 그리고 거기, 형태들, 땀, 머리카락과 눈동자들, 떠돌고. 투명한 눈물들, 끓어오르고,—오 감미로움이여!—그리고 북극 화산과 동굴 밑바닥에 도달한 여자 목소리.
깃발은······.

추운 극지를 배경으로 한 이 시편은 「메트로폴리탄」의 마지막 문단을 상기시킨다. "그녀와 함께, 너희들이 눈雪의 광채들, 녹색 입술들, 빙산들, 검은 깃발들 그리고 푸른 광선들 사이에서 뒹굴었던 아침, 그리고 양극지의 태양의 자줏빛 향기들,─너의 힘"(「메트로폴리탄」). 그곳의 "검은 깃발" 대신에 여기서는 피 흘리는 붉은 깃발이 펄럭인다. 이 깃발은 하늘이며, 핏빛 고깃덩이는 태양이라는 보편적인 해석을 받아들인다면, 랭보는 바다 위로 비춰지는 태양빛의 비단결과 그 위의 하늘 및 태양의 감미로운 혼합을 노래한 것이며, 이는 1872년의 자유 운문시편 「영원」에서 묘사되고 있는 "수자編子의 잉걸불"이라는 극단적 미학의 표현을 이어받고 있는 것이다. 가사의 후렴구인 양 바다 위에 펄럭이는 이 깃발의 모습은 반복되어 나온다. 옛 "암살자들"이 살았던 "계절"과 "나라"는 멀리 떨어져 있고, 그 시절의 "팡파르"도, 비록 아직 가슴에 남아 있지만, 이제 들리지 않는다. 「도취의 아침나절」에 나오는 "암살자들"─하시시를 피우는 자들─의 "독"은 뇌리에 환청의 팡파르를 울리고, 그들의 혈관에 남아 흐르고 있었다. 이제 그 곡조가 아닌, 심연의 소용돌이 속에서 얼음과 항성들의 충돌로 나오는 새로운 음조가 탄생될 것이다. 그것은 "북극 화산과 동굴 밑바닥에 도달한 여자 목소리"가 될 것이다. 문명의 야만성("피 흘리는 고깃덩이의 깃발")은 "해묵은 불길"이 아닌, 서리의 돌풍으로 이글거리는 잉걸불로 상징되고, 화산 및 동굴의 원초성은 창조의 근원으로 우리를 인도하고 있다. 과거에 존재했던 "해묵은" 모든 것들에 대한 부정의 시학이다. 1872년의 「눈물」에서 시인이 "새들과 양떼들과 마을 여자들로부터 멀리 떨어져", 창조의 갈증 속에 웅크리고 있을 때, 바람은 하늘에서 "얼음덩어리"를 떨어뜨렸다. "화산"에서 솟구치는 뜨거운 물줄기, 끓어오르는 "투명한 눈물"과 빙산의 얼음덩어리들과의 만남은 랭보 시의 <야만적> 창조력인 것이다. 야생적 이미지의 파괴적인 힘으로 작동되는 랭보의 이러한 언어행위는 「요정」

에서도 거침없이 나타나 있다.

> 엘렌을 위하여 처녀지의 어둠 속 장식적인 수액들과 별들의 침묵 속 차
> 가운 광채들이 공모하였다. 여름날 열기는 소리 없는 새들에게 맡겨졌고,
> 오만함은 죽은 사랑과 스러진 향기의 내포에 들어온 가격도 매길 수 없
> 는 슬픔의 작은 배에서 요구되었다.
> ―나무들의 잔해에 덮인 급류의 소란 속 나무꾼 여자들의 노래, 골짜기에
> 메아리치는 짐승들의 방울소리, 그리고 대초원에서 들려오는 비명의 시
> 간이 지난 뒤.―
> 엘렌의 어린 시절을 위하여 동물 털들과 어둠들은 전율하였다―가난한
> 사람들의 젖가슴도, 하늘의 전설들도.
> 그리고 귀중한 광채보다, 차가운 영향력보다, 유일한 장식, 유일한 시간
> 의 쾌락보다 더 우월한 그녀의 눈빛과 춤.
>
> (「요정」 전문)

"요정"은 필경 시의 첫머리에 나오는 "엘렌"일 것이다. 이 요정은
어두운 숲 속의 수액과 침묵에 빠진 별들의 광채가 공모하여 탄생된
다. 하늘과 대지의 합일로 인한 새로운 생명의 도래를 의미한다. 그
한편에는 죽음이 동시에 존재한다. "죽은 사랑"과 "스러진 향기"를
실은 배가 뜨거운 여름 햇살 아래 어느 만에 떠 있다. 엘렌은 "소리
없는 새들"의 환생인 듯, 이렇게 하나의 죽음을 딛고 있는 것이다. 문
장 양쪽의 복합 연결선에 의하여 메타 텍스트로 독립되어 있는 두 번
째 문단은 매우 암시적이다. 나무의 잔해들, 급류의 광폭한 소음, 여
자 나무꾼들의 노래 소리, 어느 계곡 속 짐승들의 방울 소리, 대초원
에서 들려오는 비명들……. 자연과 인간과 짐승의 소리들이 깊은 숲
속에서 뒤섞이고 서로 메아리치면서, 위기와 두려움의 급박한 흐름으
로 다가온다. 이 순간 이후, 엘렌의 어린 시절은, 모든 것들의 두려운
존중 아래, 가난한 유모의 젖과 "하늘의 전설" 속에서 지나갔다. 눈빛

과 춤의 자태가, 유일하고 절대적인 그 어떤 쾌락보다 더 우월한 이 요정은 신화 속의 여신과 닮아 있다. 그녀의 눈빛은 운문 정형시편인 「모음들」의 마지막 3행연에서 언급되고 있는 "오메가, 보랏빛 광선"이 아닐까? 그렇다면, "세상들과 천사들이 가로지르는 침묵"(「모음들」)은 엘렌의 태동을 위한 거대한 언어의 심연이었던 것이다. 「헌신」에서도 수녀들, 악마, 성스런 은둔자에 대한 경배를 통하여, 하나의 계절과 세계는 북해의 조난자로 사라지고, "극지의 혼돈"이 다가온다. 랭보 의 초기 시에서부터 명시적으로 드러난 가톨릭에 대한 거부가 여기 서 언어의 또 다른 위상을 갖고 재현되는 것인가라는 질문과 함께, 오뒤세우스가 귀향의 여정에서 만난 키르케—이 시의 "시르세토 Circeto"가 키르케의 변형으로 볼 수 있다—가 섬이 아닌 극지의 빙산 에 존재하는 "형이상학적 여행"일지라도, 새로운 시학에 대한 랭보의 "헌신"은 지속될 것이다.

3. 신화로 텍스트 읽기

1) 「대홍수 이후」의 유카리스

이 작품은 1886년 5월 13일에 나온 『라 보그』지 제5호에 처음 실렸 다. 우리가 "대홍수"라고 번역하는 것은 이 단어가 대문자로 되어 있 으며, 성경이나 신화에 나오는 새로운 인류의 창조와 관련되어 있기 때문이다. 랭보는 새로운 세상의 구축을 이 대홍수라는 테마를 통하 여 제시하고자 했던 것이다. 오비디우스Ovidius의 『변신Métamorphoses』 에는 인간들의 타락을 못마땅하게 여긴 천상의 신 제우스가 온 세상에 대홍수를 일으켜 인류를 멸망시키는 장면이 나온다. 그는 천상의 물을 다 쏟아붓는 것으로 그치지 않고, 형제지간인 포세이돈과 강을 다스리는 여러 신들의 힘을 빌려서, 바다와 강, 모든 물을 총동원하여 이 땅을 삼켜 버리게 하였다. 전령을 보내어 강의 신들을 불러 이렇게 호령했던 것이다. "길게 말할 것도 없다. 물줄기란 물줄기를 다 끌어 모으고 수문은 다 활짝 열어 물이 제 마음대로 흘러넘치게 하여라." 제우스의 명령을 어길 자는 없다. 포세이돈이 그의 삼지창으로 대지를 때리자, 온 땅이 요동치며 모든 물길은 다 열렸다. 포세이돈과 강의 신들은 바다에서 해일을 일으켜 엄청난 양의 바닷물이 대지를 덮치고 강과 하천은 모두 범람하도록 하였다. 이런 일이 9일 동안이나 지속되었던 것이다. 세상에 남은 것이라곤 아무것도 없었지만, 성경의 노아처럼 기적적으로 살아남은 자가 있었다. 데우칼리온과 그의 아내 퓌르라가 그들이다. 단둘만 있는 이 세상에서 어떻게 하면 새로운 인류를 만들고 다시 세상을 일으킬 수 있는지 고민하다가 테미스 여신의 신전을 찾아가 여신의 뜻을 듣기로 하였다. 여신은 이들을 가엾게 보고 "너희들 크신 어머니의 뼈를 어깨 너머로 던져라"라고 일러 준다. 이 상징적인 언술을 데우칼리온은 "어머니라는 것은 바로 우리가 태어난 대지이고 그 어머니 뼈는 바로 대지 속의 돌일 것이다"라고 해석하였다. 데우칼리온과 그의 아내는 테미스 여신이 시키는 대로 어깨 너머로 돌을 던졌더니, 구르던 돌들은 말랑말랑해지면서 점차 사람의 형태로 변했다. 새로운 인류는 이렇게 돌에서 생겨났다는 것이 신화의 설명이다. 랭보의 시에서 "대홍수 이후" 산토끼가 신선한 수풀 속에 나타나 무지개를 향하여 기도하며, 소중한 돌이 드러나고 꽃들의 시선이 자연을 지배하고 있다. 삼라만상이 언어와 몸짓 그리고 시선으로 소통하는 상응의 공간이 펼쳐지고 있다. 그러나 이 만물상응의 우주는 범상하지 않다. 그곳에는 피가 흐르고 슬픔에 잠긴 아이들이 있으며, 찬란한 건축물은 카오스 위에 설립되어 있다. 우주는 관념적인 대홍수 이후의 카오스에서 아직 벗어나 있지 못한 것이다. 헤시오도스Hesiodos는 『신통기』에서 "맨 처음 생긴 것이 카오스"라고 말하면서, 뒤에 생겨날 우주가 들어갈 공간으로 규정했다. 일반적으로 우리는 카오스를 혼돈의 의미로 사용하는 오비디우스의 견해를 따르고 있지만, 그 후 신들의 생성 과정은 모두 헤시오도스의 작품을 통하여 알게 된다. 카오스에서 어두운 밤의 여신 뉙스가 태어났고, 뉙스로부터 낮의 여신 헤메라가 생겨났듯이, "장엄호텔이 극지의 얼음과 밤의 혼돈 속에 건립되었다"는 것은 새로운 세상의 구축을 의미한다. 이어, 랭보는 말한다.

> 그때부터, 달은 재칼들이 백리향의 사막에서 날카롭게 울어대는 소리를 들었다, ─또한 과수원에서 나막신의 목가牧歌들이 투덜대는 소리를. 그러자, 싹 돋은 보랏 빛 수림에서, 유카리스가 나에게 봄이라고 말했다
>
> (「대홍수 이후」)

극지에서 봄을 맞이한 것은 유카리스의 선언에 의하여 이루어졌다. 보랏빛 숲 속에 나타나 "나"에게 말을 거는 "유카리스"는 오뒤세우스의 아들인 텔레마코스가 사랑한 사냥의 요정이다. 페늘롱Fénelon이 17세기 말에 호메로스의 『오뒤세이아Odysseia』를 번역하고 그것을 바탕으로 집필한 『텔레마코스Télémaque』의 제6장에 이 두 사람의 사랑, 그리고 자신이 좋아했던 오뒤세우스를 빼닮은 텔레마코스에게 사랑을 호소하는 칼립소의 이야기가 나온다. 베누스의 요청에 따라 바다의 신 넵투누스가 일으킨 무서운 바다 폭풍을 뚫고 텔레마코스는 아버지의 친구인 멘토르로 변신한 여신 미네르바에 이끌려 칼립소의 섬

으로 떨어진다. 칼립소는 자신의 모험담을 쏟아내는 텔레마코스에 넋을 잃었지만, 정작 오뒤세우스의 아들은 그녀를 수행하는 요정 유카리스를 더 좋아하게 된다. 랭보가 페늘롱의 이 작품을 직접 읽었을 가능성이 있으며, 미네르바가 유카리스의 사랑으로부터 텔레마코스를 떼어놓고자 칼립소의 섬을 벗어나게 하기 위하여 그를 바위 높은 곳에서 바다로 던져 버렸던 사실을 언급하고 있는 고티에의 글을 접했을 개연성도 충분하다. 랭보는 칼립소보다 유카리스를 선택하였다. 그 존재는 호메로스의 작품에 나타나지 않으며 페늘롱의 창작이기에 더욱 신선하고, 근대적이며, 미지의 여인인 셈이다. "판화에서처럼 높게 층을 이룬 바다 쪽으로 사람들은 배를 끌어갔다"라는 시구는 미네르바가 섬을 탈출하기 위하여 건조한 배를 상기시키며, 또한 그 배가 아마도 유카리스를 포함한 칼립소의 요정들에 의하여 불태워질 것임을 그 이후의 보다 비극적인 장면에서 암시되고 있다. 대홍수를 유발했던 뤼카온 왕의 야만적 행위에 대한 암시로도 해석될 수 있지만, 이 피의 장면이 담고 있는 시적 상징은 신화의 담론을 관통하며 겹쳐지고 있다.

새로운 생명체의 탄생은 "관념"을 벗어난 진정한 대홍수의 도래에서만이 가능할 것이다. 진정한 대홍수가 도래하기 전의 세상은 제우스의 홍수 이전의 뤼카온으로 대표되는 인류가 벌이는 잔혹한 행위와 닮아 있다. 천국으로 간주되었던 아르카디아의 대로는 불결하고, 피가 흐르고, 도살장으로 상징하는 죽음이 그득하다. "대홍수의 관념"으로 시작된 「대홍수 이후」의 후반부에서, 랭보는 이제 "관념"을 넘어 세상을 바꾸어놓을 "번개와 천둥"을 기원하고 있다. "대홍수는 가라앉았다"라는 마지막 단락의 구절은 대홍수의 존재와 그로 인한 세상의 창조를 확인한다.

—솟구쳐라, 연못이여,—거품을 뿜어라, 굴러라, 다리 위로, 숲을 넘어,—
검은 깃발이여, 오르간이여,—번개여, 천둥이여,—높아져라, 굴러라,—물
이여, 슬픔이여, 높아져라, 대홍수들을 다시 일으켜라.
대홍수가 가라앉은 이후,—오 묻혀 있는 보석들, 그리고 피어 있는 꽃들!
—그것은 권태로다! 그런데 <여왕>은, 질그릇 단지 속에 잉걸불을 불어
일으키는 <마녀>는, 그녀가 알고 있고, 우리가 모르는 것을 결코 우리에
게 이야기하려 하지 않으리라.

(「대홍수 이후」)

   대홍수 이후 인간 이외의 다른 동물들 중에서 가장 지배적인 것은
오비디우스의 작품에서처럼 왕뱀 퓌톤이었다. 그러나 퓌톤은 아폴론
의 화살에 의하여 살해되었고, 왕뱀의 부인 퓌티아가 신전에서 신탁
을 내리게 되었다. 왕뱀이 죽자, 제우스의 뜻에 따라 사람으로 변신한
퓌티아를 여사제로 두고 찾아오는 사람들에게 그녀를 통해 아폴론은
예언을 전달하기 시작했던 것이다. 그녀는 삼각대 모양의 의자에 앉
아 밑에 갈라진 땅 틈 사이로 나오는 지하의 증기에 도취된 채 잘 이
해할 수 없는 상징적인 언어로 신탁을 내리는 것이다. 그렇다면, 대홍
수 이후 나타난 이 아폴론의 여 사제는 결국 중세의 "여왕"과 "마녀"
의 정체성을 담고 있는 것은 아닌가? 유카리스가 랭보에게 봄이 왔다
고 말한 것은 신탁의 언어로 볼 수 있을 것이다. 1871년의 봄은 잔혹
했지만, 신화의 봄이 시학으로 전환된 순간, 그 시간은 새로운 육신이
태동되는 장치를 획득하게 된다. 새로운 종족이 시의 세상을 지배할
것이다. 극지의 카오스에서, 이제 봄이 왔다고 하는 신탁과도 같은 말
은 「미의 존재」라는 짧은 시편에 등장하는 "눈 앞에 키가 우뚝한
<미의 존재>"의 진정한 태동을 상징하고 있다. 눈 더미 앞에 선 그 아
름다운 여인은 봄에 꽃 피듯이 죽음을 딛고 선 생명의 희열을 맛보고
있기 때문이다.

2) 「고대풍」, 목신과 헤르마프로디토스

> 목신의 우아한 아들! 작은 꽃들과 야생의 열매들로 화관 두른 네 이마 주위로, 보석 구슬, 네 눈동자가 움직인다. 갈색 포도주 찌끼로 더럽혀진 네 뺨에는 골이 패였다. 네 송곳니들이 번뜩인다. 네 가슴은 키타라를 닮았으며 딩딩 소리가 네 금빛 털의 두 팔에서 감돈다. 네 심장은 이중의 섹스가 잠들어 있는 이 배 속에서 고동친다. 산보를 하라, 밤에, 이 넓적다리, 이 두 번째 넓적다리와 이 왼쪽 다리를 천천히 움직이면서.

"목신의 우아한 아들"은 포도주 찌끼로 더럽혀진 움푹 파인 두 뺨에, 산양(목신은 산양과 인간의 모습을 하고 있다)의 갈고리 이빨을 하고, 금빛 털의 두 팔로는 오르페우스의 현악기를 흉내 낸 키타라를 들고는 왼쪽, 오른쪽 엉덩이와 다리를 차례로 움직이며 능청맞게 어둠을 배회한다. 그리스 신화에서 목신은 쉬링크스라는 플루트와 같은 악기를 불고 다니지만, 여기서는 그에게 현악기를 부여하였다. 때로는 사튀로스라고 불리는 이 욕정의 신들이 숲 속에서 벌이는 디오뉘소스 축제는 세계를 지배하는 탐욕의 인간들에 대한 신화의 담론이다. 디오뉘소스는 충동적이고 감정적인 신인데, 보다 이성적인 아폴론과 대비된다는 점에서, 「콩트」라는 작품에서 묘사된 "왕자"와 "정령"의 대립과 유사한 시적 구조가 엿보인다. 그렇지만 이 시에서는 아폴론이나 정령－랭보는 「정령」이라는 제하의 시에서 미래의 존재로서의 정령을 노래하고 있다－과도 같은 이성적인 존재가 등장하지 않고, 오히려 양성적 인물이며 성욕의 상징이기도 한 헤르마프로디토스("네 심장은 이중의 섹스가 잠들어 있는 이 배 속에서 고동친다")가 암시되어 있다. 헤르마프로디토스는 헤르메스와 아프로디테의 자식으로서, 남성과 여성의 특징을 함께 지니고 있다. 오비디우스에 따르면, 본래 미남이었던 그는 요정 살마키스의 뜨거운 포옹을 받고는, 신의 뜻에 따라, 두 몸이 하나가 된 채, 그 이후 결국 남자와 여자의 신체적 특징을 모두 갖게 되었다는 것이다. 그런데, 목신은 랭보의 초기 운문시편 「목신의 머리」에서 다음과 같이 묘사되어 있었다.

> 금빛 얼룩의 초록 보석함, 나무그늘에서,
> 정교한 자수刺繡를 터뜨리는, 생생한
> 입맞춤이 잠들어 있는 찬란한 꽃 활짝 피어
> 윤곽이 어렴풋한 나무그늘에서,
>
> 놀란 목신이 두 눈을 내밀고
> 제 하얀 이빨로 붉은 꽃을 물어뜯는다.
> 묵은 포도주처럼 검붉은 핏빛 입술은
> 나뭇가지 아래서 웃음을 터뜨린다.
>
> (「목신의 머리」)

이것은 랭보가 아직도 파르나스 파의 영향에서 벗어나지 않았을 때 쓰인 작품으로 자연과 목신에 대한 표현이 다양한 색채로 드러나 있다. 숲 속에 숨어 있는 목신에 대한 여러 묘사들, 즉 보석 알같이 구르는 두 눈동자, 붉은 꽃을 물어뜯는 하얀 이빨, 묵은 포도주 빛 검붉은 입술 등의 표현은 「고대풍」에 나오는 목신의 모습과 매우 유사하다. 따라서 우리는 이 운문시를 산문시의 전-텍스트로 간주할 수 있을 것이다. 그러나 『일뤼미나시옹』의 다른 시편들과 마찬가지로, 여기서는 음악(소리)에 대한 시적 의미를 다시 확인할 수 있으며, 헤르마프로디토스의 암시를 통하여 신화의 기이한 담론에 더욱 주목하고 있다는 점이 다르다.

3) 「미의 존재」, 갈라테이아의 탄생

오비디우스에 따르면, 오르페우스는 조각가인 퓌그말리온이 만든 상아로 된 아름다운 여인상이, 베누스 여신의 도움으로, 새로운 육신의 옷을 입고 갈라테이아라고 불리게 될 여인으로 변하는 과정을 우리에게 말하고 있다. "사악한 삶을 사는 여자들을 본 뒤 퓌그말리온은 자연이 여성들에게 지워 놓은 수많은 약점이 역겨워 오랫동안 독신으로 살았다. 그러나 정말 혼자 산 것은 아니고, 더할 나위 없이 정교한 솜씨로 만든, 눈같이 흰 여인의 상아상과 함께 살았다. 퓌그말리온이 만든 이 상아상의 여인은 세상의 어떤 여자보다도 아름다웠다. (……) 퓌그말리온은 이 상아로 만든 동상에 입을 맞추면서 이 상아상이 이 입맞춤에 화답하기를 바랐다." 이렇게 오비디우스의『변신』에서 이야기되고 있는 이 퓌그말리온의 갈망은 그가 퀴프로스 섬에서 열린 베누스 축제 때 여신에게 하는 기도로 그 절정에 이른다. 절실한 기도를 들은 베누스는 그의 요청을 들어주어, 결국 이 상아상의 여인을 실제의 미의 존재로 변신시켜 주는 것이다. 랭보의「미의 존재」전문을 읽어 보자.

> 눈 앞에 키가 우뚝한 미의 존재. 죽음의 휘파람소리와 원을 그리는 둔중한 음악이 이 사랑받은 육체를 어느 유령처럼 들어 올리고 확대시키고 전율케 한다. 진홍빛의 그리고 검은 상처들이 이 멋진 육신 속에서 터진다. 생명의 고유한 색깔들이 짙어지고 춤을 추며, 작업대 위에서, <환영幻影>의 둘레에 떠오른다. 그리고 전율들이 솟아올라 고함을 치고 이 효과들의 미친 맛은 세계가 우리들의 등 뒤 멀리서 우리의 미의 어머니에게 던지는 치명적인 휘파람소리와 목쉰 음악을 담고 있다,―그녀는 물러선다, 일어선다. 오! 우리들의 뼈는 새롭고 사랑스러운 육체로 다시 덮이는구나.
> (「미의 존재」전문)

절대적 미의 존재는 환상의 둘레에서 태동되고, 기존의 존재들에 대한 죽음을 딛고 퓌그말리온의 "작업대"에서 드러난다. "생명의 고유한 색깔들"은 삶의 본질을 의미하며, 시가 새로운 언어의 작용에 따라 만들어지는 이미지인 것이다. 이러한 창조는 매우 동적으로 드러나 있다. 전율, 팽창, 춤, 작업대 같은 어휘나 이미지들로 인하여 신화의 현대성이 다가오며, 오르페우스의 입과 그의 리라에서 나오는 죽음의 휘파람 소리, 목쉰 음악으로 뒤덮인 어둠 속에서 새로움에 대한 무한한 긴장이 유발되고 있다. 유카리스와 텔레마코스의 사랑도 베누스의 의도에 따른 것이었듯이, "우리의 미의 어머니"인 베누스는 늘 신화의 중심에 존재한다. 베누스가 퓌그말리온과 같은 필멸의 존재를 도와주는 신화의 모티브는 이미 랭보의 1872년의 자유 운문시에서 엿보였다. "아! 이 멋진 <노동자>들 / 바빌로니아 왕의 신하들을 위하여 / 베누스여, 마음에 후광을 두른 / 연인들을 잠시 떠나시라."(「아침의 좋은 생각」)에서, 랭보는 새벽부터 작업대에 선 노동자들에 대한 연민을 드러내고 있으며, 베누스의 연인들과 그들을 대척점에 놓는다. 베누스의 본래 남편은 대장장이 신 헤파이스토스였으니, 미의 여신이 작업장의 노동자를 돕는 것은 당연하리라. 루이 16세에게 새로운 세상의 도래를 선언하는 용감한 「대장장이」는 애당초 신화에서 차용했는지도 모른다. 그에게는 베누스 여신이 있었기에.

4) 「도시」의 검은 연기, 복수의 여신들

(……) 내 창문 너머로, 석탄의 두텁고 영원한 연기를 가로질러 구르는 새로운 유령들이 보인다. ─우리들의 숲의 어둠이여, 우리들의 여름밤이여! ─모든 것이 여기서는 내 마음을 닮았기에 내 조국이면서도 바로 내 마음이기도 한 이 전원주택 앞으로, 새로운 복수의 여신들이, ─우리의 적

극적인 처녀이자 하녀인 저 눈물도 없는 <죽음의 신>, 절망적인 <사랑의 신>, 그리고 거리의 진창에서 울고 있는 어여쁜 <범죄의 신>이.

어느 근대의 도시에 대한 묘사가 "죽음", "사랑" 그리고 "죄악"을 대문자로 표기하면서 종결되고 있다. "나의 조국"에서 암시를 받은 듯, 어느 주석가는 이 셋을 트로이 전쟁에 관련된 비극적 인물인 아가멤논(죽음: 아내에 의하여 피살됨), 카산드라(사랑: 아가멤논의 사랑을 받았음) 그리고 오레스테스(죄악: 친부인 아가멤논을 죽인 친모를 살해하는 죄를 범함—특히 "복수의 여신들"은 가족 살해를 가장 악한 죄로 단죄함)로 규정하고 있는데, 이것은 앞서 나온 세 명의 "복수의 여신들"에 대한 다른 방식의 지칭일 것이다. 보다 독창적인 것은 이 그리스 신화의 존재들이 근대 도시에서 내뿜는 석탄 연기 속에서 유령처럼 나타나고 있다는 점이다. 이 유령들은 "새로운" 존재들이다. 기독교의 문명에서 벗어나 근대를 헬레니즘의 문화와 접목시키려는 의도인가? 아니면 뿜어 나오는 검은 연기의 모습을 뱀 머리카락과 날개달린 몸, 회초리와 횃불을 들고 지하세계에서 솟아나와 죄인을 응징하는 복수의 여신들의 형상을 단순히 비교하고 있는 것인가? 그리스 신화의 신들이 시대를 이끌어 갈 담론 속에서, 부정적이든 긍정적이든, 여러 역할을 할 수 있는 시적 존재로 등장하는 것은 랭보의 초기 시편들부터 꾸준히 나타나는 현상이다. 어쨌든 랭보는 근대라는 이름("근대적이라고 믿어진 대도시")으로 규정된 도시가 스스로 파괴하고 있는 정신성의 부재를 한탄하고 있다. 여기에는 미신과도 같은 혼의 직관("미신적 기념물의 흔적"이 없다), 정신과 영혼의 깊이("도덕과 언어는 단순한 표현으로 요약"되었다)가 모두 존재하지 않기 때문이다. 랭보 언어의 근대적인 힘이 물질의 근대를 비판하고 있는 것이다.

5) 「도시들」의 근대적 공간과 신화의 혼용

> 심연의 가교架橋와 여인숙의 지붕 위로 하늘의 열기가 돛대들을 깃발로
> 장식한다. 신격화된 것들의 붕괴가 천사 같은 켄타우로스 암컷들이 눈사
> 태 속에서 떠도는 고지의 들판과 합류한다. 가장 높은 능선의 표고 너머
> 베누스의 영원한 탄생으로 혼란스런 어느 바다, 오르페우스 합창대의 선
> 단과 귀중한 진주 및 소리고둥의 소리를 싣고서,—이 바다는 죽음의 광
> 채로 이따금 어두워진다. (……) 저 높은 곳에서, 폭포수와 가시덤불에
> 발을 묻고, 수사슴들이 디아나 여신의 젖을 빤다. 교외의 바쿠스 무녀들
> 이 오열하고 달이 타오르며 울부짖는다. 베누스가 대장장이들과 고행자
> 들의 동굴로 들어간다.

깊은 계곡의 철로와 활차를 타고 이동하는 근대식 산장에서 "사랑
의 축제"가 열리고 있다. 악단, 춤꾼, 술꾼들이 만들어 내는 향연은 롤
랑의 나팔소리로부터 그리스 신화의 디오뉘소스(바쿠스)의 축제로
이어진다. 풍경을 지배하고 있는 존재들은 신화의 무대를 살고 있는
자들이다. 반인반마의 켄타우로스, 애욕의 여신 베누스(아프로디테),
사냥의 여신 디아나(아르테미스), 리라의 달인 오르페우스와 그가 타
고 있는 아르고 호, 오르페우스의 목을 잘라 죽이는 디오뉘소스의 광
기에 빠진 무녀들 그리고 대장장이 헤파이스토스가 그들이다. 「곶 벼
랑」에서도 무한한 공간의 여행객은 황금빛 새벽이나 석양에 반짝이
는 저녁, 난바다의 배에서 해안을 바라본다. 그의 목전에 로마시대의
별장이 있는 드넓은 곳이 펼쳐진다. 그 넓이를 비유하기 위하여 이
여행객은 책에서 본 펠로폰네소스 반도, 일본의 섬, 아라비아 반도를
등장시키고, 그 시간적 깊이를 위하여 사절단(고대 그리스의 사절단

을 일컫는 단어로 되어 있음)의 귀환을 환영하는 로마 신전들에서부터 현대적 방어기지까지, 바쿠스 축제에서 카르타고를 거쳐 여행객이 도착하게 될 브루클린의 멋진 호텔까지 통시적 존재들을 묘사한다. 공간과 시간의 복합적 층위들이 담고 있는 바쿠스 무녀들의 사구, 거대한 운하, 이상한 제방, 화산의 연기, 빙하의 크레바스, 전나무 숲과 기묘한 공원의 비탈 등은 호텔로 이어지는 철로를 따라 급속하게 호텔의 원형 건물로 들어온다. 근대적 공간과 신화의 혼용은 이 시편들의 공통된 특성인 것이다. 「도시」에서도 시적 화자가 공업화의 상징인 검은 연기로부터 신화의 가장 무서운 복수의 여신들을 보면서 죽음과 죄악의 존재를 떠올렸고, 여기 「도시들」에서는 야만인들이 끊임없이 춤을 추는 밤의 축제가 성적 문란함("수사슴들이 디아나 여신의 젖을 빤다")과 잔인함("뼈를 쌓아 축조한 성")이 동시에 존재하는 디오뉘소스의 축제로 묘사됨으로써, 신화 담론의 깊이는 극적으로 드러나고 있다. 상기에 인용한 문장들 이후를 읽어보면, "나"는 이 집단에서 나와서 "새로운 노동"을 찾아 "바그다드의 가로수 길"로 내려가지만, 알 수 없는 망령의 손아귀에서 배회하고 만다. 그는 꿈의 세계에서 헤어나지 못한 것일까? 진정한 그의 "잠"은 언제 찾아오는 것인가? 랭보는 그의 행동을 지금까지의 현재형 문장이 아니라, 복합과거형으로 표현했다("……내려갔다"). 행위가 이루어지는 한 시점("그래서 한때……")을 축제의 현재성과 대비시킴으로써, 그 완결성을 돌출시킨 것이다. 그러나 "새로운 노동"에 대한 지향성은 <배회한다>라는 동사로 소멸되고 만다. 결국 그가 기다리는 "어떤 팔", "어떤 시간"은 과연 무엇인가? 이런 질문은 문학의 본질에 대한 회의를 담고 있는 것이며, 현대시가 나아가야 할 길에 대한 탐구로 해석되어야 할 것이다.

6) 「새벽」의 여신, 에오스 / 태양의 신 아폴론과 다프네

나는 여름의 새벽을 끌어안았다.

아직은 아무것도 궁전의 정면에서 움직이는 것은 없었다. 물은 죽어 있었다. 어둠의 진영은 숲길을 떠나지 않고 있었다. 생생하고 따뜻한 숨결들을 깨우며, 나는 걸었다. 돌들이 쳐다보았으며, 날개들이 소리 없이 일어났다.

첫 번째 유혹은, 신선한, 엷은 빛으로 벌써 그득한 오솔길에서, 내게 제 이름을 말하는 한 송이 꽃이었다.

나는 전나무들 사이로 어지럽게 날리는 금발의 폭포에게 웃음을 지었다. 나는 그 은빛 꼭대기에 있는 여신을 알아보았다.

그래서 나는 한 겹 한 겹 베일을 들춰 올렸다. 공원길에서, 팔을 흔들며. 들판을 가로지르며, 나는 수탉에게 그녀를 알렸다. 대도시에서 그녀는 종루와 돔 사이로 도망쳤으며, 나는 대리석의 강둑을 어떤 거지처럼 달려, 그녀를 뒤쫓았다.

길 위쪽, 월계나무숲 가까이에서, 나는 그녀를 싸여 있는 제 베일들로 감싸 안았고, 그녀의 거대한 육체를 조금 느껴보았다. 새벽과 아이는 숲 아래로 떨어졌다.

깨어보니 한낮이었다.

"나는 여름의 새벽을 끌어안았다"라는 첫 문장에 대한 설명이 시 전체를 차지한다. 시의 전반부는 아직 도래하지 않은 "새벽"을 기다리며, 산책하는 "나"와 자연과의 상응관계를 말하고 있다. 이것은 "여신"으로 의인화될 "새벽"과의 진정한 만남을 위한 하나의 과정인 것이다. 숲 속에는 밤의 진영이 떠나지 않았고, 사물은 고요하다. 내가 호흡을 가다듬으며 나아갈 때, 바야흐로 돌들이 나를 바라보고 새는 날갯짓을 한다. 어둠을 가르며 희미하고 상큼한 빛이 대기를 채우기 시작할 때, 한 송이 꽃이 제 이름을 대며 모습을 드러낸다. 꽃과 나의 대화는 우주의 첫 깨우침이다. 시의 중반에서, 시간의 흐름과 함께 시가 진행될 때, 드디어 전나무들 사이의 은빛 우듬지에 여신이 나타난다. 먼저 나무들 위를 비추고, 이후 나의 시선과 마주치는 새벽빛의 찬란한 모습이리라. 빛살 하나하나가 여인의 베일처럼 벌판을 그리고 대도시의 종루와 돔 사이를 덮으며 사라져 간다. 그녀를 쫓아 강둑을 달리던 나는 월계수 나무 늘어선 어느 길 언덕 꼭대기에 이르러 온통 흩어진 이 베일에 휘감긴 세상을 바라본다. 그리고 그 전체를 감싸 안았다. 여기서 우리는 아폴론과 다프네의 신화를 떠올리게 된다. 아름다운 요정 다프네를 보고 아폴론이 쫓아갔지만, 도망간 다프네는 월계수로 변신했으며, 아폴론이 껴안은 것은 이 나무에 불과했었다. 랭보는 분명 이 신화의 모티브를 차용하고 있다. 새벽이라는 의인화된 존재는 이렇게 아폴론의 여인으로 해석될 수 있는 것이나, 텍스트 내부에서 여신으로 표현되었다는 점에서 새벽의 여신 에오스를 생각하게 한다. 휘페리온의 딸이며, 태양의 신 헬리오스와 남매지간인 에오스는 헬리오스가 이끄는 황금 말의 마차를 인도하면서 세상에 빛을 가져온다. 새벽의 여신 에오스와 그녀가 사랑한 아스트라이오스가 그랬듯이, 새벽과 나는 하나의 단위체 속에서, 숲 아래로 떨어진다. 어둠 속 산책을 시작하였던 숲으로 되돌아온 것이다. 여기서 "나"의 환영은 종결된다. 환상에서 깨어난 한낮의 숲은 이제 여신의 세상이 아니리라. 랭보에게서 새벽은 어둠과 빛 사이의 보랏빛 세상이며, 환상과 현실을 가르는 절대의 시간이었다. 시에게 다가갔던 열정과 시를 떠나는 열망이 랭보에게 동시에 존재하는 형언할 수 없는 순간인 것이다.

시의 소멸
(혹은 시는 우리를 어디로
인도하고 있는가?)

1. 시인의 운명과 문학의 앞날

"6시 오르지 출발. 8시 반 코토 통과. 10시 40분, 달라하말레의 강변에서 휴식. 2시에 다시 출발. 4시 3분 달라하말레에서 야영함. 쌀쌀한 날씨. 낙타는 저녁 6시가 되서야 도착함"(「아라르에서 와랑보까지의 여정」). 랭보가 죽음을 향하여 떠나는 그의 마지막 여행 중 수첩에 급박하게 적어놓은 이 몇 마디 글이 과연 시로서 간주될 수 있을까? 예컨대, 러시아 시인들이 "철도시간표"(야콥슨, 『시란 무엇인가?』)에서 시적 특성을 발견해 냈듯이, 여기서도 그와 같은 작업이 가능한 것인가? 언어 자체에 매혹되어 그 언어를, 그것이 자기 자신에게서 찾아내는 쾌락에 연계시키지 않는 한 이 글에서는 어떠한 시적 성격을 발견할 수 없다. 그러나 만일 시를 붕괴시킨 자가 언어 밖의 공간에서 시를 체험하기 위해서 그 파멸의 현장으로 되돌아온다면, 시인의 신분을 포기하며 문학을 저버린 자가 변질될 수 없는 삶의 체험

속에서 시인의 신분을 다시 설정하려고 한다면, 시의 파괴 이후에도 살아남을 수 있는 또 다른 어떤 시는 존재한다. 랭보의 침묵은 따라서 시의 죽음을 의미하지 않는다. 시인 랭보의 존재는 시를 쓰는 자에 한정된 것이 아니라, 시의 단순한 거부보다 우월한 침묵의 벌판으로 확장되는 것이다. 랭보를 이해하기 위해서는, 그의 놀라운 시편들을 읽어야 할 뿐 아니라, 또한 그의 창조적 힘이 절정에 이르는 순간, 전격적으로 개입한 그의 침묵이 어떤 의미를 내포하는가를 파악해야 한다.

"그러나 우리는 랭보가 자신에 대하여 알고 있었던 것만큼 혹은 그보다 더 랭보에 대하여 알고 있는지도 모른다"(「랭보의 수면」)라고 모리스 블랑쇼는 말한다. 우리가 그에 대하여 무엇을 알고 있는가? 그는 시를 요구할 때나, 그것을 거부할 때나, 늘 자신이 무엇을 하고 있으며, 무엇이 되고 있는지를 의식하고 있었다. 시를 통해 자신을 이해하고, 수없는 편력을 가로질러 자아를 탐구하려 했었다. 때로는 거친 운명에 맞섰고 때로는 그 운명의 늪 속에서 절망하기도 했었다. 이러한 반전의 거듭 속에서 그는 자신의 존재에 대한 성찰과 아울러 문학이 어디로 사라지고 있는지 가늠할 수 있게 되었다. 이것이 바로 『지옥에서 보낸 한철』의 진땀나는 대목들이 구성하고 있는 것이다. 결국 그는 깊은 사고의 결과로 최상의 진실을 추출했었다. 이 진실 앞에서 침묵은 영원히 간직되어야 한다. 이러한 인물과 이렇게 판이한 두 개의 운명체에 대해서 우리는 무엇을 알고 있는가? 아무것도 없다. 이삭에서 낟알 까듯 운문시를 만들고 현란한 보석 박듯 산문시를 엮어 내던 자와 아라비아의 뜨거운 태양 아래 초라하기 그지없는 생활 속에서 커피 알을 추려 내는 자 사이에서 우리는 방황하고 있는 것이다.

문학은 단지 쓰인 작품 속에서만 탐색되는 것이 아니라, 기술체를 초극하여, 주관적이거나 미학 종속적 경험이 아닌, 작품의 발원지이며 동시에 그 작가가 자신의 작품을 소멸시키면서 귀의할 수 있는 영감이라는 원초적 경험과도 만나고 있다. 그것은 바로 문학이 꽃을 피우는 본질적 삶의 체험의 세계, 작가가 상상적 공간 속에서는 찾을 수 없는 진정한 삶이 탐구될 수 있는 지점이 존재함을 말한다. 랭보의 생은 이러한 관점에서 파악해야 한다. 그가 갑자기 창조적 글쓰기를 중단하고 아프리카로 떠나 그곳에서 단순한 장사꾼이 되었을 때 그 단절이 역시 너무나 급격했던 것은 사실이다. 그러나 이 순간부터 시는 더 이상 "우리가 행하는 일종의 직업적 행위나 어떤 필요성에 수반되는 활동의 대상이 아니라, 시인의 삶의 표현 그 자체"(짜라, 「랭보의 단일성」)가 되었기에 단절이 어떠하든 중요한 것은 아니다. 랭보에 있어서 시는 상상적 체계 속에 감금되는 것을 거부하고 자신의 진솔한 실체를 갈구하며 현실의 거대한 공간으로 몸을 열어젖히고 있다. 이러한 의미에서 단절이라는 것은 그의 생에서 존재하지 않는다. 그는 늘 절대의 탐구로 번민했고 정신의 고통과 육체의 위험을 끌어안으며 시의 경계를 지워 버린 것이다.

시인 베를렌은 1895년판 랭보 전집의 서문에서 "랭보는 요절한—샤를빌에서 1854년 10월 20일 태어난 랭보로부터 1872년 이후 운문시를 발견할 수 없으므로 결국 18세에 죽었다고 말할 수 있는—그러나 어떠한 진부함이나 퇴폐성에 오염되지 않은 시인이었다"라고 말하면서 시인의 삶과 일상적 인간의 생을 구분하였다. "내적인 인간과 외적인 인간은 절대로 서로 사이좋게 공존할 수 없다"라고 단언한 앙드레 브르통에 와서 이러한 구분은 전기적 관점에서보다는 존재론적 의미에서 이루어지고 있다. "꼭두각시의 모습이 두드러지고, 비참하기 그지없는 어릿광대로서 줄곧 동전잎들을 담은 혁대만을 뎅그렁거리며 다닌", 랭보 인생의 후반부를 차지하는 이런 외적인 인간은 무시하자고 앙드레 브르통은 말하고 있다. 블랑쇼는 랭보적인 삶에 있어서 그 비속한 측면의 신비를 부정하지 않으면서도, "어떤 면에서, 그는 완전히 속물이었다. 그는 청춘기의 반항들을 모두 부정하고 부르주아적 이상만을 받아들였던 것이다"(「랭보 이후」)라고 하였다. 문학에 등을 돌린 랭보에 대하여 "그는 보고 말하고, 그리고 4년간의 생을 마친 후, 미노타우로스와 다름 아닌 퓌티아의 품으로 사라졌다. 그러나 그는 언어의 사용을 포기하고, 그의 휘몰아치는 천재적 선풍을 전락한 신의 길과 교환해 버릴 때, 여기서 오직 변화되는 것은 정신적 활동의 장소인 것이다"(『바탕과 정상에 대한 탐구』)라는 르네 샤르의 언술은 다소 미묘하다. 그는 물질에 관심이 없고 오직 그의 '개체', 즉 양도할 수 없는 자아만을 간직하고 있다. 자아에 의하여 결정되는 행위들 속에서, 여러 동기들이 창조되는 것을 볼 때 그것의 궁극적 목적이 무엇인가에 유념해야 한다. 시인이 "나는 타자다"라고 그의 선생에게 보낸 편지에서 선언했을 때, 그가 의미하는 것은 편협한 "사회"에 집착하는 주관적 "나"는 붕괴되고 인간의 완전하고 충만한 존재를 이끌 수 있고, 생의 방해물에 불과한 비천한 여러 동기들을 초월하여 인간의 운명을 절대적인 미지의 세계에서 완성시킬 수 있는 "타자"가 새롭게 태동되고 있다는 것이다. 시적이며 동시에 존재론적인 이 간결한 표현 속에서, 탈구조는 격렬하고 엄밀하게 이루어지는데 이것은 곧바로 시 자체의 거부와 만나게 된다. 그것은 운명이 흘러가는 방향을 결정하고 "상처받은 곳에서 뒹굴고"(『일뤼미나시옹』) 있는 불구의 존재를 치료하는 커다란 자아로 돌아가는 일이다. 랭보를 아비시니아의 사막으로 밀어낸 것은 "부르주아적 이상"이 아니라, '투시자'의 편지들에 나타나는 것처럼, 사회적 삶에 대한 공포, 그가 오르페우스의 언어로 서로 이해하며 함께 살려고 한 번 시도했던, 그러나 범상적인 그들의 언어행위를 구성하는 메마르고 헐벗은 언어에 의하여 길들여진 감수성이 그의 감수성에는 오직 상처만을 남겼던 그런 자들 사이에서 살아야 한다는 공포였던 것이다.

그가 끊임없이 추구한 것은 존재의 단일성이었다. 그에게 있음직하지 않은 먼 곳에서 오는 빛으로 다가와 분열된 운명의 고랑을 가로질러 거친 그의 두 손을 비추는 이 단일성의 광채를 그는 포착하려는 것이다. 잡을 수 없는 이 빛은 시를 파괴하여 그 폐허의 현장에서 또 다른 시를 세우려는 자에게는 바로 시의 섬광과 다름 아닌 것이다. 랭보가 이 빛을 추구하는 운명을 사는 한―"난 자연 빛 그 황금불티로 살아 왔다"(『지옥에서 보낸 한철』)―그는 "나"의 내부에 잠재하는 여러 동기들이 "타자"가 추구하는 궁극적이며 최상의 목적에 의하여 분산되고 마는 단일 존재일 뿐이다. 아라르에서 그가 많은 돈을 벌려는 노동자에 불과하든, 검소하고 인색하며 혹은 위선적인 상인에 불과하든, 그리고 불합리한 자신의 생활을 비탄하며 불평하는 하찮은 인간이든, 이 모든 것은 중요한 것이 아니다. 왜냐하면 새로운 양상하의 아프리카 삶은 시인의 일관된 의식이 표출되는 종국적으로 체험된 작품, 말하자면 어떤 타자, 나의 내부에 존재하는 타자의 작품을 구성하고 있기 때문이다.

"그것은 바로 길거리의 책이다. 즉, 방랑자의 흥분한 머리와 걷는 자의 관점에 의하여 격화되고 뒤틀린 문학인 것이다"(「문학에 대한 성찰」)라고 『일뤼미나시옹』에 대하여 비평가 티보데는 말하고 있다.

그는 "랭보의 천성적인 이러한 편견, 걷는 자의 이런 관점을 이해하는 순간, 우리는 『일뤼미나시옹』에서 거의 어떠한 어려움도 찾을 수 없게 된다"라고 단언하면서, 이런 식으로 「새벽」을 단순히 아침에 행한 가벼운 산보정도로, 「신비」를 누워 거꾸로 풍경을 바라보는 산보자의 환영으로 각각 그 의미를 축소하고 있다. 어느 평론가는 "내려가는 성당과 올라가는 호수가 있다"라는 「어린 시절」의 기이한 문장에 대한 간략한 연구에서 성당을 숲으로 동일화시키면서 출발하는 아주 단순한 독서를 제의함으로써 풍경의 기묘함을 풀어내고 그것을 현실의 정상적 모습으로 돌려놓으려 시도한다. 말하자면 성당을 숲으로 본다면, 숲으로 둘러싸인 호수 표면 위로 천천히 몸을 숙이면 호수 물 표면은 올라가고 성당-숲은 물속으로 내려가는 것을 볼 수 있다는 것이며, 이처럼 정상적이며 진부한 것은 없다고 단언하고 있다. 시의 어려움과 신비를 이렇게 방랑자가 자신의 도정에서 받은 인상으로 몇몇 비평가들은 설명하고 있다.

랭보 작품의 명백한 특징인 시의 본원적 비전을 움직이는 사람의 시점, 방랑자의 비스듬하거나 혹은 전도된 시선 등이 만들어 낼 수는 없다. 시인은 휴식을 모르는 움직이는 자이다. 이것은 시를 새롭고, 신선하며, 밖으로 열린 동적인 세계로 인도하고 있다. 그러나 문제는 여기에 있는 것이 아니다. 랭보가 문학을 포기했을 때, 그는 방랑 중에 주운 현실의 잡다한 찌꺼기들로 그득한 문학을 불필요한 가방처럼 그의 뒤에 버리고 아프리카로 출발한 단순한 배회광이 아닌가라는 일상적이며 무의미한 생활로 시인의 후반부 인생을 파악하려는 질문이 나올 수 있다. 이것은 그가 언어와 단절한 후 겪게 되는 비천한 생이 과연 문학성을 획득하고 있는가, 따라서 랭보적인 개체는 단일성을 유지하고 있는가라는 문제를 야기하고 있다. 여기에 논거의 본질이 있는 것이다.

어린 시절부터 죽음에 이를 때까지, 랭보는 서 있는 자였다. 그는 「앉아 있는 자」, 즉 관습에 종속된 자를 증오했고, 미지와 절대의 세계를 찾아 떠나려는 억누를 수 없는 욕구에 밀려, "하늘에 닿는 오솔길을 따라가는 어린 하인"(「어린 시절」, 『일뤼미나시옹』)처럼 그는 걷고 또 걸었다. 그가 아비시니아에서 행한 여행, 탐험 그리고 모험적 생활은 바로 시의 언덕에서 추구했던 절대탐구의 연장이다. 그는 수많은 불행을 향하여 떠난 것이다. 그러나 그것은 유년시절 이후 그가 도달하고자 갈망했던 "현기증, 붕괴, 파산 그리고 연민"(「일곱 살의 시인들」)을 끌어안는 불행, 안락하고 폐쇄된 언어의 향기보다 우월한 불행이다. 사막에서 카라반을 이끌며 그가 찾아 나선 것은 이러한 정신적 가치들이며 이것을 통하여 그는 영원한 휴식인 궁극적 구원에 도달할 수 있고, 문학은 소멸 자체인 그 본질로 돌아가는 것이다. 그의 삶은 파리로의 첫 번째 도피부터 비극적 죽음에 이르기까지 그 전체가 한 편의 시였다. 말하자면, 시적인 어떤 드라마로서가 아니라, 시가 표현하고자 했던 것을, 그는 삶의 체험이라는 새로운 표현양식을 통하여 이행했고, 문학은 존재의 전체를 조명하는 경험이 되어야 한다는 요구를 완성했다는 의미에서 그의 생은 시에 귀속된다.

시를 포옹하고 있을 때와 동일한 탐구정신, 변함없는 순수성의 언어, 동등한 창조적 문체를 간직하고 있는 아프리카의 글을 통하여, 랭보는 개체의 단일성을 추구하고 있다. 근원적으로 아무것도 바뀐 것이 없다. 시인의 충만한 생존 속에서 이행된 언어의 양도 혹은 언어의 표피 탈락은 시인과 탐험가사이의 관계가 완전히 단절되었거나, 실제적 삶과 작품의 상호 보완성이 손상되었음을 의미하지 않는다. 따라서 "하나의 생이 다른 생에 의하여 강탈당했고 한 인간이 운명과 미래를 맞바꿔야 했다"(본푸아, 『랭보』)는 점을 확인시켜 주는 시인 랭보(1854~1875)와 탐험가 랭보(1875~1891)라는 두 개의 무덤을 나란히 우리의 비망록 속에 그려 넣을 필요는 없다. 랭보는, 그것이 시어이든 혹은 상상력과 상징성을 잃어버린 건조한 문체이든, 언어를 통하여 끊임없이, 현실의 유혹에서 더 이상 그를 보호하지 않는 글쓰기 속에서 그의 운명을 다른 방식으로 새롭게 하고 있는 것이다.

베를렌의 말처럼 랭보의 운문이 1872년에 끝맺고 있는 것은 아니다. 왜냐하면 그가 프랑스 밖으로 방랑생활을 계속하던 시기에 속하는 1875년에 한 편의 운문시를 우리에게 남겨 놓고 있기 때문이다. 그는 1872년의 「황금시대」로 돌아가며 상처받은 그의 과거를 치유할 희망과 시에 대한 향수를 지니고 있는 것인가? 분명 그런 것은 아니다. 그의 고향 친구에게 보낸 편지에 실린 「꿈」이란 제목의 시는 "랭보의 시적 정신적 유서"(앙드레 브르통)로 간주되고 있다. 유서라는 것은 하나의 생을 결정적으로 마감한다. 바로 그런 의미에서 브르통은 "1875년의 편지들이 사실상 랭보의 진보에 있어서 중요한 전환점을 보여 주고 있으며, 시에 대한 결정적인 고별, 활동의 완전히 다른 형태로의 전환을 나타내고 있다"라고 지적하며, 「착란」의 작가적 이미지가 손상되지 않도록 "유서"와 함께 두 번째 랭보를 사멸시키고 있다. 이 초현실주의자가 「꿈」을 "불어로 된 가장 난해한 시"로 규정하고 그것의 주해를 거부한 것도 그런 연유에서이다.

시인의 이 진솔한 유서는 다가올 운명의 성격을 분명히 설명하고 있는 생에 대한 지시기능 혹은 그에 대한 자료로 나타나고 있다. 이것은 앞선 삶을 부인하지 않는 또 다른 생의 탄생을 확고히 하는 일

종의 출생신고서인 것이다. 랭보의 이 마지막 시편은 언어로 쓰였을
뿐만 아니라, 시적 진실보다 우월한 현실적 진리의 힘에 의하여 완성
된 것이다.

> 내무반에서는 배가 고픈 법이지—
> 그건 진리야…….
> 발산되는 것들, 폭발하는 것들. 어떤 정령 :
> "난 그뤼에르 산 치즈다!"—
> 르페브르: "나는 켈러다!",
> 정령: "난 브리 산 치즈다!"—
> 군인들은 그들의 빵을 자르고 있다
> "이것이 인생이야!"
> 정령.—"난 로크포르 산 치즈다!"
> —"그건 우리의 죽음일 거야!"……

(「꿈」의 일부)

일견 농담만이 들어있고 여러 인물들 사이에서 서로 교환되는 익
살스런 쾌락만이 감도는 시처럼 보인다. 그러나 보다 깊이 읽어 보면
여기에는 전혀 우스꽝스런 것이 없으며 침침하고 질식할 것 같은 분
위기 속에서 비천한 물질성의 하중 아래에 놓여 있는, "천재"로 동일
화되고 있는 시인의 세 가지 주요 테마, 즉 진리와 삶 그리고 죽음이
동시에 우리에게 전달되고 있음을 알게 된다. 평범한 사람들과의 이
이상한 대화 속에서 「꿈」의 "천재"는 세 가지 정신적 가치를 환기시
키고 있으며 이것들의 상호 관계를 통하여, 『일뤼미나시옹』의 「정령」
과 동시대인으로 나타난다. 그는 쓰인 단어들과 함께, 어떤 또 다른
생, 말하자면, 거기에는 상반적인 것들이 있는 그대로의 모습을 부정
하지 않고 서로 합치되고 있으며 서로를 배척하지 않고 마주 보고 있

는 그런 또 다른 생에 대한 가능성을 던져 주고 있다.

다가오는 이런 삶은 진리와 죽음 사이에서만 포착될 수 있다. 내무반이라는 폐쇄된 공간에서 겪는 배고픈 자의 허기는 무한한 사막에서의 해소할 길 없는 갈증처럼 절대적이기에, 그는 진솔한 영혼에서 "발산되는 것들, 폭발하는 것들"로서의 생을 갈구하는 것이다. 이것은 무엇보다도 산다는 행복이 배제되어 있음을 희망하고 사랑해야 하는, 정상적 세계와의 관계가 단절된 유배의 대지에서 만족감 속에서 죽음을 맞이하려는 자의 고귀한 정신적 탐구다. 랭보와 함께 우리의 죽음은 우유로 만드는 "그뤼에르 산 치즈"에서 결국은 양젖에서 발효시킨 "로크포르 산 치즈"로 변화하는 "천재"의 고통스러운 본질 변화로 이해되어야 한다. 그가 진리와 죽음을 찾아 아프리카로 떠날 때, 그는 이 궁극적 삶의 초상을 이미 내면에서 창조했고, 정체된 시의 안락함에 감금되어 있는 것을 밖에서 실행하며 여러 삶들의 불모성을 인식하고 존재의 본원적 경험을 체득하려 했던 것이다.

시에 등을 돌린 후, 1878년 11월 17일 이탈리아의 제노바에서 이집트행 배에 오르기 전, 프랑스의 가족에게 보낸 편지는 시에 비견되는 그 긴박하고 활기찬 문체를 통하여 새로운 삶의 세계에 도달하려는 시인의 의지를 잘 표현하고 있다. 이 편지부터 아프리카에서의 글과 삶이 랭보를 감싼다. 창조적 정신의 불꽃이 타오르고 시적 문체의 힘이 존재하는 현장을 우리는 여러 곳에서 발견하게 된다. 그 제노바 편지의 한 구절을 읽어 보자.

> 밤에는 산장주인들이 그들에게 보조금을 주는 정부를 하루 더 도적질한 다는 기쁨을 성스런 성가에 실려 흘려보내는 소리가 들린다.

시에서 볼 수 있는 조롱적인 성격 이외에도, 이 문장은 다른 면에서도 시작품, 특히 『지옥에서 보낸 한철』의 마지막 부분에 나오는 "성가는 전혀 들을 수 없다. 굳건한 발걸음을 하자. 고통스런 밤이구나!"라는 구절과 비교될 수 있다. 다음의 세 가지 면에서 이 글들은 서로 동질의 가치를 지닌 것으로 간주될 수 있다. 우선, "성가"와 "밤"이라는 두 단어의 조합 속에서 유사한 이미지가 창출되고 있으며, 그다음에는 동등한 상황(도보로 생-고타르를 넘은 랭보에게 "밤"은 문학을 떠나는 자의 어둠만큼이나 "고통스러운" 것이다)이 환기되고 있는 것을 우리는 감지할 수 있고, 마지막으로 『지옥에서 보낸 한철』의 구절이 시적으로 문학에 대한 고별을 표명한 것이라면, 편지의 문장은 서구 사회를 떠나 새로운 세계로 향하는 여행의 실제적 장면을 보여 주고 있다는 점이 바로 그것이다.

1878년 겨울부터 랭보의 모든 활동은, 현실의 언덕 위에서 시의 언술보다도 존재의 영원성에 더욱 근접한, 보다 근본적인 어떤 것의 꽃을 피우게 하며 진정한 삶의 부재의 골을 메우려는 열정적 희망으로 인도되고 있다. 위에서 언급했던 1875년의 편지에서 나타나는 랭보적인 본질변화는 1878년의 제노바 편지를 거쳐, 시적 기술체를 너머, 시인의 운명이 시를 한 존재의 본원적 경험으로 간주하면서 변질될 수 없는 방식으로 표현되어 있는 아프리카와 아라비아의 편지 속에서 완성되고 있는 것이다.

랭보는 현실 활동이라는 이름으로 그의 시적 과거와 시 자체를 완전히 부인한 시인은 아니다. 그가 완강하게 작품을 거부한 것은 새로운 문학으로 향한 일종의 길 찾기라고 볼 수 있다. 이 길 찾기의 고통

속에서 응집성과 단일성의 운명이 형성되고 그는 끊임없이 시인으로 존재해 왔던 것이다. 단지 그 현장만이 옮겨져 있을 뿐이다. 시는 이러한 현장 이동으로 파괴될 수도 있으나, 시인이 문학의 궤도에서 일탈하지 않은 채, 문학적 영감의 중심을 탐구하고 중심 이탈의 원심력과 지속적으로 투쟁하는 한, 글쓰기의 힘은 소멸되는 동시에 소생되고, 그 폐허 위에서 문학은 반복되는 것이다.

이러한 정신적 에너지만이 금세기의 몇몇 시인들의 시론 또는 시 작품에서 계승되고 있는 랭보적 진보, 미지세계의 상정, 불가능성에 대한 탐구 그리고 궁극적 침묵으로의 귀의 등을 설명할 수 있을 것이며, 이것을 통해 우리는 아덴과 아비시니아에서 온 편지들의 독창적 성격을 파악할 수 있을 것이다. 격동하는 삶 속에서 서로 충돌하는 수많은 모순으로 짜인 이 유배지의 편지들은, 절대에 대한 갈망, 존재의 영원성, 불가능한 구원, 과학과 근대성의 문제, 인간의 진솔한 생에 대한 의문, 끝없는 방랑 등 문학적이며 존재론적인 모든 테마를 우리에게 환기시키고 있다. 특히 1883년의 「오가딘 지역에 대한 보고서」와 「이집트 보스포러스」지의 편집장에게 보낸 긴 편지는 그런 면에서 다가오는 산문의 가장 우수한 예로 평가될 수 있을 것이다. "많은 시인들은 오늘날 보고서는 소설이나 단편적인 글보다도 예술성이 더욱 드러나 있는 하나의 작품이라고 선언하고 있다"(「시란 무엇인가?」)라고 야콥슨은 말한다. "일정한 시간과 장소의 특성을 보여 주는"(토도로프, 『문학과 실제』) 보고서의 사실주의적인 문체가 세상의 묘사에 대한 문제를 문학 속에서 끊임없이 갈구한다면, 상대적 미에 근접하는 예술이 아닌 세상의 새로운 비전속에 가치와 힘을 두고 있는 예술이 거기에 존재할 수 있는 것이다. 문학적 텍스트 이후에 오는 또 다른 텍스트의 존재, 텍스트의 연속성이 시와 편지 사이에 자리 잡게 된다.

이런 연속성 속에서 우리는 랭보의 아프리카의 편지를 진정한 삶의 편린들을 우리에게 전달하는 서간체 작품으로 간주할 수 있지 않을까? 20세기의 몇몇 작가들에서 볼 수 있는, 비물질적 개념으로부터 사물이라는 촉각되는 요체로 전환되는 현실의 시적 대상은 아비시니아의 상인이 꾸준히 시어의 침묵 속에서 그들에게 양도한 것이라면, 더욱 이 질문은 타당성을 부여받을 수 있을 것이다. 랭보의 운명은 이렇듯 유년시절부터 죽음까지, 그리고 무덤에서 시의 영원성에 이르기까지 유일한 단일비석을 형성하고 있다. 이 운명이 없었다면 우리의 문학은 전통적인 요구에 굴복하는 미학적 테마에 대한 낡아빠진 탐구 속에서만이 가능했을 것이다.

2. 현존과 희망의 시

더 이상 시에 집착하지 않겠다는 단순한 결심을 통해서 시인은 자신의 신분을 포기할 수 있는 것인가? 혹은, 그의 진솔한 존재 밖에서, 쓰인 작품과 분리된 채, 또 다른 운명을 추구하는 것은 가능한 일인가? 랭보가 그의 운명을 걸었던 책을 불 지르고 그를 둘러싸고 있던 사회의 위선적인 안락함과 시어의 비진실성을 고발했을 때, 우리는 그에게서 시인의 얼굴을 발견할 수 없는 것인가? 시적 기술체에서 벗어나 언어행위의 질서에 예속되지 않은, 말라르메Mallarmé가 끊임없이 연마하는 일종의 "백색 기술체écriture blanche"(「기술체와 침묵」, 『기술체의 영도』)는 결국 문학 내부의 혁명으로 그치는 것인가? 롤랑 바르트가 말하는 작가의 "문학에 대한 소송"(「언어의 유토피아」, 위와 같은 책)에서, 랭보는 문학이 사형선고를 받고 가차 없이 처형되는 광경을 지켜본 후, 아프리카의 뜨거운 삶의 대지로 돌아가, 변질될 수 없는 체험의 시를 우리에게 다시금 소생시켰다고 말할 수는 없는가? 답변하려는 순간, 한 인간의 운명 속으로 재침윤되는 이 모든 의문들에 대한 명확하고 보편적인 해결은 존재하지 않는다. 그러나 분명한 것은, 문학의 현대성이 의식되고 그 개념이 형성되기 시작한 이래, 랭보는 어느 누구도 모방할 수 없는 처절한 의지로 시의 파괴와 성취를 동일한 감수성으로 이행한 작가라는 점이다. 쓰는 시와의 표면적 단절이 자동적으로 시인의 신분을 소멸시킨다는 것은 따라서 부적절할 뿐 아니라, 시의 앞날을 텍스트의 물리적 존재선상에서만 파악하는 불구적 문학론의 계략에 빠지는 형상인 것이다. 작가에 의하여 남겨진 작품이 영속적 가치를 지니고 있는 한, 그는 문학의 언덕을 벗어날 수 없다. 삶의 또 다른 중심점으로 끊임없이 유인하는 인력으로부터 작품이 그를 보호해 주기 때문이다. 시의 곁에 더 이상 머물기를 거부했을 때, 여기서 지체 없이 부정된 것은, 시의 정신이 아니라, 오직 시를 쓰는 행위나 쓰인 텍스트로서의 시의 존속양식인 것이다. 촉지되고 비좁은 시의 공간을 떠나 진정한 생을 되찾고 그러한 삶을 영위하며 시의 본질에 접근하는 것은 오히려 더욱 철저히 시인의 역할을 이행하는 것이리라.

추상적으로 확대될 위험이 있는 우리의 논의를 랭보의 침묵과 이브 본푸아의 시학에 맞추어 보자. 랭보가 문학에 등을 돌리면서부터, 언어행위자체로 만족하는 표현의 수단을 파괴하고, 언어의 헐벗음 속에서 진정으로 사물의 존재에 다가설 수 있는 표현방식을 문학작품에 찾아 주는 것이 작가의 궁극적 소명으로 떠오른다. "시는 현존現存

을 배척하지 않고, 이해 가능한 세상과 언어를 스케치하여, 거기서 생의 절대적 형태가, 밀짚의 초라한 침대 위에서 태어나는 것처럼, 나타날 때까지 이것들을 단순화시키면서, 현존을 창조하는 것이다"라고 본푸아는 말한다. 현존을 창조하려는 노력 속에서, 시는 그 현존과 동일화를 이루며, "기술체를 떠나, 생의 상황을, 텍스트 밖에서, 실행하는 것"을 목표로 삼게 된다. 랭보의 침묵에 대한 성찰을 지속적으로 요구받고 있는 본푸아는 "진실과 체험이 결핍되면 언어는 자기 자신에 도취되는 것이며, 그러한 진실과 체험의 폭이 재구성되는 공간"은 기술체의 억압에서 벗어난 텍스트의 이러한 외부세계라는 것이다. 시는 이제 기술체의 신비스러운 힘에 의하여 이끌리는 모든 것과 변별적 관계 속에서 일상적 언어를 받아들이고, 개념화된 시어가 우리에게 더 이상 설명해 줄 수 없는 본원적 체험과 파기될 수 없는 진리의 광대함으로 우리를 인도해야 하는 것이다. 『지옥에서 보낸 한철』의 마지막 페이지는 문학의 불가능성을 확인하고 있지만, 그 참담한 경계를 가로질러 "찬란한 도시"로 들어갈 수 있다는 가능성을 또한 암시하고 있다. 이 "찬란한 도시"에서의 랭보적인 삶에 본푸아는 가치 부여를 거부하고 있지만, 그가 시적 언어를 통하여 끊임없이 야기하려는 현존의 이미지는 바로 단순하고 비속한, 시가 철저히 매장당하고 있는, 이 실제적 삶과 무관하지 않은 것이다.

랭보는, 문학을 부인한 이후, 단 한 번도 자신의 결정을 번복하지 않았다. 아프리카 아라르의 상인이 쓴 것은 문학의 페이지가 아니라, 문학의 목을 죄는 개인서신에 불과했다. 이 점에서 랭보의 태도는 분명하다. 즉, 생의 전반부에서 그는 누구도 모방할 수 없는 속도와 힘으로 시에 접근하였고, 이렇게 하여 작품이 그의 주변에 존재할 때 가눌 수 없이 엄습하기 시작한 글쓰기에 대한 혐오감으로 그는 운명의 후반부를 끝내 문학과의 결별 속에서 보낸다. 시적 기술체는 성공적으로 파괴된 것처럼 보인다. 그러나 아프리카의 랭보를 좀 더 가까이 바라보면, 시와 개인적 편지라는 자아에 대한 두 가지 표현수단 사이에 어떤 정신의 연속성이 잠재하고 있는 것을 확인하게 된다. 단지 그 둘 사이의 전위작용이 너무도 급격히 번개 같은 섬광 속에서 이루어졌을 뿐이다. 아비시니아에서, 그는 가혹한 삶의 체험을 통하여, 꾸준히 그리고 후회 없이 우리에게 새로운 시의 문제가 제기되는 공간을 열어 주었다. 여기서 언어는 시의 정신을 이끄는 자격과 힘을 상실하게 되며, 반대로 시의 정신이 언어를 생의 진부함과 단순성이란 틀 속에 감금시킨 채, 본푸아 시학의 중심인 "현존"을 말할 수 있는 가능성을 보여 준다. 이것은 유럽문명의 지주 중 하나인 철학의 논리적 개념의 경직성과 허위성으로부터 자양분을 공급받던 시어의 오류를 일깨우고, 그 시적 체험의 한계선을 밀어내는 행위와 다름 아닌 것이다. '살면서' 글을 쓴 아프리카의 랭보는 이렇게 지금의 우리에게 다가오는 것이다.

그러면 아프리카 편지라는 <텍스트> 속에서 무엇을 찾아볼 수 있는가? 어떤 독서가 가능한 것인가? 아프리카에서 가족들에게 보낸 서신들 속에는 아무것도 없다. 일상적 삶으로 돌아가는 보잘것없는 언어의 찌꺼기들 외에는 아무것도 찾을 수 없다. 따라서 어떠한 독서도 불가능하며 그와 동시에 어떠한 방식의 글 읽기도 허용될 수 있는 이중성을 지니고 있는 것이다. "시는, 최초의 움직임에서, 자신이 포착한 대상물들을 파괴하지만, 그 파괴를 통하여, 시인이 겪은 체험의 잡을 수 없는 유동성 속으로 그것들을 되돌려준다. 시가 세상과 인간의 동일성을 되찾으려는 희망을 갖는 것은 바로 이런 대가를 치르고서이다"라는 바타이유Bataille의 언술은 랭보의 편지읽기라는 문제에 적절한 방법을 제시해 준다. 즉, 시에 의하여 파멸된 시 내부의 모든 것들(그것이 시적 대상이든 혹은 시의 목적이든 간에)은 문학적 기술체를 통하여 찾을 수 없던 진정한 자기 얼굴을 시인의 경험이 의도적으로 만들어지는 삶의 현장 곳곳에서 발견해 내기 때문이다. 따라서 아프리카 편지의 진부함과 그 문체의 무미건조함은 시가 세상의 가면 벗은 모습과 인간의 가식 없는 삶을 그려 낼 수 있다는 희망의 언덕에 마침내 도달하는 모습을 보여 주는 것이며, 그 새로운 장소와 새로운 사물들을 앞으로 오는 시(혹은 비시非詩의 시)에게 제시하는 것처럼 보인다. 이제 시인은 현존이 살아 숨 쉬는 이 토양에서 보석 같은 광채가 번뜩이는 『일뤼미나시옹』과 처절한 고백이 진땀나게 토로되는 『지옥에서 보낸 한철』을 매장하고 "영혼과 육체 속에 진실을 소유"하게 되는 것이다. "우리가 숨 쉬는 공기, 우리를 인도하는 빛, 세상의 하찮은 사물들은 언어를 통하여 형성되는 틀보다, 훨씬 더, 영원히, 존재하는 것이다"라고 본푸아는 말한다. "저기에 있는 저 강물, 저 언덕들, 비시간성의 나라, 이미 꿈이 되어 버린 땅, 죽음에 관해서는 아무것도 모르는 세월들의 평안이 영원히 계속되는 곳", 아라르의 고원지대에서 우리에게 보내진 랭보의 편지들은 이런 현존의 인상을 야기하고 있다. 의미 없는 과거와 어두운 미래를 향한 형이상학적 존재연장을 시도하지 않고, 침묵 속에서 현재를 끌어안고 있는 한, 대지 위에 흩어져 있는 사물들은 도래하는 문학의 새로운 테마로 변모된다. 십여 년간의 편지들 속에서 시의 주검을 딛고 우리의 또 다른 감수성에 다가서는 사막의 바람, 카라반의 길 위에 누워있는 돌과 바위들, 순교자의 심정으로 끝없이 걷는 자의 타오르는 시선이 가닿는 숲과 벌판, 이 모든 것은 퇴색된 존재에 대한 한 테마, 개념, 양상을 포기한 이후 다가오는 시의 충만한 진실과 다름 아니다. 아프리카의 뜨거운 태양 아래서 쓰인 랭보의 글은 이렇게 사물의 생명력이 넘쳐흐르고, "흐르는 물, 타오르는 불이 우리에게 줄 수 있는 현존의 인상"을 야기하고 있는 것이다.

소설가는 중요사건의 상황묘사를 통해 현존을 환기시킬 수 있지만, 시는 단어를 개념으로부터 돌려놓음으로써, 우리의 생활 속에서, 현존을 야기한다. 음악가에게는 음표, 미술가에게는 스펙트럼의 색채, 시인에게는 언어속의 단어가 바로 기호에 관련되는 것들이며, "이 기호의 끝에서, 그리고 그것이 지명하는 것에서 시는 생산되고, 그 기호가 자신을 나타나게 하며 동시에 파괴해 버린 것에 대한 향수로부터 시는 태어난다"는 본푸아의 언술은 예술에서 시의 확장성과 다양성을 암시하는 것이며, 따라서 시학을 언어행위 자체의 현상으로 정의내리고 그 내면의 미로 속에서 길 찾는 쾌락을 느끼려고 하는 비평을 거부하는 것이다. 기호에 의하여 이미 파멸된 의미의 잔재에서 나무, 돌, 불, 강 등의 단순한 그러나 바람에 실린 배처럼 강력한 힘을 지닌 현실의 사물들이 피어난다. 언어의 개념화에서 탈피한 시는 세상에서 '지금 여기 있는 것들'에 끝없이 접근하며 그것들을 탐구하고 표현해야 하는 것이다. 본푸아와 함께 시는 닫힌 단어의 개념의 틀에서 벗어나 광활하고 구체적인 세계로 비상하여 그곳의 범상한 실체들 속에 존재하는 본질적 매듭을 탐색하고, 현존의 인상印象인 "전율하는 감동saisissement", "신神의 나타남épiphanie"이 이루어지는 <장소>를 찾게 된다. 이것은 성스런 언어가 숨 쉬는 시어의 새로운 깊이이다. 언어가 성스럽다는 것은 개념의 찬란함, 사상의 순수함, 그리고 책의 절대성에 반기를 들고 감각적 대상물을 위하여 이루어 내야 할 의무를 분명히 인식하는 데서 출발한다. '장소'에 대한 탐색은 본푸아의 시적 도정에서 중심점을 형성한다. 그에게는 경외일 뿐 아니라, 하나의 꿈이고 매혹의 나라이다. 움직이고 살아 있는 것들의 유한성으로 차단되는 우리의 비전이 어느덧 절대세계의 한없는 깊이의 늪으로 빠져들며 부동과 죽음의 실체를 투시하게 되는 나라, "죽음에 대한 생각을 감내하고, 분명 뱀에 홀린 듯 유혹당하는" 곳이다. 그러나 "죽음의 현존"이 누워 있는 이 어두운 심연에서 언어의 유희와 결별한 우리를 "비밀스런 램프"의 성스런 빛이 인도하고 있으며, "하늘의 폐허"를 가로질러 우리에게 다가오는 또 다른 유혹의 뱀 "살라망드르Salamandre"가 사는 땅이다.

"오랫동안 찾아 헤매던 가장 아름다운 나라는/ 우리들 앞에 살라망드르의 땅으로 펼쳐질 것이다"(본푸아, 「이렇게 우리는 걸으리라……」)라는 희망처럼, 시는 우리의 앞날을 약속한다. 그러나 <지금>, <여기>에서 절대를 포용할 수 있는 언어로부터 시가 유리되어 있는 한, 그 아름다운 땅의 모습은 신기루에 불과하다. 시는 <사고思考>의 안락한 공간에서 추방당하여 그 유배의 처절한 고통을 겪을 때 비로소 새 생명을 잉태할 수 있다. 즉, 새로운 언어, 절대 언어를 끝없이 탐구하는 작업이 도래하는 시의 임무인 것이다. 본푸아의 시학은 언어에 대한 깊은 회의에서 비롯된다. 그것이 과연 현존을 포착할 수 있는가? 움켜쥐면 두 손가락 사이로 빠져 버리는 모래알처럼, 말하고 지명하는 순간 현존의 인상을 탈색시킬 수밖에 없는 지금의 폐쇄된 언어, 그런 가식의 시공으로 강하게 유인하는 이곳의 고체화된 언어의 그물망으로부터 시는 탈피할 수 있는가? 언어들이, 사물에 대한 진정한 장악력도 없는 채, 개념이나 정의定意의 감옥 속에서 그들의 어휘를 통하여 허공의 반복을 지속하기 때문에, 이 땅에 편재하는 모든 사물들은 정말로 옳게 불려 본 적이 없는 깊은 침묵의 늪에 빠져 버린 것이다. 시를 찢어 버린 랭보의 「고별」이 소생되어 다가오는 것 같은 한 편의 시에서 본푸아는 묻는다.

> 내 여인이여, 이것이 사실이냐,
> 시라고 불리는 언어에,
> 아침의 태양과 저녁의 태양,
> 기쁨의 외침과 고통의 외침,
> 도끼질과 인적 없는 강 상류,
> 흩어진 침대와 폭풍의 하늘,
> 태어나는 아이와 죽은 신을
> 지칭하는 단어가 오직 하나 뿐이라는 것이?

(「고별」의 일부)

그리고 스스로 답한다. "그래, 난 그걸 믿는다, 믿고 싶다"라고. 그러나, 흐릿한 얼굴만을 비추는 김 서린 거울처럼 사물의 중첩된 이미지만을 그려 내는 쓸모없는 언어가, 가시덤불이 엉기어 아직도 잘 트이지 않은 이 잡초의 길에서 끊임없이 방황하는 것을 본다. 그리하여 우리에게 "오늘, 여기에서, 언어란 / 비오는 새벽마다 쓸모없는 물이 흘러넘치는, / 반쯤 부러진 물방아의 물통"이라며 언어의 허망함과 무력함을 말해 준다. 절망의 상황은 어둠의 끝에 있다. 그것이 새벽의 의미일 것이다.

랭보에 있어서 새벽의 의미는 1872년의 한 편지에서 압축된 언어로 확연히 드러나 있다. "새벽 세 시에, 촛불은 흐려진다. 나무 속의 모든 새들이 동시에 지저귄다. 끝났다. 더 이상의 작업은 없다. 나는 이 형언할 수 없는 아침의 첫 시간에 포착된 하늘과 나무들을 바라보아야 했다." 시와의 대화는 어둠의 두터운 베일 속에서 이루어졌고, 새벽이 다가오면서 시의 얼굴을 밝혀 주던 인위적 빛은 생명을 다하며, 이제 그 밤을 지새운 자의 곁을 떠난다. 자음의 움직임을 조절하고 모음의 색채를 창조했던 언어의 연금술사는 이제 자신의 "작업"과 이별한다. "형언할 수 없는 시간"의 새로운 희망의 빛이 "하늘과 나무들"을 감싸고 있는 그 현존의 아름다움만이 언어의 밖에서 은밀히 숨 쉬고 있을 뿐이다. 심오하고 비밀스런 세계의 진실된 모습이다. 랭보는 이 세계를 가로질러, 새벽의 하늘에 생생한 호흡을 뿜으며 우리에게 다가오고 있다. 어둠의 침침한 불빛 이후 늘 여명의 보랏빛 대지가 펼쳐지는 한, 랭보의 운명은 시의 곁을 떠나지 않는다. 새벽은 이렇듯 도래하는 시의 희망의 순간이었다. 연대기적 논의를 떠나, 시적 감수성의 차원에서 시정신의 최종적 분출이었던 「고별」의 마지막 구절들이 언제나 우리의 가슴속에 비수처럼 꽂혀 들어오는 것은 시의 근대성에 대한 감동적이며 강력한 그 메시지 때문이리라. 본푸아가 『빛없이 있던 것』이란 시집의 마지막 페이지에서, "밤을 지새우는 자"의 깨어 있는 영혼이 도달해야 할 "또 다른 강"의 언덕, 그러한 미지의 세계에 대한 그리움을 추운 겨울하늘의 울부짖는 갈매기로 형상화시킨 것은 아마도 랭보적인 새벽의 이런 영속성 속에서 이루어지는 현대시의 푸득 이는 생명력의 표명일 것이다.

랭보는 죽음으로 이르는 거역할 수 없는 숙명적 길을 선택하지 않았다. 문학에 대한 열정과 증오, 기독교 문명을 조롱하는 저 먼 나라로의 여행, 뜨거운 태양과 메마른 대지와의 무한한 포용, 그리고 죽음에 대항한 고독하고 장렬한 투쟁……. 이런 운명의 도정 속에서 정신의 고통과 육체의 위험 위에 세워지는 변질될 수 없는 진리를 향하여 끊임없이 접근하였던 것이다. 이 진리는 우리에게 "시와 희망을 합치고 거의 동일화시킬 수" 있는 순간을 암시한다. 사고思考의 안락한 공간에서 추방당한 도래하는 시가 그 영속적인 유배의 시간 속에서, '현존'이 열어 줄 수 있는 것을 인식하게 되는 것은 이 순간만이 줄 수 있는 시의 행복인 것이다.

> 비가 내린다. 열한시 전에 일어서는 것은 불가능하다. 낙타는 짐을 실으려 하지 않는다. 그렇지만 들것은 출발해서 두 시에 워르지에 도착했다. 저녁 내내 그리고 밤새도록 기다렸지만, 낙타는 오지 않는다.
> 열여섯 시간이나 계속해서 비가 내리고, 우리는 천막도 없고 먹을 것도 없다. 아비시니아의 가죽만 덮고 이 시간을 보낸다.

이것을 시라고 부를 수 있겠는가? 그렇지만, 랭보가 들것에 누워 쏟아지는 빗속에서 아무것도 먹지 못한 채, 오지 않는 낙타를 그토록 기다렸던, 형태의 아름다움이며 사고의 논리며 언어의 개념 따위 등이 더 이상 아무것도 해결할 수 없는 이 처절하고 영속적인 유배의 시간을 "비와 기다림과 바람의, 욕망의 시" 이외의 그 무엇으로 우리는 설명할 수 있겠는가? 시란 과연 무엇을 써야 하고 문학은 우리를 어디로 인도하고 있는가라는 근원적 문제에 대한 성찰을 랭보는 이렇게 침묵의 시로써 현대시단에 요구한다. 본푸아의 시는 이 요구 속에서 존재하는 것인지도 모른다. 랭보와 본푸아의 관계는 형이상학적 사유에 근거한 언어의 덧없는 진실을 포기하고 "현존"이라고 불릴 수 있는 것을 대지의 어둠 속에서 캐내는 새로운 시적 작업을 통하여 형성되고 있다. 예술의 위험하고 쓸모없는 죽음의 늪을 가로질러, 현존과 희망의 시가 새벽의 하늘을 가르고 불사조처럼 우리에게 날아올 수 있는 것은 역사의 매듭이 이어 주는 바로 이러한 시정신의 후속성 때문인 것이다.

3. 랭보와 본푸아 – 저 다른 곳, 비시간성의 나라

학창시절의 본푸아는 철학 선생님이 빌려 준 조르쥬 위네의 『초현실주의의 간략한 작품집』을 통하여 앙드레 브르통과 엘뤼아르의 시, 다다이즘 시절의 짜라의 글, 키리코의 그림, 막스 에른스트의 콜라주, 그리고 자코메티와 초기 미로의 작품들을 접하고 이에 매료된다. 따라서 초현실주의자들이 선호하는 16세기 화가 우첼로에 본푸아가 관심을 두게 되는 것은 당연한 일이었는데, 그들이 당대의 예술가가 아닌 우첼로를 그들의 작품세계와 일정한 관련을 두는 것은 그가 채택한 원근법의 독특한 사용 기법과 이것이 창출하고 있는 그림의 비현실성에 있었다. 특히 본푸아는 우첼로의 『산 로마노의 전투』를 그노시스적인 특성이 담긴 그림으로 판단하며 신비주의나 상상적인 것으로부터 만들어지는 초월적인 이미지들을 그림에서 보게 된다. 이렇게 초현실주의의 일정한 영향 아래 글을 쓰기 시작한 본푸아가 개체의 신비와 장소의 비현실성—장소가 '이곳'이 아닌 '다른 곳'에 존재한다는 막연한 동경과 불투명성에 대한 매혹—에 감싸여 있었다. 본푸아에게 진정한 천둥처럼 뇌리에 박혔던 키리코의 저 유명한 『어느 거리의 신비와 우수』가 이 '다른 곳'에 대한 가장 특징적인 이미지를 제시하고 있다. 그러나 시인이 '다른 곳'의 명징성에 대하여 회의를 품게 되는 것은 우첼로나 키리코의 작품이 내포하고 있는 그노시스적인 성격이며 신비주의의 남용에서 출발한다.

> 나는 결국 그노시스적인 경향 속에서 자만하고 있었으나, 또 다른 세계의 기호 아래, 저 멀리서 나에게 나타났기에, 이미 내가 그 모든 것보다 더 좋아하고 있었던 단순한 미는 지니고 있지 못했다.
>
> (『저 너머의 나라』)

시인은 "또 다른 세계"를 꿈꾸고 있으나, 그 세계는 원근법의 추상적인 사용으로 인한 풍경의 비현실성과 상상적인 것이 지배하는 곳이 아닌 삶의 일상성이 되풀이되는 곳, 그러나 유한성의 지평 너머 아름다움이 시의 미래처럼 다가오는 그런 곳이다. 저 대지의 풍경이 담고 있는 현실의 단순한 미와 그것의 시적 이미지를 담아내는 것이 시인의 소명으로 다가온다. 이 이미지들은 우리의 몽상 속에 형성되는 덧없는 표상들이 아니라, 우리의 삶의 장소와는 또 다른 장소에 속한 하나의 실재인 것이다. 시인은 랭보의 산문시집 『일뤼미나시옹』에서 그려지는 장소들과 인물들 그리고 그 풍경들을 또 다른 세계의 생생한 창조물로 인식했다. 시인의 대상은 보다 구현적인 성격을 지닌 형상들이지만, 그 모습은 랭보의 것과 마찬가지로 언어가 해체되어야 인식될 수 있는, 말하자면 일상의 개념을 떠나야 이해될 수 있는 존재의 진정성을 말하고 있다.

이런 면에서 본푸아의 첫 번째 시집 『두브의 움직임과 부동성에 대하여』의 "두브"라는 명칭은 『일뤼미나시옹』의 여자들에 대한 시적 재창조라고 볼 수 있다. 말하자면 인간의 몸을 빌린 시학적 존재물들,

우리처럼 인식하지만 결국 우리의 오감과 직관 그리고 지성을 뛰어넘어 존재하는 다른 형상들이다. 그런 여인들이 살아 움직이는 랭보의 놀라운 산문시집의 여인들로부터 "두브"가 창출될 수 있었으나, 어떤 종교나 신화로 신비화되지 않았다. "두브"는 여성의 모습이면서 동시에 이 대지에 누워 있는 사물이며 장소 그 자체인 것이다. 바람이고 강이며 황야이고 들판이고 또 돌인 것이다. 모든 것이 드러난 헐벗은 세계에 '있는 것', 그것인 것이다.

> 그대의 존재였던 이 성城을 사막이라 하고,
> 이 목소리를 밤이라 하며, 그대 얼굴을 부재라 부르리라,
> 그대가 불모의 대지에 쓰러질 때,
> 그대를 앗아간 번개를 무舞라 부르리라.

(「진정한 이름」)

겹겹의 역사와 그 시간의 층위에 서 있는 "성", 그 '두브'의 존재는 "사막"으로 불린다. 시인은 '투시자'가 되어야 한다는 소명을 안고, 드라마틱한 파리 생활을 영위한 랭보가 회한의 삶을 돌아보며, "오 계절이여, 오 성이여, / 결함 없는 영혼이 어디 있으랴?"라고 외칠 때, 삶을 바꿔 보려는 언어의 연금술사의 시간은 계절이었고, 그의 거처는 성이었을 것이다. '두브'는 그 실패한 자, 언어로 새로운 세상을 시도했던 자의 시적 감성을 이어받고 있으며, 결국 랭보의 시어처럼 무너져 내린 성벽의 폐허이며 "불모의 대지"인 "사막"의 끝없는 지평일 것이다. 그리고 '두브'의 "목소리"와 "얼굴"은 마치 삼라만상의 상응이 이루어지는 보들레르의 "밤처럼 빛처럼 광활한 / 어둡고 깊은 단일체"와 같이, 모든 기존의 개념과 형상들이 떠난 자리, 빛이 없음으로써 사물이 지각될 수 없는 어둠의 세계, "밤" 그리고 "부재"라고 명명

된다. 또한 '두브'를 소멸시킨 순간의 빛은 "무"라고 불린다. 우리의 순수한 의식 앞에서 과연 이름 짓고 부른다는 것은 무엇인가? '진정한 이름'이란 어디서 오는 것인가? 우리가 이에 대한 답을 하려는 순간, 단어의 개념은 사라지고, 사물의 현존만이 남게 된다. 동일한 사물을 지시하기에는 의미상 멀리 떨어져 있는 단어들(성 - 사막, 목소리 - 밤, 얼굴 - 부재, 번개 - 무)은 오히려 구체적인 형상 속에서, 현존의 인상이 담고 있는 세상의 풍경 속에서, 그 관계가 설정되기 시작한다.

> 놀란 살라망드르는 움직이지 않고
> 죽은 체한다.
> 그것은 돌 더미 속 의식意識의 첫걸음이며,
> 가장 순수한 신화이고,
> 가로질러진 커다란 불, 정신인 것이다.

(「살라망드르의 장소」)

'두브'의 "부동성"은 불도마뱀인 살라망드르의 삶과 죽음 사이의 순간으로 나타난다. 이 무한한 절대의 순간은 아마도 살라망드르의 "움직임"으로 "가로질러진 불", 정신의 순수를 말한다. 그렇다면 이 정신은 단어들의 개념으로 모든 순수를 잃어버린 것들의 새로운 태동이며, 가장 분명한 현존인 "돌" 사이에 걸쳐 있는 의식인 것이다. 전설의 뱀은 과거에 창문에서 새어 나오는 불빛 속에서 담장의 중간에 걸쳐져 있던 죽음의 존재였다. 시선이 하나의 돌이었던 이 최초의 생명체는, 인간의 의식이 언어의 허구에 집착하기 전의 역사, 삶과 죽음의 원형을 담고 있는 "신화"로부터 온 것이다.

> 살라망드르는, 우리 창문의 빛 속에서,

벽의 중간에 걸쳐 있었다.
그의 시선은 하나의 돌이었지만,
난 그 심장이 영원히 뛰고 있는 것을 보았다.

(위와 같은 시)

왜 "벽난로"나 "제비"나 "벽의 균열"이라고 불리기보다는 "살라망 드르"냐고 하는 물음은 우리의 의식에서 나오는 언어와 지성의 모든 바탕을 인정하지 않는 놀랍고도 근본적인 질문으로 다가온다. 여기서 우리는 파괴를 생각한다. 본푸아가 이 불도마뱀을 바라보며 몽상에서 깨어난 것도 어느 여름날 파멸된 집의 벽 위에서다. 이미지들은 이렇 게 단어로 감싸여 있는 우리 모두의 피상적 심상들의 파괴로부터 이 루어지는 것이다. 현상 세계에 대한 완벽한 적으로서 시인은 모든 것 을 부셔야 했다. 그것으로부터 오직 구원이 온다는 시의 희망은 바로 현대시의 앞날을 말하고 있는 것이다. 폐허의 아름다움은 잘 다듬은 대리석의 반짝거림과 거기에 비춰지는 우리의 현상적 미를 부인하면 서 태동된다.

파괴하고 파괴하고 파괴해야 했다,
구원은 오직 이 대가이다.

대리석 속에서 올라오는 벗은 얼굴을 파멸시키고,
모든 형태 모든 아름다움을 때려 부셔야 했다.

(「불완전이 정상이다」)

형태와 형태의 아름다움에 대한 가차 없는 적의는 시를 둘러싸고 있던 개념의 집과 그 집의 벽을 부수는 일이며, 마법과 주술로부터 시를 구원할 수 있는 명징한 의식과 다름 아니다. 결국 "두브"의 형상은 없으며, 그 모습을 지칭하는 단어도 의미를 상실했다. 단어가 담고 있다는 의미란 무엇인가? 사물을 정의할 수 있는 것은 우리의 의식이 만들어 낸 불확실한 언어가 아니라, 그것의 "부동성"과 "움직임"이라는 동작의 두 가지 카테고리 안에서 그리고 단어가 떠난 기술체의 밖에서 가능한 것이다.

> 대지가 밝혀주는 오늘 저녁 그대 얼굴,
> 그러나 두 눈은 썩어가고
> 이제 얼굴이라는 단어에는 의미가 없도다.

(「연극 XⅢ」)

파멸된 얼굴의 폐허 더미에서 시의 새로운 계획은 세워질 수 있을 것이다. 어둠 속에서 인식되는 존재들의 경험은 잘못된 현존의 인상만을 야기할 뿐이다. 진정한 이미지는 존재하는가? 주관적 체험과 지각으로부터 우리의 내면에 도달하는 이미지는 혼돈스런 것이다. 애당초 '두브'가 등장하는 곳은 「연극」의 무대였다. 말하자면, 시와 어떤 연극적 표현의 관계가 제시되어 있던 것이다. 외부의 공간 혹은 장소에서 연극적 인물처럼 창출되고 꾸며진 존재가, 테라스 위를 달리며 바람과 맞서 싸웠고, 입술 위에는 추위가 피를 흘리고 있었다. 그리고 죽음을 맞이한다: "벼락이 그대의 피로 하얀 유리창을 물들일 때, / 나는 보았다 스스로를 부수며, 흔쾌히 오 벼락보다 더 아름답게 죽어가는 그대를."(「연극 L」) 시집의 첫 페이지는 이렇게 파멸과 죽음으로 시작됨으로써, 외면의 언어는 단번에 내면의 '목소리'로 바뀌고 만다. 이 점에 대하여 본푸아는 최근에 "비록 내면에서부터 올라오는 파롤이지만, 나는 밖에서부터 들려오는 것이라고 믿고 있다"(『문학 매거진』지, 2003년 6월)라고 말한다. 모든 순간들과 모든 장소들의 썩어 가는 시선이 아니라, 독수리의 내면을 뚫는 시선으로 환히 드러난, 말하자면 "선회하는 독수리가 밝혀 주는 내면의 바다"(「연극 XIII」)에서 올라오는 목소리인 것이다. 명징성의 확보는 이렇듯 죽음과 파멸 그리고 소멸의 시학과 관련된다. 연극 무대에서처럼 등장한 "두브"는 벼락과 함께 소멸되고, 어둠의 세계로 빠져들며 새벽을 기다린다. 『두브』의 많은 시편들 중에서 가장 아름답고 가장 본푸아의 시학이 분명하게 담긴 시 한 편 전체를 읽어 보자.

> 우리는 이렇게 어느 거대한 하늘의 폐허 위로 걸어가고,
> 장소는 강렬한 빛 속에서
> 저 멀리 운명처럼 완성되리라.
>
> 오랫동안 찾아왔던 가장 아름다운 나라는
> 살라망드르의 대지로 우리 앞에 펼쳐지리라.
>
> 그대는 말하리라, 보아라,
> 죽음의 현존을 담고 있는 이 돌을.
> 우리의 몸짓아래 타오르는 비밀스런 램프를 들고
> 우리는 이렇게 불 밝힌 채 걸어가리라.
>
> (「오렌지 밭」 서시)

본푸아가 시의 앞날을 향해 나아가는 길에는 늘 동행하는 자가 있다. "우리"라고 지칭되는 두 존재의 대화, 그들이 가닿은 시선은 역사를 꿰뚫고 우주를 공명시키며 불사조의 날개 짓으로 다가와 우리의 뇌리에 박힌다. 과연 시란 무엇인가? 어둠 속 "비밀스런 램프"를 들

고 무너진 "하늘의 폐허" 위를 전진하는 "우리"는 "살라망드르의 대지"를 찾게 될 것인가? 이런 모든 질문들은 문학의 근본을 묻고 있다. 시인은 『저 너머의 나라』에 대한 아름다운 동경과 깊은 성찰을 거친 후, 오랜 침묵 끝에 우리에게 아마도 시학의 정점을 이루고 있는 『빛 없이 있던 것』을 추억─이 시집을 여는 시는 「추억」이다─처럼 드러 내고 있다.

본푸아의 시는 랭보가 『지옥에서 보낸 한철』의 마지막 시 「고별」에서 "새벽녘, 타오르는 인내심으로 무장한 채, 우리는 찬란한 도시로 들어갈 것이다"라고 하며 글쓰기를 끝내는 바로 그 지점에서 시작된다고 말할 수 있다. 그 "찬란한 도시"란 상상적인 것의 아름다움이 존재하는 곳이 아니라, 사물들의 본질이 단어의 개념들로부터 벗어난 채 드러나 있으며 그 안에서 우리가 행복감을 느끼고 신적인 모습 같은 것, 말하자면 "주현主顯"의 감동을 만날 수 있는 곳을 의미하기 때문이다. 시인이 <장소>라고 이름 짓는 것의 주현, 즉 신의 나타남은, 바로 흐르는 물, 타오르는 불이 우리에게 줄 수 있는 현존의 인상이며, 여기서 "신이란, 성 아우구스티누스가 말한 것처럼, 순전히 그리고 단순히 사물인 것, 표상과 현상이 아닌 기호들 너머의 것"(『르 몽드』지 1987년 4월 10일 자)이다. 우리의 눈앞에서 타오르는 불의 형상은, 언어가 빚어내는 가상假像 아닌, 사물과 우리가 상응하는 순간 발현되는 신의 본질적 모습이다. "불이라고 말했을 때, 이 단어가 내게 연상시키는 것은 단지 단어의 개념이 불로부터 제기하는 것, 즉 자연적 성격 속의 불만이 아니다: 그것은 분석되고 유용성 있는(따라서, 종결되었고 대체할 수 있는) 하나의 대상체가 아닌, 힘을 부여받은 역동적인 어느 신으로서, 내 삶의 지평 속에 있는 불의 '현존'인 것이다"(『있음직하지 않은 것』)라고 할 때, 우리의 삶이 끝나가는 저 지평에 그 유한성 너머 떠오르는 신으로서 사물의 본질이 아지랑이처럼 피어오른다. 이미지는 무의식의 복잡한 흐름으로 만들어지는 불투명한 것, 신비스런 것이 아니라, 우리를 또 다른 세계의 단순성으로 이끌고 가는 힘을 지닌 신인 것이다. "기술체의 적절한 실행 속에서 찾아낸" 이런 이미지의 반짝거림은 자아가 주관하는 파롤이 아닌, 자아와는 다른 곳에서 우리와는 다른 것을 말하려는 희망을 지닌 "힘들의 수정체"와 다름 아니다.

> 자신의 파롤을 주관하는 것처럼 보이는 '자아'는 오직 랑그의 효과이며, 단어들 속에서, 단어들을 통하여, 자아와는 다른 곳에서 다가와 우리와는 다른 것을 말하고, 우리가 생각하고 희망하는 것과는 아주 다르게 구성되어 있는 힘들의 수정체인 것이다. (……) 첫 번째 책, 『두브』 이후 내가 기술체의 적절한 실행 속에서 찾아낸 것, 즉 이미지라고 불리는 것에 대한 이러한 성찰은 바로 거기서 나오는 것이다.
>
> (『시에 관한 대담』)

이 "다른 곳"은 언어로 지정될 수 없는 "장소"이며, 이미지들의 단순성 – 잡초들, 그 잡초 사이를 흐르는 물, 초라한 풀 사이 들꽃들 – 이 바로 주현인 곳이다. 시와의 작별을 선언하고 있는 랭보의 「고별」처럼, 시어의 무용성을 말하고 있는 「고별」에서, 시인은 "잡초와 그 잡초 속에서 강물처럼 빛나는 물. / 모든 것은 언제나 세상을 다시 짜기 위한 것. / 천국이 여기 저기 흩어져 있음을 난 알고 있는데, / 초라한 풀 속에서 듬성듬성 피어 있는 그 천국의 꽃들 / 그것을 알아보는 것이 이 땅의 임무"라고 하며 진정한 언어란 세상에 담겨 있는 신성의 본질을 드러내는 것이고 그것이 시인의 소명으로 다가왔음을 선언하고 있다. 「추억」에서 주현의 감동은 이렇게 표현되어 있다.

기쁨이여, 범람한 강물처럼, 밤을 가로질러 온
시간은 꿈으로 흘러들어, 꿈의 강안江岸에 상처를 내고,
가장 청명한 이미지들을 진흙탕 속으로 흩뜨리고 있구나.
(······)
내 과거의 존재가 잠들어 있는
이층 방들을 가로질러
꺼질 듯 붙어 있는 교회 안 촛불을 향해
저 아래 궁릉宮陵들의 밤으로 내려간다,
그 불 위로 내 몸 숙이자, 불은
누군가 어깨를 쳐 놀라 깨는 사람처럼 움찔하더니,
붉게 타오르는 제 얼굴의 주현을 나를 향해
들어 올리며 몸을 다시 곧추 세운다.

(「추억」)

　　사물의 현존을 야기하는 것은 지고한 행복이다. 어둠을 가로질러
온 시간은 우리의 허황된 꿈으로 들어와 언어가 파괴된 이후 형성된
"가장 청명한 이미지들"에 불확실성을 주고 있다. 이미지의 순수와
청명은 신의 모습인 것이다. 그것과 상응하는 것은 희열이고, 주현의
극점에 이르는 일이다. 언어로 표현할 수 없는, 그렇지만 우리의 오감
을 통하여 순간 인식되는 타오르는 불의 신성은 본질의 아름다움을
담고 있다. "내 과거의 존재"를 가로질러 "저 아래 궁릉의 밤"으로 시
인은 내려가, 거기서 타고 있는 불의 모습에서 가장 순수하고 가장
깊은, 현상의 잠정성과 허위로부터 벗어나 영원성에 싸여 있는 불꽃
과 마주한다. 이 감동은 온 사물과의 만남으로 이어진다.

그리고 차가운 풀숲으로, 난 나아간다, 오, 대지여, 대지여,
참으로 순응적이고, 있는 그대로의 현존이여,
사실이더냐, 이 나뭇가지에서 저 나뭇가지로,
축제의 저녁 꽃 장식들이 꺼져가는 시간을
우리가 이미 살았다는 것이? 끝나가는 밤에
또다시 홀로 선 우리는 잘 모르리라, 새벽이
다시 오기를 우리는 원할지라도, 그만큼
가슴은 저 아래에서, 아직도 노래하는
이 목소리에 취해 있구나, 모래 길 위로
멀어져 가며 희미해지는 목소리에.

(위와 같은 시)

　'빛없이 있던 것'은 어둠의 존재다. 지각을 거부하는 밤의 세계는
사물들이 자신의 유한성을 드러내지 않은 채 가장 완벽한 모습으로
살 수 있는 공간이다. "비밀스런 램프"를 들고 떠나는 자들은 밤의 세
계, "차가운 풀숲"으로 나아간다. 축제의 밤은 끝나고, 언어의 과잉
과 열기와 거짓 진술들은 어둠의 재로 묻혀 간다. 만약 우리가 영원
성을 희망한다면 우리의 실체는 존재하지 않는 것이다. 우리가 있었
던가라는 근원적인 질문이 여기서 나오게 된다. 우리는 과연 이 "축
제의 저녁"을 지새웠는지 아무런 증거가 없다. 우리의 실체가 명징을
상실한 채, 새벽은 다가오고, "목소리"는 또다시 들려온다. 그것은 새
벽에 울려 퍼지는 "개 짖는 소리"이며, 과거 목동이 불던 사라지지 않
는 그의 호적 소리인 것이다. 하루를 여는 이 소리들의 원초성과 그
생명의 순수성, 시인이 환기해야 하는 것은 바로 이런 변질될 수 없
는 생명체들의 몸짓인 것이다. 그 몸짓은 어느 언어보다 우월하기 때
문이다.

나는 나가 본다
놀랍게도 모두가 저버린 이곳의
축사畜舍 앞에 전구가 켜져 있다.
옛날 목동의 호적 소리 아직도 울리고 있기에
나는 집 뒤로 달려간다.
하루를 열었던 개 짖는 소리 들리고,
새벽에, 이제 떠나고 없는
짐승들 사이로 축배 드는 별을 바라본다. 피리 소리는 아직도
투명한 사물들의 연기 속에서 울려 퍼진다.

(위와 같은 시)

　"투명한 사물들"의 단순성은 신비와 허위를 거부하는, 존재하는 것
들의 가장 숭고한 모습이다. 본푸아가 이 시점에서 말하고 있는 것은
현대시는 결국 이 사물들과 교감해야 한다는 것이고, 시의 소명은 어
둠 속의 언어가 소멸된 이후 다가오는, 마치 랭보가 새벽의 원기를
받고 어둠의 예술을 버렸듯이, 아침의 신성과 그 정신으로 성취될 수
있다는 것이다. 『빛없이 있던 것』을 닫고 있는 시편 「희망의 임무」는
어둠 속에서 시도되었던 이 소명을 통해 죽음을 건너뛰고 있는 자가
추운 날 강변에 묶여 있는 작은 배, 그 성에 낀 유리창에 대고 영혼을
울부짖는 갈매기로 형상화되고 있다.

새벽이다. 이 램프는 결국
죽음을 모르며, 밤을 새는 자의
열기로 흐려진 거울 속에 손을 얹고,
이렇게 희망의 임무를 마친 것인가?

그러나 그는 램프를 끄지 않았고,
그를 위하여, 하늘이 있음에도, 타오르고 있다.

또 다른 강의 작은 배, 오 아침의 잠든 자여,
갈매기들은 성에 낀 네 유리창에 영혼을 울부짖고 있도다.

(「희망의 임무」)

'이곳' 그리고 '지금'의 일상성에 '잠들어 있는 자', 새로운 강안으로 향할 수 없는 자가 이미 그 주현과 현존의 인상으로, 단순성의 아름다움으로 본질을 드러내고 있는 사물들을 그의 언어로 다시 지시할 때, "언어의 불안한 동어 반복"(『저 너머의 나라』)은 우리의 진정한 삶을 가로막고 있는 것은 아닌가?

삶의 유한성 너머, 세월의 어둠을 가로질러 영속하고 있는 사물들, 이에 대한 감성은 로트지방의 생−피에르 투아락에서 갖게 되었다. 고향 도시 투르의 "삭막한 거리, 초라한 작은 집들의 동네, 남자들은 작업장에 있고, 여자들은 거의 늘 반쯤 닫혀 있는 겉창 너머에서 가구들을 닦고 있던" 권태로운 적막함에 싸여있는 일상적이고 관습적인 모습과는 달리, 초등학교 시절 여름방학을 보낸 "회색빛 돌이 드러나 있는 황량하고 거대한 석회질 고원"의 투아락, "닫힌 성채 위로 몇 날이고 쏟아지는 폭우" 속, 이 "비시간성의 나라, 죽음에 대해 아무것도 모르는 세월들의 안락함이 영속되는 꿈의 대지"(『저 너머의 나라』), 이 땅의 풍경으로부터 본푸아는 사물들의 현존과 마주하고 단순함의 주현을 인식하게 되었다. "회색빛 돌", 강가나 계곡 혹은 벌판에 누워있는 돌들, 때로는 쏟아지는 빗줄기 속에서 때로는 내려쬐는 태양 아래서, 영겁의 세월을 견디며 우리에게 다가온 그들의 얼굴. 시인이 발튀스의 작품을 보고 "돌처럼 분명한, 높고 순수한 현존"이라고 표현했을 때, 그리고 위박의 풍경 속 "돌은 존재의 메타포"(『

있음직하지 않은 것』)라고 결정지을 때, 우리는 시의 언어행위로 나타난 돌이나, 그림의 모델로서 그려진 돌의 그 잠정적 허상이 아니라, 명상된 돌의 명징을 생각하게 된다. 여기서 그 부동성의 깊이가 지니고 있는 영원의 아름다움을 느끼게 된다. 죽음을 모르고 영속하는 것들의 변질될 수 없는 얼굴인 것이다. 위치시킬 수 없는 "저 다른 곳", 죽음 너머의 대지, 이 "비시간성의 나라"는 "랭보가 말했듯이, 육신은 나무에 매달린 과실인 나라"이며, "종국을 맞이한 것들의 충돌이 아니라, 본질들의 화음 속에서 우주를 이해할 수 있는 의식의 나라"(『저 너머의 나라』)인 것이다.

죽음의 세계와 마주하는 투아락의 외가 장례식에서, 그는 "마지막으로, 형언할 수 없는 감동 속에서, 나는 로트 강 건너편 언덕 위 어느 커다란 나무를 바라보았다. 그 '나무'는 보이는 세계를 갈라놓은 최초의 경계였다"(『저 너머의 나라』)라고 술회한다. 그에게 나무는 지평에 솟아 있는 유일한 물체이며, 그의 의식 속에서는 불완전한 언어의 세계와 신이 드러나 있는 단순성의 세계를 갈라놓은 지표였다. 나무도 역시 하나의 강박관념인 것이다. 그러나 그의 시는 심리학적 혹은 실존적 분석을 거부한다. 모든 그의 시편들은 사물들의 본질로부터 태동되고 있기 때문이다. 왜 존재하느냐라는 인식의 문제가 아니라, 존재의 진정한 모습은 무엇이고 그곳에 어떻게 도달해야 하는가라는 존재들 간의 즉각적이고 투명한 감성의 상응이 중요한 테마가 되고 있다.

> 그러나 저 아래 이 떡갈나무들은 흔들리지 않고
> 그 그림자조차, 빛 속에서, 움직이지 않는데,
> 우리가 있는 이곳에 흘러가는 시간의 강안江岸,
> 그 땅은 다가설 수 없는 곳, 그만큼 죽음의

부푼 희망의 물살은 급박하구나.

(「나무들」)

나무의 부동성과 강의 급물살이 서로 강렬히 대비되면서, 죽음의 세계를 거부하는 혹은 죽음 너머의 세계를 희망하는 생명체의 강인한 모습으로서 "떡갈나무"가 우뚝 서 있다. 우리가 있는 이곳을 흘러가는 시간들, 그 흐름의 속도는 모든 언어의 간섭에서 벗어나 있고, 어제의 꿈과 내일의 희망 사이에서 가시덤불 얽힌 거친 길을 가고 있다.

> 그러나 저기
> 벌판이 편도나무와 부딪치고 있는 곳에,
> 보아라, 한 마리 야수가 나뭇잎들 가로질러
> 어제에서 오늘로 뛰어 올랐구나.

(「벼락」)

"벼락 치는 그 순간의 미는 침묵에 있다. 후에 다가오는 소리는 공간이 있음을 말할 뿐이다."(「데생에 관하여」) 벼락이 하늘에서 떨어지고 잠시 후 들리는 천둥소리, 그 사이의 침묵, 언어가 완벽히 소멸되어 있는 그 순간의 절대성 속에서 저 벌판의 끝, 우리의 방랑이 끝나는 지점에 편도나무가 서 있다. 실존의 근심이나 지성의 허세와는 무관한 생명의 본질(한 마리 야수)이 시간을 뛰어넘는다. 그의 본능적인 동작, 인간이 지니고 있는 삶에 대한 모든 인식을 부정하는 그의 원초적인 행위가 벼락이 내려치는 순간, 검게 타 버린 나무등걸로 형상화된다. 이 나무, 보이는 세계와 보이지 않는 세계를 갈라놓는, 사물의 바닥까지 찢겨 나간 직물의 색채만이 이 순간을 정지시킬 수 있을 것이다. 벼락이 지난 후, 떠오른 석양의 '붉은 구름' 그 아래 펼쳐지는 가장 단순한 삶의 양태, 이 비시간성의 나라는 그 어느 언어, 그 어느 단어로도 야기할 수 없는 현존의 인상을, 주현의 성스러움을 형태나 개념의 거짓 하늘이 무너져 내린 폐허 위에 설정되는 것이다. 시는, 말의 끝에서 나타나며, 지평을 뚫고 다가오는 색채의 이미지 속에서, 새로운 기호 아래에서, 우리에게 다가온다. 시의 앞날이다.

참고문헌

I. 랭보 작품의 판본들

Poésies, édition critique, introduction et notes par Henri de Bouillane de Lacoste, Mercure de France, 1939.

Œuvres complètes, texte établi et annoté par Rolland de Renéville et Jules Mouquet, «Bibliothèque de la Pléiade», Gallimard, 1954.

Œuvres complètes, édition critique d'Antoine Adam, «Bibliothèque de la Pléiade», Gallimard, 1972.

Poésies, édition critique de Marcel Ruff, Nizet, 1978.

Les Illuminations, notice par Paul Verlaine, La Vogue, 1886; *Les Illuminations*, présentation de Roger Pierrot, Slatkine Reprint, 1979.

Poésies(1869~1872), Tome 1, édition établie par Frédéric Eigeldinger et Gérard Schaeffer, Neuchâtel, À la Baconnière, 1981.

Poésies, Une saison en enfer, Illuminations, préface de René Char, édition établie par Louis Forestier, Gallimard, 1984.

Poésies complètes, édition de Daniel Leuwers, Librairie Générale Française, 1984.

Œuvres poétiques, textes présentés et commentés par Cecil Arthur Hackett, Imprimerie nationale, 1986.

Une saison en enfer, édition critique par Pierre Brunel, José Corti, 1987.

Œuvres II (Vers nouveaux, Une saison en enfer), préface, notices et notes par Jean-Luc Steinmetz, GF-Flammarion, 1989.

Œuvres, édition de S. Bernard et A. Guyaux, nouvelle édition revue, Classiques Garnier, 1997.

Œuvres complètes, édition de Pierre Brunel, Librairie Générale Française, 1999.

Œuvres complètes I, Poésies, édition critique avec introduction et notes de Steve Murphy, Honoré Champion, 1999.

Œuvres complètes, édition établie par André Guyaux, «Bibliothèque de la Pléiade», Gallimard, 2009.

II. 다른 작품들, 연구서 그리고 소논문들

Barthes (Roland), *Mythologies*, éditions du Seuil, 1957.

_____, *Le degré zéro de l'écriture*, éditions du Seuil, 1972.

Baudelaire (Charles), *Œuvres complètes*, tome 1, texte établi, présenté et annoté par Claude Pichois, «Bibliothèque de la Pléiade», Gallimard, 1975.

_____, *Théophile Gautier*, édition critique, annotée et commentée par Philippe Terrier, À la Baconnière, 1985.

Baudry (Jean-Louis), "Le texte de Rimbaud", *Tel Quel*, 1968.

Benjamin (Walter), "La tâche du traducteur", *Œuvres. I,* traduit de l'allemand par Maurice de Gandillac, Rainer Rochlitz et Pierre Rusch, Gallimard, 2000.

Blanchot (Maurice), *La part du feu*, Gallimard, 1949.

_____, *L'espace littéraire*, Gallimard, 1955.

_____, *Faux pas*, Gallimard, 1975.

Bonnefoy (Yves), *Rimbaud*, «écrivains de toujours», éditions du Seuil, 1961.

_____, "Sur la fonction du poème", *Le nuage rouge*, Mercure de France, 1977.

_____, "La traduction de la poésie", *Entretiens sur la poésie*, À la Baconnière, Neuchâtel, 1981.

_____, *Poèmes*, Mercure de France, 1986.

_____, *Ce qui fut sans lumière*, Mercure de France, 1987.

_____, "Entretien" avec Maurice Olender, *Le Monde*, le 10 avril 1987.

Borer (Alain), *Rimbaud en Abyssinie*, Seuil, 1984.

Bouillane de Lacoste (Henry de), *Rimbaud et le problème des Illuminations*, Mercure de France, 1949.

Breton (André), *Nadja*, Gallimard, 1964.

_____, *Anthologie de l'humour noir*, éd. Jean‑Jacques Pauvert, 1966.

Briet (Suzanne), "La Bible dans l'œuvre de Rimbaud", *Études rimbaldiennes I*, Minard, 1969.

Brunel (Pierre), "Rimbaud récrit l'Évangile", *Le Mythe d'Étiemble*, Didier Érudition, 1979.

_____, *Rimbaud projets et réalisations*, Champion, 1983.

_____, "La poétique de l'énigme. Une devinette: *H*", *Rimbaud maintenant*, SEDES, 1984.

_____, *Éclats de la violence. Pour une lecture comparatiste des* Illuminations *d'Arthur Rimbaud*, édition critique et commentée, José Corti, 2004.

Carter (William C.) et Robert Vines, *A Concordance to the* Oeuvres Complètes *of Arthur Rimbaud*, Ohio University Press, 1978.

Cellier (Léon), *Baudelaire et Hugo*, José Corti, 1970.

Char (René), *Recherche de la base et du sommet*, Gallimard, 1971.

Collot (Michel), *L'horizon fabuleux*, T.I XIXe siècle, José Corti, 1988.

Décaudin (Michel), "Fantaisie chez Rimbaud", *Rimbaud maintenant*, éd. C.D.U. et SEDES réunis, 1984.

Delahaye (Ernest), "Souvenirs familiers à propos de Rimbaud", *Delahaye témoin de Rimbaud*, textes réunis et commentés par Frédéric Eigeldinger et André Gendre, À la Baconnière, 1974.

Eigeldinger (Marc), *La Voyance avant Rimbaud*, suivie de *Lettres du voyant (13 et 15 mai 1871)*, édition de Gérald Schaeffer, Minard et Droz, 1975.

_____, "L'Apocalypse dans les *Illuminations*", *Revue d'Histoire littéraire de la France*, mars – avril, 1987.

_____, "La demeure rimbaldienne", *Mythologie et intertextualité*, éditions Slatkine, 1987.

Étiemble (René), *Le mythe de Rimbaud*, tome I et II, nouvelle édition revue et corrigée et augmentée, Gallimard, 1961.

Étiemble (René) et Yassu Gauclère, *Rimbaud*, Gallimard, 1966.

Fongaro (Antoine), "Le lac et la cathédrale", *Parade sauvage*, revue d'études rimbaldiennes, bulletin n° 4, mars 1988.

Friedrich (Hugo), *Structures de la poésie moderne*, traduit de l'allemand par Michel – François Demet, Denoël / Gonthier, 1976.

Gaulthier (Jules), "Le lyrisme physiologique et la double personnalité d'Arthur Rimbaud", *Mercure de France*, n° 617, le 1er mars 1924.

Gautier (Théophile), *Baudelaire*, présentation et notes critiques par Claude – Marie Senninger, Klincksieck, 1986.

Gengoux (Jacques), *La pensée poétique de Rimbaud*, Nizet, 1950.

Giusto (Jean-Pierre), "La poésie d'Arthur Rimbaud, du vide à la joie", *Rimbaud maintenant*, éd. C.D.U. et SEDES réunis, 1984.

Guyaux (André), "Hermétisme du sens et sens de l'hermétisme dans les *Illuminations*", *Rimbaud maintenant*, éd. C.D.U. et SEDES réunis, 1984.

Hartweg (Jean), "Illuminations: un texte en pleine activité", *Littérature*, n° 11, octobre, 1973.

Izambard (Georges), *Rimbaud tel que je l'ai connu*, Mercure de France, 1963.

Jakobson (Roman), "Qu'est-ce que la poésie?", *Huit questions de poétique*, éditions du Seuil, 1977.

Jeancolas (Claude), *Le Dictionnaire Rimbaud*, Balland, 1991.

Meyer (Bernard), *Sur les derniers vers. Douze lectures de Rimbaud*, «Poétiques», L'Harmattan, 1996.

Molho (Raphael), "Le *Jésus* de Renan. Un personnage romantique", *Romantisme*, n° 11, éd. C.D.U. et SEDES réunis, 1976.

Murphy (Steve), *Rimbaud et la ménagerie impériale*, éditions du CNRS, Presses Universitaires de Lyon, 1991.

Nancy (Jean-Luc), "Les raisons d'écrire", *Misère de la littérature*, Christian Bourgois Éditeur, 1978.

Noulet (Emilie), *Le premier visage de Rimbaud*, Palais des Académies, Bruxelles, 1973.

Petitfils (Pierre), *L'œuvre et le visage d'Arthur Rimbaud*, Nizet, 1949.

_____, "Les manuscrits de Rimbaud — leur découverte, leur publication", *Études rimbaldiennes*, n° 2, Minard, 1969.

_____, *Rimbaud*, Julliard, 1982.

Renan (Ernest), *La vie de Jésus*, dans *Œuvres complètes*, T. IV, éd. Calmann-Lévy, 1949.

Richard (Jean-Pierre), "Rimbaud ou la poésie du devenir", *Poésie et profondeur*, éditions du Seuil, 1955.

Richter (Mario), "Le dernier rêve littéraire de Rimbaud", *Rimbaud maintenant*, éd. C.D.U. et SEDES réunis, 1984.

Rivière (Jacques), "Rimbaud", *N.R.F.*, août 1914.

Ruff (Marcel A.), *Rimbaud*, «Connaissance des Lettres», Hatier, 1968.

Starkie (Enid), *Rimbaud*, traduit de l'anglais et présenté par Alain Borer, Flammarion, 1982.

Steinmetz (Jean‒Luc), "Ici, maintenant, les *Illuminations*", *Littérature,* n° 11, octobre, 1973.

Suzanne (Bernard), "Rimbaud, Proust et les impressionnistes", *Revue des Sciences humaines*, juillet‒septembre, 1955.

Thibaudet (Albert), "Réflexions sur la littérature, Mallarmé et Rimbaud", *N.R.F.*, n° 101, le 1er février, 1922.

Tisse (André), *Rimbaud devant Dieu*, José Corti, 1975.

Todorov (Tzvetan), "Une complication de texte: les *Illuminations*", *Poétique*, n° 34, avril 1978.

_____, *Littérature et réalité*, Seuil, 1982.

Tzara (Tristan), "Unité de Rimbaud", *Europe*, n° 36, 1948.

Underwood (V. P.), *Verlaine et l'Angleterre*, Nizet, 1956.

_____, *Rimbaud et l'Angleterre*, Nizet, 1976.

Vaillant (Jean‒Paul), "Le vrai visage de Rimbaud l'africain", *Mercure de France*, n° 757, le 1er janvier, 1930.

Verlaine (Paul), *Rimbaud vu par Verlaine*, éd. Henri Peyre, Nizet, 1975.

한대균

고려대학교 불문과를 졸업하고 프랑스로 유학을 떠나 프랑스 상징주의 시인 랭보에 대한 연구로 박사학위를 받았다. 이후 청주대학교 교수로 재직하면서, 프랑스 시와 한국 시에 대한 연구 및 번역으로 많은 시간을 보내고 있으며, <신화와 사랑의 이해>라는 교양과목에 대한 강의를 진행하고 있다. 서양 문학의 근간을 형성하고 있는 그리스 신화에 대한 관심 속에서「랭보 시 분석: 그리스 신화와 시학」등 다수의 논문 및 역서를 발표하였다.

시를 버린 시인

랭보 *Rimbaud*

초판인쇄| 2012년 3월 6일
초판발행| 2012년 3월 6일

지 은 이| 한대균
펴 낸 이| 채종준
펴 낸 곳| 한국학술정보㈜
주   소| 경기도 파주시 문발동 파주출판문화정보산업단지 513-5
전   화| 031) 908-3181(대표)
팩   스| 031) 908-3189
홈페이지| http://ebook.kstudy.com
E-mail| 출판사업부 publish@kstudy.com
등   록| 제일산-115호(2000. 6. 19)

ISBN   978-89-268-3116-8 93860 (Paper Book)
        978-89-268-3117-5 98860 (e-Book)

내일을여는지식 은 시대와 시대의 지식을 이어 갑니다.